I0656464

LES

COURS GALANTES

PARIS.—IMPRIMÉ CHEZ BONAVENTURE ET DUCESSOIS,
55, QUAI DES GRANDS-AUGUSTINS.

LES
COURS GALANTES

PAR

GUSTAVE DESNOIRESTERRES

— —

TOME DEUXIÈME

LE CHATEAU DE SAINT-MAUR

LA COUR DE SCEAUX

CHATENAY — L'HÔTEL DE MADAME DE LAMBERT

LA MAISON DE CLICHY

PARIS

E. DENTU, ÉDITEUR

LIBRAIRE DE LA SOCIÉTÉ DES GENS DE LETTRES

Palais-Royal, 17 et 19, galerie d'Orléans.

—

1864

I

L'éloignement de Chaulieu, avec lequel on accusait le grand prieur de s'entendre pour piller son aîné, éloignement d'ailleurs arraché par Louis XIV au duc de Vendôme, assez indifférent, au fond, sur l'état de ses affaires, avait dû jeter quelque froid entre les deux frères, sans les brouiller, toutefois; seulement, le grand prieur, au lieu d'aller à Anet, s'enferma dans son palais du Temple. L'abbé n'avait pas eu de peine à s'emparer de cet esprit faible, facile à envahir et qui appartenait à qui le voulait prendre. La faveur de mademoiselle Moreau, à l'exception de quelques orages, était toujours la même, et il ne tenait qu'à elle de prolonger indéfiniment une liaison dont les amis du prince n'étaient plus à rougir, quand le Père Gaillard, jésuite et prédicateur fort couru, et directeur non moins accrédité, s'avisa d'entreprendre la conversion de cette pécheresse. Il la détermina à quitter l'Opéra pour entrer dans un couvent, et à renvoyer au grand prieur, alors à l'armée, tout ce qu'il lui avait donné; ce qui valut à la Madeleine repentante une gratification de cinq cents écus, qu'on promit de transformer en pension pour peu qu'elle persévérât dans la bonne voie [1]. Probablement

---

[1] Dangeau, *Journal*, t. VIII, p. 391. Lundi, 17 avril 1702. — *Nouveaux caractères de la famille royale, des ministres d'État et des principales personnes de la Cour de France* (1703), p. 37.

pensa-t-elle que le mariage était le meilleur préservatif contre les rechutes ; au moins, la voyons-nous s'unir à un officier de la maison du roi, du nom de Villiers [1]. Celui-ci jouait gros jeu, ce semble ; mais les embarras dans lesquels le grand prieur allait se jeter de gaieté de cœur, l'exil qui en serait l'inévitable conséquence, devaient le protéger contre des retours trop probables, si le prince fût resté à Paris.

Le duc de Vendôme était le seul général dont pût s'accommoder le grand prieur. Insubordonné et querelleur, ce dernier était de tout point incapable de se plier docilement à une volonté supérieure. Il s'était aliéné Louvois, qui ne pardonnait guère, il s'était également brouillé avec le maréchal de Luxembourg, et, plus d'une fois, en Italie, il avait failli briser les vitres avec Catinat, ce qui n'eût pas manqué d'arriver avec un homme moins plein de modération et de sagesse [2]. Le duc

---

[1] Titon du Tillet, le Parnasse françois, p. 795.— Recueil de chansons historiques (Bibliothèque impériale. Manuscrits), t. XXVII, f. 321, 322.

[2] La Fare, Mémoires (Michaud et Poujoulat), t. XXXII, p. 297, 300. — Dangeau, Journal, t. V, p. 433. Dimanche, 16 juillet 1696.

de Vendôme, l'indulgence et l'insouciance mêmes, le laissait complétement libre de ses allures; ils vivaient ensemble dans le meilleur accord, sur le pied d'une parfaite égalité, passant les heures au sein de l'ivresse et de l'abrutissement, en compagnie d'un petit noyau de favoris et de fidèles. Cependant, M. de Vendôme avait beau faire, beau reléguer dans un coin de la tente le bâton de commandant, il n'était pas impunément général en chef, et il fallait bien, un jour ou l'autre, qu'il le témoignât. Ce fut là la pierre d'achoppement du grand prieur et la cause de sa perte.

Nous voudrions passer sous silence cette affaire de Cassano, où il joua un rôle fort étrange, si tout est à croire de la lettre du prince de Vaudemont à Chamillart. La bataille était imminente; les impériaux, commandés par le prince Eugène, se préparaient à nous attaquer; M. de Vendôme donne l'ordre à son frère, qui était à la droite, de faire un mouvement, rendu tout à fait nécessaire par les dispositions de l'ennemi. Deux jours après, le 16 août 1705, jugeant qu'on ne tarderait pas à en venir aux mains, il va rejoindre le grand prieur, sans

soupçonner l'état où il trouverait toutes
choses. Celui-ci avait gardé sa même position, et les avis réitérés d'une mêlée inévitable
et prochaine n'avaient pu le sortir de son inqualifiable incurie. Il était couché, pour
l'heure, dans une cassine et y dormait du
sommeil le plus tranquille. On conçoit l'émotion, le trouble, l'effroi de M. de Vendôme,
qui voyait déjà l'armée perdue par une
désobéissance dont les conséquences étaient
incalculables.

« M. de Vendosme alla à cette maison, le fit
appeler à la porte, et luy demanda d'où venoit qu'il avoit si mal exécuté ses ordres, en
vertu desquels il croyoit trouver l'armée hors
de l'estat où il la voyoit, et estendue jusqu'à
Rivolta ; le grand prieur d'un air des plus
impertinens luy vomit mille ordures, et luy
dit qu'il ne vouloit plus ny obéir, ny commander, qu'il en estoit las, et que quand il
voudroit se mêler de commander une armée
qu'il la commanderoit mieux qu'un autre,
assaisonnant cela de mort et de teste, et d'un
estat si emporté, et si troublé, que Saint-Fremont fut obligé de se jetter entre les deux
frères..... Sur quoy le pauvre M. de Vendosme, sage et prudent, tournant son cheval

1.

dit à Saint-Fremont, c'est un fol, allons
nous-en à l'affaire importante, et alla au
pont (le pont de Cassano), et dit de loin à
son frère d'aller à la droite à laquelle il avoit
ordonné de s'estendre à Rivolta, il y alla,
mais sçavez-vous, monsieur, ce qu'il y fît,
pendant toute l'action il mit pied à terre, et
se fit jetter un porte-manteau au pied d'un
arbre, et s'y coucha au grand scandale de
tous, en disant de tems en tems d'un air mo-
queur, entendant le grand feu, qu'il luy
sembloit que M. son frère avoit là de la be-
sogne... [1] »

Saint-Simon, tout en variant sur le détail
des faits, confirme les torts et les violences
du grand prieur, qui ne répondit, il le dit
aussi, aux interpellations mesurées de son
frère, que par un emportement dont tout le
camp fut témoin [2]. Après un pareil éclat, le

[1] Archives du dépôt de la guerre, vol. 1867, pièce
117. Lettre du prince de Vaudemont à M. de Chamillart. A Milan, le 18 août 1705.

[2] Saint-Simon, *Mémoires* (Chéruel), t. V, p. 44.—Nous
ignorons à quelles sources M. Michaud jeune, dans
la *Biographie universelle*, a puisé les éléments du récit qu'il fait de cet épisode fâcheux pour la mémoire du grand prieur. Ce dernier n'aurait pas reçu

grand prieur ne pouvait rester à l'armée. Il reçut l'ordre de repasser les monts, et partit le
13 septembre. Il alla descendre à Clichy, où il
avait une petite maison; il se remua beaucoup, selon Saint-Simon, pour avoir une audience du roi, devant qui il se faisait fort de
se justifier. Il l'eût réclamée avec l'arrogance d'un homme envers lequel on a eu tous
les torts, et qu'il est urgent d'apaiser. Dangeau dit, au contraire, qu'il écrivit à Sa Majesté que, puisqu'il était assez malheureux
pour lui avoir déplu, il ne prendrait pas la
liberté de lui demander aucune grâce, ni
même de se présenter devant elle[1]. Ce qu'il y
a de vrai, c'est que Louis XIV ne voulut ni le
recevoir ni l'entendre, et qu'il ne le revit jamais, quelque démarche que fît dans la suite
M. de Vendôme pour l'y décider.

Il essaya de se remettre avec son frère, ce
qui n'était pas difficile. Il vint à Anet et crut,

---

d'ordres de son frère, qui l'eût traité, après l'événement, avec beaucoup de dureté. C'est là tout le
contraire de la vérité. L'article entier, au reste,
pèche par une complète inexactitude dans les renseignements, qu'il était indispensable de signaler.

[1] Dangeau, *Journal*, t. X, p. 430. Jeudi, 24 septembre 1705.

par le crédit de celui-ci, obtenir un commandement en Italie : M. de Vendôme lui offrit de le présenter au roi et de lui faire avoir dix mille écus de pension. Mais c'était du service qu'il voulait; il avait fait également, dans ce but, une démarche auprès du duc du Maine, comme nous l'apprend une très-curieuse lettre à M. de Vendôme, où le ton est tout différent et des plus respectueux[1]. Mais ce fut peine perdue, et, lorsque son frère retourna à la cour, il s'en revint à Clichy[2]. Il n'y resta pas longtemps. Il lui parut plus facile et plus supportable de s'exiler volontairement. Il s'embarqua à Antibes avec le duc; deux galères les transportèrent à Gênes où ils se séparèrent[3]. Le grand prieur avait résolu de se retirer à Rome et de s'y fixer tout le temps que sa fortune ne changerait pas de face, ce qui pouvait le mener jusqu'à la mort du vieux roi. Ce choix était d'autant plus irré-

---

[1] J. Delort, *Mes voyages aux environs de Paris* (Paris, 1821), t. II, p. 225, 226, 227. Lettre du grand prieur au duc de Vendôme; de Clichy, ce 10e octobre 1705.

[2] Dangeau, *Journal*, t. XI, p. 47. Mercredi, 3 mars 1706.

[3] *Ibid.*, t. XI, p. 57. Mercredi, 17 mars 1706.

fléchi, qu'il avait déjà essuyé la morgue ro-
maine, et qu'il devait savoir que ses prétentions de rang le forceraient à un complet et
perpétuel isolement. Aussi ne fit-il que passer
dans la ville éternelle où, toutefois, il demeura assez pour scandaliser par le spectacle
de ses débauches. Le dégoût et l'ennui l'en
chassèrent. Il s'accrocha, nous dit Saint-
Simon, à la marquise de Richelieu « qui cou-
roit le monde depuis quelque temps[1], » et
prit le parti de transporter à Gênes ses pé-
nates vagabonds.

Il resta davantage dans cette dernière ville,
sans y trouver plus d'agréments et plus d'é-
gards : ses prétentions ne furent pas plus ac-
cueillies là qu'à Rome, et il dut se résigner à
se renfermer dans un particulier où les dis-
tractions n'abondaient pas. Si son éloignement avait été volontaire, il n'en eût pas été
de même d'un retour, que son frère, après
deux ans, n'obtint pas sans peine et sans res-
trictions, car défense lui fut faite d'appro-
cher de la cour et de Paris de plus de quarante lieues. Cependant, par exception, on
lui avait permis d'aller passer deux jours à la

---

[1] Saint-Simon, *Mémoires* (Chéruel), t. V, p. 45.

Ferté-Alais avec M. de Vendôme, qui partit de Bellesbat pour le rejoindre [1]. Cette condition de se tenir à distance de Paris et de Versailles rendait la grâce dérisoire; il s'exila de nouveau et alla s'établir à Venise, où il ne devait pas rencontrer plus de complaisances qu'à Rome et à Gênes.

Ces déplacements, ces pérégrinations sans nécessité autre que le besoin de dépayser un ennui qui le suivait partout, duraient depuis cinq ans. Le prince, fatigué sans doute de se mouvoir en Italie, part, à la fin d'octobre 1710, pour la Suisse. Il était sur le chemin de Lausanne, lorsqu'il fut appréhendé au corps, à Coire, dans le pays des Grisons, par un certain conseiller Mesner ou Massenaer, « une manière de bandit; » mais qui avait commission de l'empereur [2]. Le fils de cet homme était retenu à Pierre-Encise, en représailles de l'arrestation du secrétaire Merveilleux opérée par lui. Massenaer ne songeait qu'à se procurer un otage en faisant un prisonnier considérable; mais il ne savait pas à qui il s'en

[1] Dangeau, *Journal*, t. XII, p. 124. Mercredi, 25 avril 1708.

[2] *Ibid.*, t. XIII, p. 274. Mardi, 4 novembre 1710.

prenait, et ce fut le prince qui le lui apprit. Il
fit repasser diligemment le Rhin à son captif,
l'emmena à Balbes, un château appartenant à
l'empereur, et déclara qu'il serait traité
comme le serait son fils en France. Le canton
de Schwitz, sur le·territoire duquel s'était
commis l'attentat, fit bien le procès de Massenaer, sa tête fut même mise à prix; mais
celui-ci était en lieu de sûreté et se préoccupa
peu de ces poursuites [1]. Le grand prieur put,
toutefois, faire avertir le comte du Luc, notre
ambassadeur, qui en donna aussitôt avis à sa
cour. « Il ne parut pas, dit Saint-Simon, que
le roi fût fort ému de cette nouvelle, ni que
personne y prît grande part [2]. » S'il faut en
croire madame Du Noyer, le comte du Luc,
au contraire, écrivit aux Grisons une lettre
fulminante contre Massenaer, que Manning, le
ministre de la reine d'Angleterre, s'empressa,
en revanche, de prendre sous sa protection [2];
et il serait assez probable que ce fut à la suite

[1] Dangeau, *Journal*, t. XIII, p. 365, 366. Lundi,
23 mars 1711.
[2] Saint-Simon, *Mémoires* (Chéruel), t. IX, p. 28.
[3] Madame Du Noyer, *Lettres historiques et galantes*
(Amsterdam, 1720), t. III, p. 135, 136, 188.

de cette démonstration énergique, que le canton de Schwitz procéda contre le conseiller. Cependant, le grand prieur, d'abord prisonnier sur parole à Soleure, finit par recouvrer sa liberté, à la condition de travailler à celle du fils de Massenaer. C'était compter sur un crédit qu'il n'avait point. Il n'obtint pour lui-même d'autre grâce que celle de demeurer à Lyon [1], ce qui prouve que le temps, au lieu d'y apporter aucune modification heureuse, n'avait fait qu'empirer ses affaires [2].

On le voit, de 1706 à 1715, le grand prieur ne posa pas le pied dans son grand prieuré; les habitués du Temple durent prendre leur parti sur cette longue absence et s'arranger de façon à se divertir sans lui. Ce qui est certain, c'est que l'enclos, tout ce temps, retentit des chants joyeux de ces débauchés que l'âge n'amenait pas à résipiscence. Même quand le prince était à Paris, on soupait le plus souvent chez Chaulieu. L'hôtel Boisbou-

[1] Dangeau, *Journal*, t. XIII, p. 425. Mardi, 16 juin 1711; t. XIV, p. 30. Mercredi, 25 novembre 1711.

[2] C'est donc bien à tort que l'article de la *Biographie universelle* le fait rentrer en grâce auprès du roi.

drand, après comme avant, fut le centre, le point de réunion des La Fare, des Courtin, des Sonning et des Servien. L'abbé, qui était un voluptueux sincère, avait aussi son grain d'ambition. Il sentait tout le prix de la con- sidération et, conséquemment, de ce qui la procure. Son expulsion d'Anet, quoique M. de Vendôme eût tout fait pour lui en adoucir l'amertume, avait été une circon- stance fâcheuse pour sa gloire; et Chaulieu devait éprouver le besoin de neutraliser cet échec par des amitiés et des familiarités non moins illustres. Cela lui fut aisé, d'ailleurs. Homme d'esprit, de bonne compagnie et de plaisir, répandu dans le grand monde, il de- venait une acquisition précieuse pour des princes jeunes, en quête de jouissances, mais assez délicats pour ne pas se contenter de la première distraction venue. M. le Duc, qui se piquait de bel esprit et se frottait le plus qu'il pouvait aux gens de lettres et aux poëtes, attira l'Anacréon du Temple à Saint- Maur, où Chaulieu joua bientôt le rôle de Malezieu à Clagny et à Sceaux.

Saint-Maur était le Marly des Condé, comme Anet, plus tard, sera celui de la duchesse du Maine. Commencé par Philibert de Lorme

2

' dans la plus belle situation du monde, il avait
été repris et presque entièrement rebâti, plus
de cent ans après, par Giltard. Le château se
composait d'un corps de bâtiment terminé
par quatre pavillons à toits séparés. La façade
du côté des jardins, à laquelle on avait eu
moins à retoucher, avait conservé son aspect
primitif[1]. Saint-Maur avait longtemps éprouvé
le sort des habitations délaissées, et lorsque
M. le Prince en accorda la jouissance à Gourville, il était dans un état de complet délabre-
ment. Cette concession était à titre onéreux
pour celui-ci; car, en y posant le pied, il prenait l'engagement de consacrer jusqu'à deux
cent quarante mille livres à l'achèvement
de tout un côté dont les murailles n'étaient
élevées que jusqu'au second étage. « Je tom-
bai dans l'inconvénient de tous ceux qui
veulent accommoder les maisons, nous dit-
il : j'y fis presque pour quatre cent mille
livres de dépenses [2]. » Gourville abandonna

---

[1] *Vues de Saint-Maur*, du côté de l'avenue et du
côté du jardin, par Rigaud.

[2] Gourville, *Mémoires* (Michaud et Poujoulat),
t. XXIX, p. 567.—Il existe d'Israël Silvestre une *vue
de Saint-Maur*, qui présente le château avant les
frais qu'y fit Gourville. Ce sont les deux pavillons

plus tard Saint-Maur à M. le Duc, qui se borna
à agrandir le parterre du côté de la plaine.
Les jardins, plantés par Desgaux, d'après les
dessins de Le Nôtre, étaient charmants. Sur
la droite, à la suite des parterres à l'anglaise
et du grand réservoir, était la propriété de La
Touanne qui avait été reliée au château par
un pont[1]. La maison du trésorier de l'extraordinaire des guerres consistait en un potager, un bosquet au-dessus, une orangerie,
une longue terrasse terminée par une serre,
au pied de laquelle on apercevait une belle
cascade[2] jaillissant sur de magnifiques pe-
louses. Plus loin, mais dans la même direc-
tion, se trouvaient le billard, une grande
pièce d'eau, l'habitation et les bains[3]. C'était
dans ce dernier gîte qu'avaient lieu les

de gauche, en regardant le jardin, qui sont restés
inachevés. L'on aperçoit encore la carrière inculte
dont parle Gourville.

[1] Piganiol de la Force, *Description historique de
la ville de Paris et de ses environs* (Paris, 1765), t. IX,
p. 452.

[2] *Théorie du jardinage* (quatrième édition). Voir la
gravure à la page 426.

[3] Dargenville, *Voyage pittoresque des environs de
Paris* (Paris, 1768), p. 315, 316, 317. — Saint-Simon,
Mémoires (Chéruel), t. III, p. 334.

parties fines et de galanterie de M. le Duc
avec ses compagnons ordinaires de plaisir, le comte de Fiesque, Lassay, accusé
d'être son pourvoyeur, La Fare, Chaulieu,
.Coaslin, et le grand disputeur et paradoxal
Vervins [1].

Comme son père et comme sa sœur du
Maine, M. le Duc aimait les fêtes splendides;
en 1700, il recevait Monseigneur à Saint-
Maur, et, deux ans après, la duchesse de
Bourgogne. Le *Mercure* nous a transmis le
pompeux détail de ces glorieuses et ruineuses
journées [2]. Le baron de Saint-Maur ne voulait
pas être en reste avec la baronne de Sceaux
(c'étaient les noms que se donnaient le
frère et la sœur quand ils s'écrivaient l'un
l'autre), et ce fut un échange perpétuel
de divertissements, de féeries, d'enchantements dont les moindres dévoraient des
fortunes. Chaulieu était le Malezieu de

---

[1] Madame de Caylus, *Souvenirs* (Michaud et Poujoulat), t. XXXII, p. 510. — Chaulieu, *Œuvres* (La
Haye, 1777), t. I, p. 276, *Lettre à madame la marquise
de Lassay*. Le 2 mai 1702.

[2] *Mercure galant*, juillet 1700, p. 265 à 281; août,
p. 9 à 12; juillet 1702, p. 366 à 370. — Dangeau,
Journal, t. VII, p. 342; t. VIII, p. 473, 474.

Saint-Maur. C'était lui qui faisait les vers
de M. le Duc, comme le chancelier de
Dombes et l'abbé Genest faisaient ceux de
Ludovise. Le comte de Fiesque composait
la musique des ballets ; il avait eu la voix
fort belle ; mais le champagne, depuis longtemps, avait délabré « ce gosier flûté, »
comme nous l'apprend Chaulieu, dans une
épître à la duchesse du Maine, au nom de
M. le Duc :

> Ce bon seigneur, que la soif pique
> Dès le matin jusques au soir,
> De l'organe de sa musique
> N'a plus rien fait qu'un entonnoir [1].

Être de Saint-Maur, c'était être de Sceaux,
et Chaulieu, le maître incontestable et non
moins incontesté de cette poésie anacréon-
tique représentée par les Nevers, les Coulanges, les Malezieu, les Lainez, faisait trop
d'honneur à la cour lettrée de la duchesse du
Maine, pour n'y être pas attiré et accueilli
avec toutes sortes de caresses et de distinc-
tions flatteuses. Abstraction faite de tels pa-

[1] Chaulieu, *Œuvres* (La Haye, 1777), t. I, p. 262,
273.

trons, l'abbé avait plus de talent qu'il n'en
fallait pour forcer les portes de l'Académie ;
il semblait même qu'il n'avait qu'à se présenter pour les voir s'ouvrir à deux battants.
Mais le parti des dévots veillait. Le seul
moyen d'écarter sa candidature, c'était de lui
opposer celle d'un personnage avec lequel
Chaulieu ne pourrait entrer en lutte et qui
rallierait toutes les voix. Tourreil, alors directeur, Regnier-Desmarets et l'abbé Boileau
se portèrent garants de l'acceptation de Lamoignon qui, en effet, fut élu. Mais celui-ci
refusa, et de peur que le roi ne ratifiât son
élection, il se hâta d'écrire à Pontchartrain
pour le prier de faire agréer ses excuses. Non
content de cette démarche, il chargea madame
de Lude, dame d'honneur de la duchesse de
Bourgogne [1], d'en parler à Louis XIV, qui lui
fit répondre, par son ministre, de la façon la
plus bienveillante et la plus flatteuse [2]. Ce
procédé se comprit si peu que, l'année sui-

---

[1] Gaillard, *Vie du premier président de Lamoignon*
(Paris, 1805), p. 222.

[2] Depping, *Correspondance administrative de
Louis XIV* (Paris, 1855), t. IV, p. 633, 634. Le comte
de Pontchartrain à de Lamoignon. A Versaille, le 20
juin 1703.

vante, il succédait au duc d'Aumont comme membre de l'Académie des sciences. Les contemporains semblent avoir ignoré la cause d'un refus auquel on n'était pas préparé. Cette cause la voici : M. le Duc et le prince de Conti avaient appuyé chaudement les intérêts du poëte, leur commensal et leur ami; ils se plaignirent à M. de Lamoignon même d'avoir servi d'instrument à une coterie[1]. Le président répondit qu'on ne l'avait pas consulté, que tout cela s'était fait sans qu'on eût pris le temps de s'assurer de son consentement, et que rien ne lui était plus aisé que de leur donner satisfaction. Et il envoya aussitôt à l'Académie ses excuses avec ses remerciements. Ce refus devait blesser une assemblée qui croyait, à bon droit, honorer ceux qu'elle appelait à siéger dans son sein, et c'est à cette occasion qu'elle décida que nul ne serait élu désormais sans en avoir antérieurement sollicité la faveur : l'usage des visites a la même origine.

M. de Lamoignon, en se retirant, et c'est ce

[1] C'est à tort que Lémontey attribue cette démarche au duc de Vendôme. — Notice de Lémontey en tête de son édition des *Œuvres de Chaulieu*, p. x.

qu'on avait espéré, laissait le champ libre au
poëte qui, dès lors sans concurrent, eût im-
manquablement été choisi si Louis XIV, dont
on alarma la conscience, ne s'y fût pas op-
posé, au moins indirectement. Il fit dire à
son grand aumônier, le cardinal de Rohan,
celui qu'on appelait « la belle Éminence, » de
retarder son départ pour Strasbourg et de se
mettre sur les rangs. Le prélat avait pris
congé du roi la veille ; ce fut à dix heures du
soir qu'il apprit, par un secrétaire d'État,
l'intention de Sa Majesté. « L'Académie, raconte d'Alembert, fut encore plus empressée
à l'admettre, qu'elle ne l'avait été à nommer
M. de Lamoignon [1]. » Semblable disgrâce, et
pour une cause pareille, était arrivée, une
première fois, à La Fontaine, qui ne ramena

[1] D'Alembert, *Œuvres complètes* (Belin, 1821),
t. III, p. 506, 507, *Éloge du cardinal de Soubise.* —
Histoire de l'Académie française, par Pellisson et d'O-
livet (Paris, 1858), t. II, p. 30, 31, 32.—Duclos, *Œuvres complètes* (Belin, 1820), t. I, p. 583. *Histoire de
l'Académie,* IIIe partie. — Boileau, *Œuvres complètes*
(éd. de Saint-Surin), t. IV, p. 472, 473, 483, 484.—
Dangeau, *Journal,* t. IX, p. 227. Samedi, 30 juin 1703.
—Barbier, *Dictionnaire des ouvrages anonymes et pseudonymes* (1823), t. II, p. 499. Note tirée du catalogue
manuscrit de l'abbé Goujet.

que plus tard la prévention royale[1]. Quant à
Chaulieu, il se le tint pour dit, et renonça
assez philosophiquement à l'espoir de figurer
au nombre des immortels.

Louis XIV avait une considération réelle
pour ce corps de lettrés qui renfermait toutes
les illustrations intellectuelles de son règne ;
il avait voulu en être le protecteur déclaré.
L'Académie gagnait en faveur ce qu'elle perdait en liberté ; mais l'on ne fut sensible qu'à
l'honneur qu'on retirait de cette bienveillance
auguste. Le sort de l'Académie française a
été, de tous temps, de se laisser pénétrer par
un élément étranger qui, le plus souvent, la
dominait et faisait que l'homme de lettres,
dont ce devait être la maison, loin de commander chez lui, n'avait pas le plus petit
mot à dire. De nos jours, c'est l'élément politique qui prime ; dans le xviie siècle et une
partie du xviiie, c'est le grand seigneur qui,
tout en paraissant attacher peu de prix à une
distinction à laquelle il n'a pas de titres sérieux, use de son crédit et de sa puissance
pour se faire élire. Le roi n'était pas fâché de

---

[1] Walkenaër, *Histoire de La Fontaine* (Paris, 1824),
3e éd., p. 329 à 333.

savoir des gens à lui au sein d'une assemblée
formée d'esprits que l'habitude de penser et
de raisonner sur tous les sujets prédisposait
à une indépendance qui, quoique relative,
ne devait pas plaire. Ce fut lui qui souhaita
que son grand aumônier, qui n'y songeait
guère, se mît sur les rangs. Il n'eût même pas
été fâché que le duc de Vendôme fût de l'illustre cénacle, et le lui dit, le jour que l'Académie vint faire son compliment sur la mort
de la Dauphine, en présence de M. de Harlay,
l'archevêque de Paris, du duc de Coaslin, de
Dangeau, de l'abbé de Choisy et de Bussy-
Rabutin, autant d'académiciens. Cela donna
même lieu à un dialogue plaisant, que ce
dernier raconte avec cette rare modestie
qu'il met dans tout ce qui le concerne. « Le
roi, qui aime à parler à M. de Vendôme, lui
dit qu'il eût à songer à être de l'Académie,
lui qui se piquoit d'avoir de l'esprit. • Moi,
« Sire, lui répondit-il, je ne m'en pique
« point ; mais ces messieurs me feroient peut-
« être grâce, et puis je ne pense pas qu'il
« faille aussi avoir autant d'esprit pour cela.
« — Comment, lui répliqua le roi, il ne faut
« pas avoir tant d'esprit ! Voyez M. l'arche-
« vêque, voyez M. de Bussy, et ces autres

« messieurs, si ces gens-là n'ont guère d'es-
« prit [1]. » M. de Vendôme ne fut jamais de
l'Académie ; mais assez de grands seigneurs
et de prélats y figuraient pour changer le caractère d'une association dont l'institution
fut faussée dès son berceau.

Nous avons laissé la jeune duchesse du
Maine essayant ses ailes et préludant à Clagny aux magnificences de Sceaux ; le moment
est venu de pénétrer dans ce palais enchanté
dont toute la société polie et lettrée, de 1700
à 1753, ne fit que monter et descendre les
degrés.

[1] Madame de Sévigné, *Lettres* (éd. Monmerqué),
t. IX, p. 416. Lettre du comte de Bussy à madame
de Sévigné ; à Chaseu, ce 19 novembre 1690. — Nous
avons vu précédemment comment Bussy parlait de
lui-même (*Cours galantes*, t. II, p. 18, 140). Il disait
au roi : « Votre Majesté, Sire, dit que j'ai de l'esprit ;
je le croyois un peu moi-même, mais votre témoignage me rassure contre l'amour-propre dont je me
défiois, et il fait que je n'en doute plus. » Madame
de Sévigné, *Lettres*, t. IX, p. 415. — Autre gasconnade
à propos d'un billet de sept lignes écrit à madame
d'Argouges, femme de l'intendant : « Eh bien ! ma
chère cousine, ce billet vous plaît-il ? vos Proven-
çaux, à soixante ans passés, en écrivent-ils d'aussi
galants ? Ma foi ! il est bien vrai que le bon cheval
ne fut jamais rosse ! » *Ibid.*, t. IX, p. 480.

La terre de Sceaux, simple châtellenie, fut érigée en baronnie en 1624. Les héritiers du duc de Trêmes la vendirent, en 1670, à Colbert, qui sut tirer parti des ouvriers précédemment employés aux maisons royales et que la nécessité de passer par ses mains, pour être payés, lui livra presque à discrétion[1]. Il fit mieux ou pis encore, il transporta à Sceaux le marché aux bœufs de Lonjumeau, sans trop se préoccuper du tort qu'en pouvait éprouver le pays dépossédé. Il retirait de ce monopole de si énormes profits, que le duc du Maine, lorsqu'il devint propriétaire de Sceaux, en céda l'exploitation à des bouchers de Paris au prix de quatre cent cinquante mille francs[2]. Il est fait allusion à cette spéculation du ministre dans un libelle du temps :

> Il aymoit tant l'escorcherie,
> Pour avoir l'argent à monceau,
> Qu'il fist de sa maison de Seau
> La source de la boucherie [3].

[1] *La Vie de Jean-Baptiste Colbert* (Cologne, 1695), p. 102, 103.

[2] Dangeau, *Journal*, t. VII, p. 405. Samedi, 30 octobre 1700.

[3] *La Bête insatiable* ou *le Serpent crevé;* et, en second

Lorsque le château passa entre les mains
du prince, il consistait en un grand corps de
bâtiment avec sept pavillons reliés entre eux
par des galeries. Du côté de la cour principale
se trouvaient deux autres pavillons auxquels
la grille d'entrée était soudée. On y arrivait
par une avenue à quatre rangs d'arbres, sui-
vie d'une demi-lune qu'un fossé sec séparait
de la cour d'honneur. La chapelle, construite
par Claude Perrault, de forme octogone, était
située à l'extrémité de l'aile gauche ; le dôme
avait été peint à fresque par Lebrun : c'était
l'Ancienne loi accomplie par la nouvelle, et
l'on s'accordait sur le mérite de cette œuvre,
que nous a transmise, du reste, le burin du
graveur Gérard Audrand. Deux belles statues
en marbre blanc de Girardon, représentant
le Baptême de Jésus-Christ par saint Jean,
dominaient l'autel. Le parc n'avait pas moins
de quatre-vingts à quatre-vingt-dix arpents de
circonférence. Nous ne parlerons pas des jardins dessinés par Le Nôtre, du potager si ad-
miré de M. de Navailles pour ses chicorées [1],

titre : *le Catéchisme des partisans, composé par M. Colbert* (à Cologne, chez Pierre Marteau), p. 18, 19.

[1] « ... Du temps de M. Colbert, raconte Madame,

de la cascade dans le genre de celle de Saint-Cloud, des bassins, des allées d'eau, du grand canal, de ces cabinets de treillages qui se composaient d'un salon de verdure flanqué de deux buffets, dont les promeneurs devaient apprécier l'agrément. On trouvera ces détails un peu plus loin [1].

La solitude de Sceaux était fort du goût de Colbert, qui s'y retirait sans crainte d'être dérangé. La physionomie de cette belle demeure avait alors un caractère de calme, d'austérité qu'elle devait échanger plus tard contre un aspect plus enjoué, plus en harmonie avec

---

il vint exprès à Sceaux pour le visiter. On lui montra la belle cascade, la galerie d'eau, qui est une merveille, la salle des marronniers, le berceau, bref tout ce qu'il y a de beau à Sceaux ; il n'admirait rien de tout cela ; mais quand il vint au potager où était la salade, il s'écria : « Franchement la vérité, « voilà une belle chicorée ! » j'allai donc voir aussi la belle chicorée. » *Lettres nouvelles et inédites de la princesse Palatine* (Paris, Hetzel, 1863), p. 261. Versailles, le 26 octobre 1704.

[1] Rigaud a laissé cinq *vues de Sceaux* : la vue du château du côté de la grande avenue ; une vue prise du petit parterre qui conduisait à l'orangerie ; une autre du haut de l'allée de la Diane ; une vue de la cascade, et une dernière des parterres et du grand canal.

l'âge, l'esprit, l'humeur de ses nouveaux maîtres. Ces vers de Quinault peignent fidèlement, et c'est aussi leur seul mérite, l'existence du ministre célèbre qui, durant treize années, y fit de fréquentes sinon de longues échappées :

> Le maître de ces lieux veut que le loisir même
> S'occupe ici toujours de quelque soin pressant :
> Tout ce qu'on y voit se ressent
> De son exactitude extrême
> Et de son génie *agissant* [1].

« ... Car M. Colbert, dit de son côté Perrault, ne connoissoit guères d'autre repos que celui qui se trouve à changer de travail, ou à passer d'un travail difficile à un autre qui l'est un peu moins [2]. » Colbert aimait les lettres et tenait à Sceaux « des conférences d'érudition [3]. » Il emmenait souvent Despréaux et Racine avec lesquels il prenait plaisir à discourir. Un jour ils se trouvaient ensemble, lorsqu'on vint lui dire que l'évêque de *** demandait à le voir : « Qu'on lui mon-

[1] Quinault, *Sceaux*, poëme en deux chants, ch. II.

[2] *Mémoires de Charles Perrault* (Avignon, 1759), p. 34.

[3] Hurtaut et Magny, *Dictionnaire de la ville de Paris et de ses environs* (Paris, 1779), t. IV, p. 597.

tre tout, hormis moi, » s'écria-t-il[1]. Sceaux était, en définitive, une grande et somptueuse résidence que Colbert ne trouva pas indigne de recevoir le maître. En 1677, il y donnait une fête à Louis XIV qui, voulant laisser dans l'esprit des plus petits trace de son passage, fit remise de six mois de taille aux paysans, exemple que le ministre se piqua de suivre en payant les autres six mois. Ce fut à son fils aîné, le marquis de Seignelay, qu'échut Sceaux. Bien qu'homme de travail, Seignelay n'avait ni la rigidité ni les dehors austères de son père. Il aimait le plaisir, et la fête qu'il donna, également à Sceaux, au grand roi, en 1685, fit époque. L'on nous saura gré d'entrer dans les détails de cette réception ; ils nous édifieront sur ce qu'était déjà le château, quinze ans avant l'installation du duc et de la duchesse du Maine.

Le lundi 16 juillet, le roi arriva accompagné du Dauphin, de la Dauphine, de Monsieur, de Madame, de M. le Duc, de madame la Duchesse, du duc de Bourbon, de made-

---

[1] Racine, *Œuvres complètes* (Lefèvre), *Mémoires sur la vie de J. Racine*, t. I, p. 99. — Boileau, *Œuvres complètes* (éd. Saint-Surin), t. II, p. 138, épître x.

moiselle de Bourbon, du petit duc du Maine,
qui ne se doutait pas alors qu'il posait le pied
chez lui, et de mademoiselle de Nantes, sa
sœur. Le plus gros de la cour l'avait escorté ;
d'autres avaient précédé pour se mêler au
groupe de seigneurs qui devaient le recevoir
avec M. de Seignelay, à la descente de son carrosse. Le roi ne fit qu'une courte apparition
dans l'appartement bas du château et s'engagea à pied dans les jardins, tandis que les
princesses étaient traînées dans des chaises
assez semblables aux petites voitures à bras
qui servent de véhicules à nos enfants.

« Après qu'on eust traversé de belles allées
palissadées, on arriva à un pavillon nommé
pavillon de l'Aurore, parce que l'aurore, en
se levant, est plutost remarquée de ce lieu que
d'aucun autre, et qu'il semble qu'elle ne paroisse tous les matins que pour l'éclairer [1].
Ce pavillon peut estre encore appelé le pavillon de l'Aurore, à cause qu'on y voit cette
déesse peinte de la main de M. Lebrun ; ce
qui suffit pour faire juger des beautez du de-

---

[1] Le pavillon de l'Aurore était dans le potager.
Le *Magasin pittoresque* en a publié le dessin, xxi[e]
année (1853), p. 185.

dans [1]. Ce pavillon a douze ouvertures, en
comptant celle de la porte, et comme ce salon est élevé, on monte, pour y entrer, deux
escaliers opposez l'un à l'autre. Il y a dedans
douze enfoncemens qui se regardent et qui
renferment chacun trois croisées ; le tour de
l'un de ces deux enfoncemens estoit remply
de toutes sortes d'eaux glacées, de confitures
sèches et de fruits aussi beaux qu'ils estoient
rares pour la saison. Il y avoit dans l'autre
enfoncement ce que la France a de plus ha-
biles maistres pour les instrumens et de quoy
faire entendre une simphonie douce et pro-
portionnée à l'étenduë de ce lieu...

« Toutes les augustes personnes qui remplis-
soient ce salon s'y trouvèrent si commodément, qu'elles y demeurèrent pendant plus
d'une heure, après quoy l'on en descendit

---

[1] Quinault, dans son poëme de *Sceaux*, après
avoir invoqué les muses, s'impose la tâche de suivre
le *divin pinceau* du peintre, et traduit en vers élé-
gants, mais un peu mous, les diverses transforma-
tions de la déesse aux doigts de rose :

> Elle a fait en ce lieu tracer son aventure,
> Elle en inspira le dessin ;
> Et de sa clarté la plus pure
> Elle-même éclaira l'ingénieuse main
> Qui prit soin d'achever cette vive peinture.

pour continuer la promenade. On vit une belle pièce d'eau qui est à costé du chasteau, et l'on se rendit ensuite dans la salle appelée des Marronniers, où sont cinq fontaines très-agréables : sçavoir quatre tirant vers les angles, et une dans le milieu. On alla de là dans un petit bois fait en labyrinthe et tout remply de fontaines, puis dans l'allée d'eau. Le long de chaque costé de cette allée, on voit régner quantité de bustes sur des scabellons, et des jets d'eau qui s'élèvent aussi haut que le treillage. Chaque jet d'eau paroist entre deux bustes, et chaque buste entre deux jets d'eau. Il y a une rigole le long du bas de chaque costé de l'allée pour recevoir l'eau qui tombe d'un si grand nombre de jets, et aux quatre coins de cette allée sont quatre grandes coquilles qui recoivent aussi l'eau. Derrière les bustes et les jets d'eau s'élèvent de grands treillages qui forment des murailles de verdure.

« Au sortir d'un lieu si beau, et où l'on respire une fraîcheur qui enchante, on alla voir le pavillon appelé des Quatre-Vents. C'est un lieu charmant par la beauté de la vue ; on revint ensuite le long du mail ; puis, en descendant un peu, on se rendit auprès d'une pièce

d'eau qui contient environ six arpens. Le
lieu fut trouvé si agréable, que le roy voulut
s'y reposer afin d'y demeurer plus longtemps.
Sa Majesté choisit pour s'asseoir un endroit
qui regarde en face une cascade, qui est à
l'autre bout de cette pièce d'eau ; elle est sur
le penchant d'une coste, et, comme les eaux
en sont très-vives, on peut asseurer que tout
y est naturel. Elle forme trois allées d'eau,
et elle est ornée de plusieurs vases de bronze,
qui sont entre les bassins d'où sortent les
jets. Pendant que le roy et la maison royale
furent assis vis-à-vis de cette cascade, plusieurs gondoles dorées et vitrées, garnies de
damas de diverses couleurs, et conduites par
des rameurs vêtus de blanc et fort propre-
ment mis, avec des rubans de couleur, firent
divers tours sur la pièce d'eau et passèrent
plusieurs fois devant le roy, afin de l'inviter
à entrer dedans, s'il eust eu envie de se promener sur l'eau ; mais ce prince infatigable[1],

[1] Au moins, n'était-il pas le plus mauvais marcheur
de sa cour, ce qui ne serait pas beaucoup dire, s'il
fallait en croire Madame : « ... Les gens de ce pays-ci
ne savent pas mieux marcher que les oies, et, sauf
le roi, madame de Chevreuse et moi, il n'y a pas
un être capable de faire vingt pas sans suer et per-

aimant mieux prendre à pied le plaisir de la
promenade, vint voir de près la cascade qu'il
avoit examinée de loin pendant une demy-
heure. »

Il ne restait plus qu'une pièce d'eau à visiter, le roi voulut la voir, puis l'on reprit le
chemin du château. La nuit était venue, les
fenêtres étaient ouvertes, et comme toutes
les pièces étaient surabondamment éclairées,
cette sorte d'illumination, contrastant avec
l'obscurité qui enveloppait les parterres et
les avenues, était d'un effet magique. Un
concert avait été organisé dans l'orangerie.
L'on y chanta une idylle dont les paroles
étaient de « M. Racine, trésorier de France, »
et que Lulli avait été chargé de mettre en musique. Après cet intermède, le roi, qui était
sorti par la grande porte de l'orangerie, avait
fait quelques pas à peine, qu'il apercevait
d'un seul coup la feuillée, la table, le boulingrin en feu. La table circulait autour d'un
bassin de trente-quatre pieds et demi de lar-
geur sur quarante-huit de long. Le lieu où

dre haleine. » *Lettres nouvelles et inédites de la princesse Palatine* (Paris, Hetzel, 1863), p. 2. Saint-Germain, le 5 février 1672.

s'assit Louis XIV était au milieu d'une feuillée, à l'un des bouts de ce canal ; le Dauphin
occupait l'autre extrémité.

« L'endroit où estoit le roy formoit un
milieu dont le plafond estoit ceintré ; les
plafonds des deux ailes estoient plats ; tous
les portiques estoient en arcades, ornées des
armes et des chiffres de Sa Majesté dans
le milieu. Plusieurs lustres et des festons
de fleurs ornoient celle au milieu de laquelle mangeoit le roy ; toutes ces cor-
niches estoient bordées de cent-cinquante
girandoles portant chacune six bougies, et
entre chaque girandole il y avoit une cor-
beille d'argent remplie de fleurs. On avoit
mis des rideaux de damas blanc à toutes les
arcades, afin qu'on ne fût pas surpris par la
pluye... »

Le repas achevé, le roi fit le tour du boulingrin, examina les berceaux, la feuillée, et
après avoir témoigné à son hôte toute sa satisfaction, regagna son carrosse et disparut
avec sa suite dans l'avenue bordée de grosses
lumières qui l'éclairaient comme en plein
jour [1]. Cette fête, du reste, n'était pas la der-

---

[1] *Mercure galant*, juillet 1685 ; p. 263 à 316. Il
publiait, dans le même volume, une estampe repré-

nière qui devait être donnée au grand roi.
Sceaux, sur le chemin de Fontainebleau,
était une étape naturelle, et il était rare, lorsqu'il devint la propriété du plus chéri de ses
enfants, qu'il ne s'y arrêtât pas, soit en allant,
soit au retour, élisant pour ses autres haltes
Villeroy le plus souvent et quelquefois Petit-
Bourg[1]. Ce fut à la fin de 1700, que le duc
du Maine devint acquéreur de ce beau domaine au prix de neuf cent mille francs; il
est vrai que la cession du marché de Sceaux
aux bouchers de Paris, comme on l'a dit plus
haut, restreignait le chiffre de l'achat à la
somme de quatre cent mille francs, à laquelle

sentant la vue du boulingrin et de ce souper splendide. — Mademoiselle de Montpensier, *Mémoires*
(Michaud et Poujoulat), t. XXVIII, p. 518. — Racine, *Œuvres complètes* (éd. Lefèvre), t. I, p. 110.—
Piganiol de La Force, *Description historique de la
ville de Paris et de ses environs* (Paris, 1765), t. IX,
p. 455, 456.

[1] Le samedi 4 décembre 1700, quelques jours après
son acquisition, le jeune roi d'Espagne prenait, à
Sceaux, congé de Louis XIV.—Voir le journal du
duc de Bourgogne, dans les *Curiosités historiques ou
Recueil de pièces utiles à l'histoire de Fance.* (Amsterdam,
1759), t. II, p. 95.— Dangeau, *Journal,* t. VII, p. 446,
447, 448; t. XVIII, p. 363, 364.—*Mercure galant* de décembre 1700, p. 215, 216.—Duc d'Antin, *Mémoires,* p. 63.

il faut ajouter cependant un excédant de
quatre-vingt mille francs affectés à l'acquisition des statues des jardins et de meubles que
M. de Seignelay voulut bien vendre [1].

L'appartement de la princesse était au rez-
de-chaussée à gauche sur le petit jardin des
fleurs; madame du Maine en avait fait un
musée rempli de sculptures et de porcelaines
introuvables. Les parquets, d'un bois odori-
férant, adaptés dans chaque pièce d'une
façon différente, n'étaient pas ce qui attirait
le moins l'attention et l'admiration de l'ama-
teur. C'était dans la seconde pièce que l'on
jouait [2]. Au reste, la nymphe de Sceaux,
d'humeur assez mobile, n'était pas femme à
ne pas varier ses gîtes. Dans ses jours d'intimité, elle habitait l'entre-sol, et c'est là où
elle soupait avec son frère, M. le Duc, lorsqu'il la venait voir. Elle s'était réservé, en

---

[1] Dangeau, *Journal*, t. VII, p. 405, 432. 30 octobre et 24 novembre 1700.—On trouva que les bouchers étaient trop chargés de payer 500,000 fr.; on
les en tint quittes pour 450,000, et le roi donna les
50,000 autres. Sans le marché, Sceaux valait près de
20,000 livres de rentes. Le duc du Maine n'en prit
possession qu'à la fin de novembre.

[2] Duc de Luynes, *Mémoires*, t. VI, p. 310, 311,
312.

outre, au dernier étage un petit appartement nommé la *chartreuse,* meublé avec une coquetterie, une recherche incroyables. La vue, de là, était merveilleuse et offrait un horizon de huit à dix lieues. Elle s'y faisait monter par une trappe dont le siége était enlevé au moyen d'un contre-poids. Louis XV, qui visita plus tard ce charmant réduit, l'avait appelé « le beau grenier de Sceaux [1]. »

Une fois installée, madame du Maine ne songea plus qu'à faire de cette belle résidence l'asile de tous les plaisirs, le rendez-vous de tout ce qu'il y avait d'aimable, de jeune, de distingué, d'illustre à la cour, à la ville et dans les lettres. A Clagny, malgré le peu de gêne qu'elle s'imposait, elle était trop sous l'œil du roi pour que le voisinage de Versailles ne la condamnât, si peu que ce fût, à quelque contrainte, et elle ne se sentait d'humeur à endurer même la moindre. Sous ce rapport, Sceaux servait à ravir ses instincts d'indépendance illimitée : là, elle échappait

---

[1] Dargenville, *Voyage Pittoresque des environs de Paris* (Paris, 1768), p. 288.—*Une promenade à Sceaux-Penthièvre* (1783), p. 44.—Dulaure, *Nouvelle description des environs de Paris* (Paris, 1790), t. II, p. 230.

à la surveillance du roi et de madame de Maintenon ; son mari se pliait trop à tous ses goûts pour être jamais un embarras ; et encore, retenu près du maître par sa charge et les exigences du père, ne venait-il à Sceaux que de deux jours l'un.

Lorsqu'elle posa le pied dans ce château qu'elle devait transformer en un lieu d'enchantements, elle avait un peu moins de vingt-quatre ans, l'âge où la femme comprend que si la beauté est un moyen de plaire, il n'est ni le seul ni même le plus effectif. Aussi cette nature altière, emportée, absolue se faisait-elle douce, caressante à l'égard de ceux qu'elle voulait enrôler parmi ses bergers : avances, flatteries, séductions, rien ne lui coûtait. Elle ne vous demandait que de vous divertir. Mais c'était là le premier devoir et la grande tâche de l'initié : le plaisir était un dieu auquel il fallait sacrifier, jour et nuit, car le sommeil était inconnu à Sceaux.

II

L'ordre de la *Mouche à miel.*—A quelle occasion il fut institué.—Serment et statuts de l'ordre.—Simulacre de réception, à la fête de Châtenay.—Les *Oiseaux de Sceaux.*—
Avances faites au Parlement.—Tous ses présidents vont à
Sceaux.—MM. de Romanet, de Maisons et de Blamont.—
Le premier président de Mesmes.—Connu, dans l'ordre,
sous le titre de *grand artificier.*—Ce qu'il y avait au fond
de tout cela.—L'on joue ou répète la comédie de jour et
de nuit.—Malezieu et les députés de Dombes. — Valeur
militaire de M. du Maine.—Lettre de Louis XIV au maréchal d'Humières.—M. du Maine au feu.—A deux chevaux
tués sous lui.—N'en passe pas moins pour être peu brave.—
Le duc de Nevers à Passy, à Fresnes et à Sceaux.—
Qualités culinaires de sa fille. — Api épouse le duc
d'Estrées.—Les Marionnettes chez la duchesse du Maine.
—*Scène de Polichinelle et du voisin.*— Grande colère de
l'Académie.—Déluge de chansons et de rondeaux contre
Malezieu et M. le Duc.—Tournure d'esprit du temps.—
Paradoxe de Fontenelle.—Ferrand joint l'exemple au pré-
cepte.—La Fontaine calomnié.—Mademoiselle d'Enghien
devient madame de Vendôme.—Le duc, aussitôt marié, part
pour l'Espagne.—Il meurt à Vignaroz.—Étrange existence
de sa veuve.—On la dit remariée au chevalier de Soldeville.—Abus général des liqueurs fortes.—Elles causent la
mort de madame de Vendôme.

La duchesse du Maine était délicate en fait
de plaisirs ; elle eût, sans y regarder, jeté des

millions dans les amusements d'une nuit,
mais c'était à la condition que l'esprit y trouverait son compte et y aurait ses surprises
comme les yeux. Malezieu et l'abbé Genest
dévouaient leur vie à la recherche de canevas
ingénieux où ils dépensaient en détail plus
d'invention et d'imagination que n'en mit
Fontenelle dans ses opéras et ses pastorales.
Le moment est venu de parler du fameux
ordre de la Mouche à miel, institué à Sceaux,
en juin 1703. Ces paroles de l'*Aminte* :

Piccola si, fà mà pur gravi le ferite [1],

dont on avait fait la devise de la duchesse du
Maine, lors de son mariage, furent l'origine
de cette parodie précieuse des ordres de
chevalerie. Il était question, un jour, de cette
devise qui convenait autant à l'esprit caressant et sardonique à la fois qu'à la petite
taille de celle-ci : pourquoi les élus de Sceaux
ne seraient-ils pas réunis et comme enrégi-
mentés sous la bannière mignonne de la princesse? pourquoi, en un mot, ne pas fonder un
ordre que l'on appellerait *l'ordre de la Mouche*

---

[1] « Je suis petite, il est vrai, mais je fais de pro-
fondes blessures. »

à *miel,* qui aurait ses lois, ses statuts, ses
devoirs? Cette idée, à peine émise, fut ac-
cueillie avec transport, et, séance tenante,
l'on s'occupa de former des règlements, de
créer des officiers et de donner divers noms
symboliques aux dames et aux chevaliers
qui devaient entrer dans l'ordre. Une médaille fut frappée ; sur l'une des faces, l'on
voyait la tête de la duchesse du Maine avec
la légende en lettres initiales : « Anne-Marie-
Louise, baronne de Sceaux, dictatrice perpétuelle de l'ordre de la Mouche. » Dans le
champ du revers, une abeille volait vers une
ruche, avec la devise que nous avons citée.
Cette médaille, frappée le 11 juin 1703, était
d'or et pesait trois gros soixante grains. On
la portait attachée avec un ruban citron.
L'ordre se composait de trente-neuf membres
qui étaient admis après avoir répété la for-
mule du serment que voici : « Je jure, par les
abeilles du mont Hymette, fidélité et obéissance à la dictatrice perpétuelle de l'ordre,
de porter toute ma vie la médaille de la
Mouche, et d'accomplir tant que je vivrai
les statuts de l'ordre ; et si je fausse mon serment, je consens que le miel se change pour
moi en fiel, la cire en suif, les fleurs en

4.

orties, et que les guêpes et les frelons me percent de leurs aiguillons [1]. »

Chaque année, le duc et la duchesse du Maine venaient passer la fête de Châtenay chez Malezieu, qui réalisait l'impossible pour faire à ses hôtes un accueil digne d'eux. On serait étonné de tant de dépenses et d'efforts dans un simple particulier très-éloigné d'être un grand seigneur, si l'on ne savait pas que le prince subvenait à tout. C'étaient les mêmes divertissements, les mêmes enchantements qu'à Sceaux; il n'y avait rien de changé que le lieu. Le souvenir des réjouissances dont Malezieu régala ses maîtres, notamment à la fête de Châtenay de 1703, subsiste encore dans le pays. L'abbé Génest en a laissé une description des plus détaillées et des plus pompeuses, que nous avons le regret de ne pouvoir pas publier ici, au moins à titre de spécimen de ces splendides amusements d'une autre époque [2]. L'année suivante, il y eut simulacre de ré-

[1] Tobiesen Duby, *Recueil général de pièces obsido-niales. Récréations numismatiques*, p. 142, pl. 4.

[2] *Divertissemens de Sceaux* (Trévoux, 1712), p. 85 à 112.

ception de chevaliers de la Mouche [1]. C'était
un spectacle que l'on voulait donner à M. le
Prince, à madame la Princesse, à mademoiselle d'Enghien et à M. le Duc, qui avaient
accompagné les seigneurs de Sceaux. Le
récipiendaire n'était pas un personnage ordinaire; c'était le prince de Samarcand, victime des enchantements d'une maligne fée,
une sorte de Juif errant condamné à traîner
ses pas de contrée en contrée, jusqu'à ce que
des génies bienfaisants neutralisassent l'influence funeste qui s'acharnait à le pour-
suivre. Mais on a deviné qu'il touchait à la
fin de ses maux, et que celle qui allait les
faire cesser n'était pas loin. Cette fée propice
c'est Ludovise, et Ludovise c'est la duchesse
du Maine.

> Je veux vous accorder par delà vos désirs,
>   Et vous témoigner mon estime.
> J'ai choisi des amis d'un mérite sublime,
> Qui goûtent près de moi de tranquilles plaisirs;
> Vous allez partager un sort si désirable,
>   Pourvu que vous soyez capable
> De pratiquer comme eux mes justes règlements.
> On va les apporter; vous en saurez l'usage.

Le prince de Samarcand était vêtu avec

[1] Dimanche, 3 août 1704.

une magnificence tout asiatique. Il était
escorté d'un gouverneur dont le costume
différait peu du sien. Il s'avança pour entendre les statuts que le héraut de l'ordre,
coiffé d'un bonnet en forme de ruche, et
enveloppé dans une longue robe de satin
incarnat semée de mouches à miel d'argent,
se mit à réciter d'une voix solennelle [1] :

I

Vous jurez et promettez une fidélité inviolable, une aveugle obéissance à la grande Ludovise, dictatrice perpétuelle de l'ordre incomparable de la Mouche à miel. Jurez, prince, par
le sacré mont Hymette.

II

Vous jurez et promettez de vous trouver dans
le palais enchanté de Sceaux, chef-lieu de l'ordre de la Mouche à miel, toutes les fois qu'il
sera question d'y tenir chapitre ; et cela toutes
affaires cessantes, sans même que vous puissiez
vous excuser sous prétexte de quelque incom-

---

[1] C'était mademoiselle de Bury, fille d'un musicien du roi, qui représentait Ludovise. Malezieu
faisait le prince de Samarcand ; M. de Dampierre le
gouverneur. Le héraut était M. de Bessac, enseigne
des gardes du duc du Maine.

modité légère, comme goutte, excès de pituite, gale de Bourgogne.

III

Vous jurez et promettez d'apprendre incessamment à danser toutes contredanses, comme furstemberg, pistolet, derviche, pet-en-cul et autres [1], de les danser encore plus volontiers, s'il le faut, pendant la canicule que dans les autres temps, et de ne point quitter la danse, si cela vous est ainsi ordonné, que vos habits ne soient percés de sueur, et que l'écume ne vous en vienne à la bouche.

IV

Vous jurez et promettez d'escalader généreusement toutes les meules de foin, de quelque hauteur qu'elles puissent être, sans que la crainte des culbutes les plus affreuses puisse jamais vous arrêter.

V

Vous jurez et promettez de prendre en votre protection toutes les espèces de mouches à miel, de ne faire jamais mal à aucune, de vous

---

[1] Joignez à ces contredanses, pour compléter la nomenclature chorégraphique du temps : « la ferlane, l'amitié, la chasse, la sissone, les tricotets et madame de La Mare. » *Divertissemens de Sceaux* (Trévoux, 1712), p. 101.

en laisser piquer généreusement sans les chasser, quelque endroit de votre personne qu'elles puissent attaquer, soit joues, jambes, fesses, etc., dussent-elles en devenir plus grosses et plus enflées que celles de votre majordome [1].

VI

Vous jurez et promettez de respecter le précieux ouvrage des mouches à miel, et, à l'exemple de votre grande dictatrice, d'avoir en horreur l'usage profane qu'en font les apothicaires, dussiez-vous crever de replétion.

VII

Vous jurez et promettez de conserver soigneusement la glorieuse marque de votre dignité, et de ne jamais paraître devant votre dictatrice sans avoir à votre côté la médaille dont elle va vous honorer.

Le prince de Samarcand, après cette lecture, reçut la médaille de l'ordre des mains de Ludovise, qui l'attacha à son justaucorps, tandis que le chœur célébrait cette solennité par ses chants :

Viva sempre, viva ad in honore cresca
il novo cavaliere della Mosca [2].

1· Le président de Mesmes.
2 *Divertissemens de Sceaux*, (Trévoux, 1712) p. 166 à

Si l'occasion ne s'offrait guère d'appliquer la plupart de ces statuts, au moins le dernier, relatif au port perpétuel de la médaille à Sceaux, d'une pratique plus aisée, était-il de rigoureuse observance. Mademoiselle de Moras perdit un jour la sienne; ce fut Malezieu qui la trouva. Grande rumeur, indignation grande. La coupable est menacée de se·voir expulsée pour sa négligence. Le lendemain ou le surlendemain, on servit sur la table de la duchesse un pâté dans lequel la médaille avait été glissée avec ces vers :

Je possède un trésor dont Moras est indigne;
Qui n'a pu le garder ne le méritoit pas :
    Mais, par une faveur insigne,
    Urgande l'offre en ce repas
A celle qui pourra, par une chansonnette,
Vanter plus dignement les charmes de Laurette.

C'était un tour adroit de Malezieu pour fournir à l'infortunée l'occasion de reconquérir sa réintégration dans l'ordre. Mademoiselle de Moras, en effet, répondit à cette provocation par un couplet qui disait, en substance, que s'il fallait que l'effort fût au

197.—Ce récit est de l'abbé Genest; il est adressé à l'abbesse de Fontevrault, sœur de madame de Montespan, et tante, par conséquent, du duc du Maine.

niveau des mérites de Laurette, Anacréon, Virgile, Horace eux-mêmes succomberaient à la tâche [1]; et la médaille lui fut rendue. La réplique, cela va de source, était de Malezieu. Dans ces vers, la duchesse est appelée Laurette : elle venait de jouer le personnage de Laurette, de *la Mère coquette* de Quinault, et, par une flatterie à laquelle elle était fort sensible, on lui donnait le nom de son rôle. On la nomma de même façon Chimène, Célimène, Azaneth, quand elle figura dans *le Cid, le Misanthrope* et dans *Joseph.*

Tout le monde avait son nom de guerre à Sceaux. Malezieu s'appelait *le Curé,* l'un de ses fils, *le cadet Faveresse* [2]; Genest, l'*abbé Pégase,* lorsqu'un retour sur son nez ne le faisait pas appeler l'*abbé Rhinocéros;* le duc du Maine, *le Garçon;* les deux princes ses fils, *les deux Garçonnets;* M. le Duc, *le baron de Saint-Maur;* le duc de Nevers, *Amphion;* madame de Nevers, *Diane;* mademoiselle Adélaïde de Nevers, *Api;* M. d'Albemarle, *le Major;* sa femme, *Geneviève;* madame d'Ar-

<hr />

[1] *Divertissemens de Sceaux* (Trévoux, 1712), p. 209.

[2] Nom de famille de leur mère. Madame de Malezieu était Faudelle de Faveresse.

tagnan, qui demeurait à la porte de Sceaux,
la Voisine[1]; mademoiselle de Choiseul, *Gly-
cère*. Cet usage était général alors; il était
déjà de date ancienne. Le *Dictionnaire des
précieuses* nous a conservé les surnoms sous
lesquels se cachaient les habitués de .l'hôtel
de Rambouillet. A Fresnes, chez madame de
Guénégaud, les hôtes de ce séjour agréable
se désignaient pareillement, tantôt par des
noms pris dans les romans ou dans la my-
thologie, tantôt par des sobriquets baroques.
Madame de Guénégaud était connue sous le
nom d'*Amalthée*; M. de Pomponne, sous celui
de *Clidamant,* et M. Duplessis-Guénégaud,
sous celui d'*Alcandre*. *Timanes* n'était autre
sans doute que La Rochefoucauld. Des personnages moins connus s'abritaient sous les

---

[1] Madame d'Artagnan, plus tard la maréchale de
Montesquiou, qui avait été élevée en Normandie,
sur les bords de la Dive, dans une maison appelée
le Robillard, faisait alors partie d'une société dont
chaque membre portait un nom d'oiseau. Il y avait
l'alouette, le rossignol, le pinson. La comtesse était
la fauvette de cette volière normande, qui lui reprochait, quand elle fut à la cour, d'oublier ses anciens amis les oiseaux. *Divertissemens de Sceaux*
(Trévoux, 1712), p. 299. — *Suite des Divertissemens de
Sceaux* (Paris, 1725), p. 16.

pseudonymes d'*Aniandre,* de *Miliande,* de *Cléodon* [1]. Cette mode, qui devait être long-temps encore l'amusement des sociétés, était en vigueur dans les académies d'Italie. A celle des Arcades, chacun avait un nom symbolique plus ou moins en rapport avec les ouvrages qui l'avaient rendu célèbre. Là, Fontenelle n'était plus Fontenelle, mais *Pigastro* (fontaine aimable); Voltaire s'appelait *Muséo* (le poëte par excellence); Titon du Tillet, l'auteur du *Parnasse françois, Philomèle parnasside,* et ainsi des autres [2]. L'on avait surnommé l'essaim d'adorateurs qui se groupaient et voletaient autour de Ninon : *les oiseaux des Tournelles;* on ressuscita ce titre pour la société de madame du Maine, que l'on appela : *les oiseaux de Sceaux* [3], oiseaux harmonieux, qui, pour chanter à tout instant, ne trouvaient pas toujours des choses d'un tour aussi joli que ces six vers anacréon-

---

[1] *Recueil de pièces nouvelles et galantes* (Cologne), t. II, p. 79.—Coulanges, *Mémoires,* p. 396, 398, 402, 404.

[2] L'abbé Trublet, *Mémoires pour servir à l'histoire de la vie et des ouvrages de Fontenelle,* p. 46.

[3] Duvernet, *Vie de Voltaire* (Genève, 1786), p. 131, 132, 300.

tiques de Charleval, faits le jour de sa réception parmi les intimes de Lenclos:

> Je ne suis plus oiseau des champs,
> Mais de ces oiseaux des tournelles
> Qui, sans choix des saisons nouvelles,
> Se parlent d'amour en tous temps,
> Et qui plaignent les tourterelles
> De ne se baiser qu'au printemps.

Nous avons dit que l'ordre de la Mouche
se composait invariablement de trente-neuf
membres. Lorsqu'une mortalité ou quelque
cause moins sombre amenait une élection,
c'était à qui briguerait la place du défunt ou
de l'absent. L'on se remuait, l'on complotait,
l'on intriguait, et les évincés poussaient le
raffinement et la flatterie jusqu'à bouder
pour mieux prouver le prix qu'ils attachaient
à la faveur dont ils se voyaient frustrés.
Partout où les femmes ne sont pas exclues,
il semble qu'elles doivent avoir le premier
pas. Là, hommes et femmes étaient reçus
indifféremment. A une vacance, trois candi-
dats se mettent sur les rangs, les comtesses
de Brassac et d'Uzès et le président de Romanet. Ce fut le président qui l'emporta, au
grand mécontentement des deux dames, qui
jetèrent les hauts cris et cherchèrent à faire

annuler l'élection [1]. Un robin préféré à deux grandes dames dans la cour la plus polie et la plus galante de cette société si galante et si polie, c'était là une anomalie qui pouvait n'être étrange qu'à la surface. Ce petit fait avait lieu vers la première moitié de 1712, et, à cette époque, l'on sentait déjà, et depuis longtemps même, le besoin de se faire des créatures dans le Parlement et de gagner ses présidents. Ainsi le président de Maisons [2], ainsi le président de Blamont n'étaient pas moins acquis aux princes légitimés que M. de Romanet, et on verra jusqu'à quel point ce dernier était entré dans leurs intérêts. Le chef de ce corps illustre, si puissant durant les minorités, était dans l'intimité la plus étroite de M. du Maine, passait sa vie à Sceaux, était de toutes les fêtes, quittant parfois le rôle de spectateur et d'assistant pour un rôle plus actif, sans trop se soucier de la dignité de sa robe et de ce qu'en pourraient penser les Catons de sa compagnie.

[1] Madame de Staal, *Mémoires* (Michaud et Poujoulai), t. XXXIV, p. 693.

[2] Dangeau, *Journal* (addition de Saint-Simon), t. XVI, p. 101.

Le premier président de Mesmes, cajolé
par le mari et par la femme, n'avait pu
résister à tant d'avances et de caresses ; il
s'était laissé doucement envahir, et, dans
une circonstance critique comme l'avenir
pouvait en apporter, son appui n'était pas
douteux. Nous avons sous les yeux des lettres autographes de Malezieu à lui adressées, où tout est si désespérément futile, qu'on
y a cherché et voulu voir autre chose. Une
citation suffira pour donner le ton et la mesure
de ces fadaises, écrites par un astronome
au futur premier magistrat [1] de la première
cour du royaume. « La dictatrice perpétuelle
de l'ordre incomparable de la Mouche à miel
vous ordonne, ô monsieur le majordome [2],
d'estre demain, à une heure précise de rele-
vée, dans le chasteau de Chastenay, et ce
toutes affaires cessantes, attendu qu'icelle
dame dictatrice y va exprès pour vous entre-

[1] Le président de Mesmes devint premier président en 1712. Il le dut à la protection du duc du
Maine, et « le roi voulut que ce fût ce fils chéri qui
le lui apprît... » Saint-Simon, *Mémoires* (Chéruel),
t. X, p. 53.

[2] Il était le plus souvent désigné sous le titre de
grand artificier.

tenir de plusieurs choses importantes dont la moindre est une exécution à mort. Si le tambour peut vous accompagner, on vous prie de l'amener avec vous. On a quelques questions de cérémonial à vous proposer; il s'agit de pendre une princesse du sang, et le cas n'est pas sans difficulté. Quoi qu'il en soit, n'y manqués pas, et si vous avés la goutte, mettés des roulettes à vostre lit. Vale. Le Curé [1]. » Cette lettre, datée du 2 mai 1705, finissait par une plaisanterie sur mademoiselle de Chambonas et ses avantages, qui n'était pas des plus convenables. Nous ne chercherons pas à débrouiller ce que cela a d'énigmatique, ce serait se donner assurément plus de peine que n'en vaut la chose. Si plus tard, comme on a eu lieu de le penser [2], l'ordre de la Mouche à miel put se changer en une association de conspirateurs à l'eau de rose, c'est, selon nous, le calomnier bien gratuitement que de lui supposer une origine entachée du moindre sérieux.

[1] *Manuscrit sur la cour de Sceaux et l'ordre de la Mouche à miel* faisant partie de la collection Leber. (Bibliothèque de Rouen.)

[2] *Bulletin du bibliophile* (juillet 1836), n° 6, 2ᵉ série, p. 223.

Et dans ces quelques pièces que nous avons parcourues avec l'envie d'y démêler un sens caché mais pénétrable pour nous qui avons tous les éléments du procès, nous avouons n'avoir trouvé que des plaisanteries de société, piquantes sans doute à leur heure, mais en réalité d'une insignifiance aggravée trop souvent par des ordures et des inconvenances, qui ne choquaient personne alors et qui de notre temps seraient assurément de fort mauvaise compagnie.

La seule chose qui faisait contre-poids à ces enchantements, c'était la préoccupation incessante de les remplacer par d'autres fêtes, c'était l'inexorable nécessité d'inventer nuit et jour des plaisirs nouveaux, et, la pièce achevée, d'en jouer ou d'en écouter une autre sans laisser jamais retomber le rideau. Mais l'activité dévorante de madame du Maine suffisait à tout, et la jeune femme emportait dans son tourbillon les moins ardents à se mouvoir et à endosser le costume de comparse. Il s'en fallait de peu qu'il n'y eût spectacle tous les soirs à Sceaux. Les députés de Dombes arrivent et demandent à parler à Malezieu, le chancelier de leur parlement; on les renvoie en leur disant qu'il jouait la

comédie [1]. Une partie des journées se passait
à répéter ; le reste du temps, on le tuait le
plus spirituellement qu'on pouvait. La duchesse imaginera, par exemple, de faire une
loterie de toute sorte de travaux intellec-
tuels, vers ou prose, distribués au sort. Ainsi
la comtesse de Chambonas, sa dame d'honneur, tirera un rondeau que Malezieu rimera.
Une imitation échoira à la princesse, et
Malezieu composera, en ses lieu et place, un
rondeau à l'imitation de Voiture : *Ma foi,
c'est fait de moi.* La duchesse d'Estrées aura un
vaudeville pour sa part, que le même Malezieu
improvisera, sans détriment d'un triolet qu'il
fera pour son compte propre. M. de Gavaudun
s'en reposera sur l'obligeance de mademoiselle Delaunay du soin d'acquitter sa dette,
l'éloge du quolibet. Il n'est pas jusqu'au
musicien Marchand qui ne puisse s'en tirer
à moins d'un hymne à Bacchus [2]. Une ode
est perdue aux échecs par l'abbé Genest,
qui s'exécute en homme habitué à faire face

[1] *Anecdotes littéraires* (Paris, 1750), t. II, p. 385,
386.

[2] *Suite des Divertissemens de Sceaux* (Paris, 1725),
p. 99.

à de pareilles nécessités. Cette ode était, d'ailleurs, une envie de madame du Maine, qui était grosse : elle n'eût pas eu son ode qu'il pouvait en résulter les choses les plus graves; elle l'eut donc avec ce madrigal en plus :

> Comment, cet embryon sent-il qu'il est formé
>   Du plus beau sang des héros, des monarques?
> Quoi, de l'ode sublime il paraît affamé!
> Même avant qu'il respire, en sa coque enfermé,
> Déjà de cette envie il nous donne des marques!
>   Vrai sang des Condé, des Bourbons,
> Par la clarté du jour ses ardeurs échauffées,
> Sitôt qu'il sera né, lauriers, armes, trophées,
> Vont être ses joujoux, vont être ses bonbons [1].

Cet embryon était le prince de Dombes qui, sans justifier pleinement de pareilles métaphores, se conduira devant l'ennemi en homme de cœur et en soldat. La prédiction avait, toutefois, son mérite. Son père, M. du Maine, loin d'être de l'étoffe des grands capitaines, passait pour avoir peu de solidité en face du danger. Louis XIV, dans sa sollicitude pour ce fils qui lui allait plus près du cœur qu'aucun autre, crut qu'il serait toujours assez brave; il n'eût pas demandé

---

[1] *Divertissemens de Sceaux* (Trévoux, 1712), p. 63.

mieux sans doute qu'il se distinguât et hono-
rât le sang qui coulait dans ses veines, mais
à des conditions qui ne se rencontrent point.
« Laissez voir tout au duc du Maine, écrivait-
il au maréchal d'Humières, mais évitez autant qu'il sera possible qu'il ne s'engage mal
à propos et dans de petites affaires à pouvoir
être pris... [1]. » De telles latitudes n'allègent
guère la responsabilité d'un général, et le
maréchal, c'est présumable, s'en tint plus
encore à l'esprit qu'à la lettre de la missive
royale. Coûte que coûte, il fallut affronter le
feu, et de plus près qu'on eût voulu peut-être.
Et à la bataille de Fleurus (1690), le duc du
Maine vit périr à ses côtés son gouverneur,
M. de Jussac ; il eut même un cheval tué sous
lui [2], sans que sa réputation en fût fort aug-
mentée, hormis dans le *Mercure,* qui n'eut
garde de ne pas parler de l'intrépidité du
jeune héros. Cinq ans plus tard, il est encore
question d'un cheval tué sous lui dans une

---

[1] *Œuvres de Louis XIV* (Treuttel et Würtz, 1806),
t. VI, p. 14. Lettre de Louis XIV au maréchal d'Humières. Marly, le 21 mai 1689.

[2] Dangeau, *Journal*, t. IV, p. 160, 161. Mercredi, 5
juillet 1690. — La Fare, *Mémoires* (Michaud et Poujoulat), t. XXXII, p. 296.

charge de cavalerie [1] ; un peu moins de trois
mois après, il est vrai, il était universellement accusé d'avoir empêché Villeroy, par
sa couardise, de tailler en pièces les trente
mille hommes du prince de Vaudemont (le
14 juillet 1695); et les épigrammes ne l'épar-
gnaient pas [2].

Quand la duchesse du Maine et sa petite
cour étaient à bout d'inventions et n'en pouvaient mais, le grand remède de Ludovise
c'était de changer de lieu; aussi la trouvait-

[1] Dangeau., *Journal*, t. V, p. 270. Vendredi,
2 mai 1695.

[2] Saint-Simon, *Mémoires* (Chéruel), t. I, p. 273 à
278. — *Lettres nouvelles et inédites de la princesse Palatine* (Paris, Hetzel, 1863), p. 146. Versailles, le 21 août
1695.— L'on fit ce distique sur lui :

> Un bastard autrefois a sauvé le royaume,
> Un bastard aujourd'hui sauve le roi Guillaume ;

et cette épigramme adressée au maréchal de Villeroy :

> Du grand Louis tu soutiens la querelle,
> Du grand Créqui tu es le vrai modèle ;
> Mais,
> Si le Thomasseau s'en mêle
> Tu ne combattras jamais.

—*Recueil de chansons historiques* (Bibliothèque impériale. Manuscrits), t. VIII, f. 247, 267, 329, 330.

on perpétuellement sur les grands chemins.
L'Arsenal était le centre ordinaire des plaisirs de la princesse à Paris. Elle faisait, nous
l'avons dit, de fréquentes apparitions à Saint-
Maur, chez M. le Duc, où l'on tâchait de ne
demeurer pas trop au-dessous de l'hospitalité
de Sceaux. C'était, au reste, à qui lui donnerait des fêtes. Les réceptions de Châtenay sont
les plus connues[1]; elles ne sont pas les seules.
Madame de Croissy l'avait un jour à diner; un
autre jour, c'était une collation à Saint-Ouen,
chez madame de Polignac. Le président de
Mesmes lui ouvrait sa belle maison de Cra-
maïel; le duc de Nevers la recevait, soit à
Passy, soit à Fresnes; madame de La Ferté à
Chilly, madame d'Artagnan au Plessis-Pi-
quet. Il n'était pas jusqu'à l'abbé Genest

---

[1] Indépendamment des relations des fêtes de
Châtenay, qui se trouvent dans les *Divertissemens de
Sceaux*, p. 64, 65, 85 à 112, 166 à 199, 226 à 238, il
existe encore une lettre d'Hamilton à mademoiselle B*** (Hamilton, *Œuvres complètes*, t. III, p. 148
à 153) qui entre dans le détail de l'une de ces fêtes;
ainsi qu'une lettre de Chaulieu à Malezieu, signée :
le palefrenier du cheval Pégase. Chaulieu, *Œuvres* (La
Haye, 1777), t. II, p. 163. Voir également le *Journal
de Dangeau* (8 août 1707), t. XI, p. 431.

qu'elle n'allât relancer dans le petit logement qu'il s'était réservé, comme on l'a vu,
dans ce dernier village.

M. de Nevers, que nous avions un peu
perdu de vue, n'avait pas, en vieillissant,
sensiblement changé de façon de vivre. Son
amour pour la table, loin de diminuer, n'a-
vait fait que s'accroître; c'était sa seule
grande affaire, le seul soin sérieux de cette
tête frivole. Chaulieu écrivait à La Fare :
« Depuis votre départ de la bonne ville, un
enchaînement de plaisirs m'a bien laissé le
temps de penser à vous, mais non pas celui
de vous écrire. Vous croyez peut-être, parce
que depuis la destruction du paganisme, vous
avez pris la place de Comus, et le faites ado-
rer sous le nom de La Fare, qu'il ne nous
étoit pas permis, en l'absence du dieu des
festins et de la joie, de faire des soupers
agréables : nous en avons fait, ne vous en
déplaise, les meilleurs et les plus délicieux
qu'on puisse faire, chez M. le duc de Nevers;
la compagnie exquise et peu nombreuse, qui
joignoit seulement les grâces de Mortemar à
l'imagination de Mancini; tout eût été parfait, si le luxe et la magnificence de ces repas
n'eût été indigne du goût des convives. Il a

fallu tout leur enjouement pour m'empêcher de sentir le dégoût de l'abondance...[1]. » Nevers était un voluptueux et non un pourceau d'Épicure; c'était un délicat qui aimait mieux le raffinement que l'excès, et qui ne buvait pas pour s'enivrer et emplir de blasphèmes la salle du festin. Sa parenté avec les Vendôme avait bien pu l'entraîner à Anet et au Temple; mais, pour hurler avec ces cyniques, il lui fallait forcer la voix et violenter sa nature. Les circonstances préparèrent et facilitèrent sa retraite. La duchesse du Maine n'eut pas de grands efforts à faire pour l'attirer à Sceaux. Madame de Nevers et M. du Maine étaient cousins-germains, l'intimité se noua d'elle-même et se consolida, chaque jour, par les agréments d'un commerce où personne ne se trouva en reste.

Demeurée belle, malgré l'envahissement des années, Diane était une des gloires de la petite cour. Nous l'avons vue, en une rencontre, confectionnant des gimblettes avec ses femmes; ce n'était pas là une fantaisie

---

[1] Chaulieu, *Œuvres* (La Haye, 1777), t. I, p. 97. Épître à M. le marquis de La Fare, étant à Fontainebleau, en 1701.

passagère : moins encore par condescendance pour les goûts de son mari que par un penchant naturel, elle accordait une grande attention aux choses de la table et n'en faisait pas mystère. Dans une liste plaisante d'ouvrages proposés pour la bibliothèque de Châtenay, on plaçait un *Traité de la bonne chère et de toutes les qualités nécessaires à l'estomac pour faire d'heureuses digestions*, et ce traité imaginaire était attribué à madame de Nevers, qui le dédiait à madame de Chambonas [1]. La duchesse d'Estrées, digne fille d'un tel père et d'une telle mère, avait, en matière de cuisine, des connaissances qui allaient jusqu'à l'érudition, s'il faut en croire une autre pièce manuscrite que nous nous bornerons à signaler [2]. L'on était arrivé à

[1] *Manuscrit sur la cour de Sceaux et l'ordre de la Mouche à miel* (Bibliothèque de Rouen, collection Leber).

[2] *Recueil de chansons historiques* (Bibliothèque impériale. Manuscrits), t. XXXII, f. 87 à 97. *Relation de la grande victoire remportée par madame la duchesse d'Estrées sur les estomacs combinés et rassemblés à la ménagerie de Sceaux par S. A. S. madame la duchesse du Maine, le 5 juillet (1744)*, par M. de Lironcourt, escuïer de S. A. S.—Cette pièce est attribuée à madame la duchesse du Maine.

sentir l'importance pratique de pareilles
études, et c'était à qui s'y plongerait avec le
plus d'ardeur, Le prince de Dombes, le fils
aîné de madame du Maine, devait, plus tard,
si bien se conquérir un nom dans ce grand
art, qu'il fut question, un jour, qu'il ferait le
dîner de Louis XV [1]. Nevers, qui aimait des
festins splendides, jusqu'à la fin aima à les
savourer en petit comité. Au dîner décrit
plus haut par Chaulieu, la société, on le voit,
était peu nombreuse. Il n'était pas toujours
le maître, cela se devine, de restreindre le
chiffre des convives, mais il n'y manquait
pas toutes les fois qu'il le pouvait, et il n'a-
vait pas de plus grand bonheur que de recevoir les seigneurs de Sceaux dans un petit
appartement qu'il avait appelé le *cabaret* [2].

Nevers ne poussa pas aussi loin sa carrière
que Coulanges. Il mourait en 1707, trois mois
avant le mariage d'*Api* avec le duc d'Estrées.
C'était son enfant de prédilection. Médiocrement satisfait de la conduite du comte de
Donzi [3] et de son autre fils, il avait reporté une

---

[1] Duc de Luynes, *Mémoires,* t. III, p. 130, 253.
[2] *Divertissemens de Sceaux* (Trévoux, 1712), p. 391.
[3] Sandras de Courtilz, *Annales de la cour et de*

grande part de sa tendresse sur cette ravissante créature, à laquelle il a consacré des
vers attendris :

> Toi qui bornes tous mes souhaits,
> Cher objet, en qui je me plais,
> Aimable Api, charmante fille,
> Astre naissant dans ma famille,
> Qui, brillant dans son jeune cours,
> Fais tout le bonheur de mes jours,
> Dissipe l'ennui qui me presse,
> Et viens étayer ma vieillesse [1].

Le mariage d'*Api* fut encore attristé par un
accident arrivé à la « sylphide de Damas. »
Madame de Nevers, ayant posé le pied dans
sa chambre sur un noyau d'abricot, se laissa
tomber et se cassa la jambe [2], ce qui retarda
les noces de quelques jours. Ce fut le 17 août
que la célébration s'en fit à l'abbaye de Saint-
Germain, chez le cardinal d'Estrées. La jeune
duchesse fut, comme l'avait été mademoiselle
de Nevers, de toutes les fêtes et de tous les

Paris, pour les années 1697 *et* 1698 (Cologne, 1701),
t. I, p. 69 et suiv.

[1] *Api* avait une sœur, son aînée, et que Nevers
semble oublier ; mais elle était mariée depuis 1639
au prince de Chimay et ne pouvait lutter près de lui
de tendresse et de petits soins.

[2] Dangeau, *Journal*, t. XI, p. 421. Dimanche,
24 juillet 1707.

divertissements de la petite cour, au sein de laquelle une bonne partie de sa vie s'écoula. Elle devait mourir, sous les yeux de la duchesse du Maine, à Anet, au grand trouble de ceux qui en furent les témoins, comme nous l'apprend madame de Staal. Mais nous sommes maintenant bien loin encore de ces temps, dont presque un demi-siècle nous sépare [1].

C'était la fureur d'avoir les marionnettes chez soi. Les comédiens de bois, si en faveur parmi le peuple, avaient envahi les salons des grands, qui prenaient tout autant de plaisir à ce spectacle primitif qu'à écouter Baron. Le répertoire des marionnettes se composait de canevas sur lesquels le compère de Polichinelle brodait avec plus ou moins de bonheur. La basse classe se rua longtemps à ces spectacles qui donnaient lieu à plus d'un scandale et à plus d'un désordre. Messire

---

[1] Elle mourut le 29 septembre 1747, à l'âge de cinquante-neuf ans. Lire le récit dramatique de ses derniers moments dans la *Correspondance inédite de madame du Deffand* (Paris, 1809), t. I, p. 204-207. Lettre de madame de Staal à madame du Deffand; Anet, 2 octobre 1747.—Duc de Luynes, *Mémoires*, t. VIII, p. 302. Dimanche, 1er octobre 1747.

Polichinelle, pour divertir son monde, ne regardait pas au choix des moyens et se permettait plus qu'il n'était convenable et honnête souvent. On connaît cette singulière prise de bec entre ce dernier et un conseiller au Parlement, qui, insulté par Polichinelle, hué par le public, fut, de plus, ramassé par la garde comme troublant la représentation [1]. Polichinelle était un frondeur, un esprit gouailleur et narquois, sans fiel s'il n'était pas sans aiguillon, auquel on tolérait son intempérance de langue en faveur de sa belle humeur, et aussi de son patriotisme. Un jour ne s'avisera-t-il pas de représenter le grand exploit de Denain, et le maréchal de Villars ira voir dans sa boutique s'il reconnaitra sa bataille [2].

Les marionnettes, dont Colbert fut le premier protecteur [3], ne tardèrent pas à avoir

---

[1] *Mémoires secrets pour servir à l'histoire de la république des lettres* (Londres, 1783), t. XIX, p. 52. 5 mars 1769.

[2] Némeitz, *Séjour de Paris* (Leyde, 1727), t. I, p. 175.—Magnin, *Histoire des marionnettes*, (1re édit.), p. 181, 185.

[3] *Correspondance administrative de Louis XIV*, t. II, p. 562.

leurs grandes et leurs petites entrées à la
cour. Elles jouent à Versailles, à Marly, devant le roi. Elles jouent à Sceaux, dans la
chambre de la duchesse de Bourgogne, ayant
encore le roi pour spectateur et tous les
courtisans de sa suite[1]. Malezieu, voyant que
madame du Maine prenait goût à ce spectacle, écrivit une parade qu'il ne songeait
qu'à rendre plaisante, et qui devait pourtant
lui attirer une très-grosse affaire. C'était intitulé : *Scène de Polichinelle et du Voisin*. Polichinelle passe son temps à estropier tous les
mots du dictionnaire, à dire de grosses ordures, quand ce ne sont pas des obscénités,
toutes choses qui sont reçues du meilleur
cœur par l'auditoire. En somme, cette petite
moquerie sur l'Académie, qui se continue
jusqu'à la fin, si elle ne vaut guère, nous
paraît assez inoffensive[2]. Ce ne fut cependant qu'un cri dans l'illustre assemblée, qui,
elle, prit la chose au plus mal : M. de Malezieu

[1] Dangeau, *Journal,* t. VI, p. 60. 21 janvier 1697;
t. VII, p. 188. 12 novembre 1699; t. VIII, p. 238.
15 novembre 1701; t. XIV, p. 351. 25 février 1713.
[2] *Recueil de chansons historiques* (Bibliothèque impériale. Manuscrits), t. X, f. 349 et suiv., année 1705.
— *Pièces échappées au feu* (Plaisance. 1717).

était un renégat, un traître qu'il fallait mettre hors la loi. Elle eût aussi bien été la Sorbonne, qu'elle l'eût déclaré digne du fagot. Heureusement l'Académie, contre ses plus grands ennemis, ne s'est jamais servie de pareilles armes. Malezieu fut attaqué, chansonné en grands et petits vers et sur tous les modes : il fut appelé Turlupin, Polichinelle, Arlequin. M. le Duc prit fait et cause pour l'auteur de la *Scène de Polichinelle et du Voisin.* Il dit qu'il trouvait ces messieurs bien insolents de brocarder un divertissement qu'il avait daigné patronner. Les chansons, les rondeaux contre le seigneur de Châtenay et contre le baron de Saint-Maur plurent alors comme grêle [1]. Mais Malezieu et ses amis n'étaient pas gens à s'intimider pour si peu; ils rendaient coup pour coup, épigramme pour épigramme, et, quelquefois, avec un ton de modération hypocrite qui donnait aux violences des quarante un côté mesquin tout à fait indigne d'un corps qui se respecte. Ainsi cette affiche :

> De la part de l'Académie,
> On fait savoir aux beaux esprits

[1] Cette querelle ne remplit pas moins de trente-deux feuillets du Recueil Maurepas.

> Qui veulent remporter le prix,
> Que celui de la poésie
> Sera pour qui dira le mieux
> Des injures à Malezieux [1].

Les hostilités s'apaisèrent à la longue; Malezieu même n'en attendit pas la fin pour se montrer à l'Académie, où sa présence fit sensation. Il profita de la réception d'un nouvel élu pour reprendre place au sein d'une assemblée dans laquelle il avait plus d'un ami, pour ne pas dire plus d'un complice. Quant aux marionnettes, elles demeurèrent en honneur à Sceaux, et bien plus tard, en 1746, le comte d'Eu, alors grand maître de l'artillerie, les fit venir un soir, et, en les dirigeant lui-même, s'attira un compliment de Voltaire, au nom de Polichinelle, dont nous citerons les deux derniers couplets :

> On sait que vous faites mouvoir
> De plus belles machines;
> Vous fîtes sentir leur pouvoir
> A Bruxelles, à Malines;
>
> Les Anglais s'y virent traités
> En vrais polichinelles,

---

[1] *Recueil de chansons historiques* (Bibliothèque impériale. Manuscrits), t. X, f. 374.

Et vous avez de quoi dompter
Les remparts et les belles [1].

Bien que le péché mignon fût la recherche et l'affadissant, l'on avait, là aussi, ses
heures de relâchement et d'oubli, et la *Scène
de Polichinelle* est un de ces écarts sur lesquels
il ne faudrait pas juger cette colonie de précieux et de précieuses. Voilà pour le goût.
Un jour, Fontenelle, à qui, pourtant, l'on n'a
point à adresser le reproche d'avoir, dans ses
écrits, blessé l'honnêteté, s'imagina de prétendre que les idées les plus libertines pouvaient être exprimées en termes décents,
qui en sauveraient complétement l'audace.
D'autres avis renchérirent sur le sien, et, ce
qui ne manque jamais d'arriver, il se trouva
que Fontenelle se vit tellement distancé qu'il
ne tint qu'à lui de rougir de l'espèce de cir-
conspection avec laquelle il avait produit
cette étrange thèse. Ferrand dit à son tour
que la pensée était tellement indépendante
des mots, que les sentiments les plus chastes
pouvaient se traduire en mots obscènes.
C'était beaucoup et par trop dire, du moins

[1] Voltaire, *Œuvres complètes* (éd. Beuchot), t. XIV,
p. 393, 394.

telle fut l'opinion de l'assemblée, qui défia
Ferrand de justifier par un exemple une
semblable assertion. Celui-ci releva le gant
audacieusement, et il lisait le lendemain,
devant madame du Maine et sa cour, un
conte obscène qu'on attribua longtemps à
La Fontaine, et que l'historien du fabuliste
s'est empressé, pour l'honneur de ce dernier,
de restituer à qui de droit [1].

Madame du Maine aimait à marier son
monde ; c'était là un prétexte à des fêtes, un
emploi incidenté du temps qui souriait à son
imagination remuante et mobile. Elle avait,
ainsi, fait épouser à mademoiselle de Lus-
san, sa fille d'honneur, le duc d'Albemarle,
un fils naturel de Jacques II, qui n'avait, il
est vrai, d'autre dot que son origine, et il
avait bien fallu, du même coup, pourvoir à
leur établissement, ce à quoi M. du Maine
s'était prêté avec générosité (1700). Elle
marie, en 1709, mademoiselle de Moras au

---

[1] Walkenaër, *Histoire de la vie et des ouvrages de
La Fontaine* (Paris, 1824), 3ᵉ édition, p. 241.—Ferrand
eût pu se borner à lire aux incrédules le quatrain
de Maynard que cite Guyot de Pitaval. *Bibliothèque
des gens de cour* (Paris, 1721, t. IV, p. 464.

duc de Villars-Brancas ; c'est à Sceaux que se
passe la noce, et la favorite y est traitée « suivant la magnificence de cette princesse [1]. »
Aussitôt que Ludovise entrait dans cette voie,
il était naturel qu'elle songeât aux siens.
Mademoiselle d'Enghien, dont elle était l'aînée de deux années, commençait à prendre
de l'âge, et sans grand espoir de changer de
condition. Sa naissance même restreignait
le chiffre des prétendants, et il était à craindre que son titre de princesse du sang ne la
condamnât à demeurer et à mourir vieille
fille [2]. On avait bien songé pour elle au duc
de Mantoue, mais ce prince, d'ailleurs fort
amoureux alors, était peu disposé à entrer
dans ces plans matrimoniaux. Les Lorrains
voulaient lui faire épouser mademoiselle
d'Elbeuf, èt ils y réussirent, à l'aide des
manœuvres de Montéléon et de Primi, cet

---

[1] Dangeau, *Journal*, t. XIII, p. 72, 73, 80. Appendice de l'année 1700. *Lettres de la marquise
d'Huxelles au marquis de La Garde.*—Plus tard, elle
fera, à l'Arsenal, la noce du marquis de Chambonas
avec mademoiselle de Ligne. Madame de Staal,
Mémoires (Michaud et Poujoulat), t. XXXIV, p. 751.

[2] Née en 1678. En 1710, date de son mariage,
elle avait trente-deux ans.

intrigant curieux auquel nous avons consacré quelques pages [1].

A force de chercher autour de soi, l'on
s'avisa de penser à un homme qui, lui, n'y
pensait guère. M. de Vendôme, car c'était lui,
avait cinquante-six ans alors, et c'était s'y
prendre un peu tard pour faire lignée. Ce
n'était pas, toutefois, la faute du duc du
Maine, qui écrivait au prince, dès 1694 : « Il
faudra très-sérieusement songer à vous marier cet hiver; peut-être serons-nous plus
heureux que l'autre à vous trouver une
femme [2]. » Cet espoir devait les mener loin
tous deux, et ne fut couronné, en effet,
qu'après une attente de seize années. Les
mauvais succès n'avaient pu rebuter ses en-
tremetteurs officieux, et nous lisons dans le
Journal de Dangeau, de janvier 1701 : « M. de
Vendôme arrive à Versailles lundi, après
avoir longtemps demeuré à Anet, où il a fait
le grand remède; il se croit guéri. Les chi-

1 Saint-Simon, *Mémoires* (Chéruel), t. IV, p. 340. —
Dangeau, *Journal*, t. X, p. 152 (addition de Saint-
Simon). Mardi, 14 octobre 1704.

2 J. Delort, *Mes voyages aux environs de Paris* (Paris, 1821), t. II, p. 103. Lettre du duc du Maine au
duc de Vendôme; ce 8 octobre 1694

rurgiens croient aussi qu'il l'est, cependant il n'a pas voulu demander à venir ici de peur de faire encore de la peine aux dames. Si sa santé est entièrement raffermie, et qu'il ne paroisse rien ce printemps, on croit qu'il épousera mademoiselle d'Elbeuf [1]. » Fort probablement mademoiselle d'Elbeuf, qui, trois ans après, épousait M. de Mantoue, ne voulut pas plus d'un pareil mari que M. de Mantoue n'allait vouloir de mademoiselle d'Enghien [2]; et il est plaisant de voir, mais longtemps après, ces deux rebutés se tendre la main et unir leurs deux destinées par une chaîne qui ne fut rien moins qu'étroite, il est vrai.

M. de Vendôme, peu porté vers les femmes, ne se sentait nulle inclination pour le mariage. Le besoin d'une alliance qui rétablît ses affaires fut donc pour beaucoup, c'est à croire, dans sa détermination. La faveur dont

[1] Dangeau, *Journal*, t. VIII, p. 20. Marly, vendredi, 21 janvier 1701.

[2] Elle ne gagna guère au change, quant au physique, car il ressemblait en vieux et en laid à M. de Vendôme, nous dit Madame. *Lettres nouvelles et inédites de la princesse Palatine* (Paris, Hetzel, 1863), p. 247.

il jouissait, la confiance sans limite, les égards, l'affection que lui témoignait Louis XIV, lui avaient fait perdre terre; il s'était cru tout permis et avait tout osé, jusqu'à se rendre coupable, envers le duc de Bourgogne, d'offenses qu'on n'oublie ni ne pardonne. Et la prévention fut telle, dans cette lutte disproportionnée, que Monseigneur, que le roi prirent parti pour le duc contre leur fils et petit-fils. Nous passerons sur ce triste et scandaleux épisode que Saint-Simon se complaît à nous retracer dans ses moindres détails. Le triomphe de M. de Vendôme fut de courte durée. S'il avait des amis zélés, audacieux, il avait des ennemis non moins ardents, non moins acharnés; tous les serviteurs du prince, indignés, humiliés pour leur maître, se réunirent pour travailler à la perte du duc et y réussirent. Les fautes étaient réelles, immenses; il n'y avait qu'à dessiller les yeux du roi. Chose étrange, Monseigneur fut plus difficile à convaincre que Louis XIV, et n'en fît pas moins bonne mine à l'ennemi de son fils, qu'il continua de recevoir à Meudon. « On est un peu scandalisé à la cour, écrivait à ce propos madame de Maintenon au duc de Noailles, des caresses que M. le Dau-

phin fait à M. de Vendôme [1]. » Il fallut même
qu'on lui forçât la main pour qu'il se décidât
à lui fermer sa porte. La disgrâce fut complète. Plus l'affection, la confiance avaient été
absolues, plus la réaction fut grande dans
l'esprit du roi. M. de Vendôme était perdu à
jamais, et il ne lui restait désormais d'autre
parti que de s'enterrer dans sa solitude d'Anet
avec les compagnons invétérés de ses plaisirs.

Un ami lui demeura, malgré la fortune,
M. du Maine, auquel le liait, d'ailleurs, une
parfaite similitude d'origine. Si quelqu'un
était capable de faire revenir le roi, c'était
lui. M. de Vendôme avait donc un intérêt
capital à se l'associer le plus étroitement, et
c'est ce que se dit aussi sans doute le duc du
Maine, qui entrevit dans cette situation une
occasion unique de marier sa belle-sœur.
M. de Vendôme n'était pas plus épris de
mademoiselle d'Enghien, petite et laide, que
mademoiselle d'Enghien ne pouvait se sentir
attirée vers ce prince déjà vieux, perdu trop
publiquement de débauche et de mœurs pour

---

[1] *Lettres de madame de Maintenon* (Léopold Collin, 1806), t. IV, p. 170. Lettre de madame de Maintenon au duc de Noailles : à Saint-Cyr, ce 9 juin 1709.

7.

qu'elle ignorât à quel époux elle allait se
donner. Ce fut, des deux parts, une affaire où
chaque contractant rencontrait son avantage:
M. de Vendôme s'appuyait sur les Condé,
mieux que cela, sur le fils chéri de Louis XIV;
la princesse trouvait un mari et un riche
apanage, elle ne mourrait pas fille comme sa
sœur, mademoiselle de Condé. Voilà le vrai
sur ce mariage, que les poëtes de Chantilly,
d'Anet, du Temple et de Sceaux célébrèrent
à l'envi comme l'union magnanime de deux
cœurs destinés de toute éternité l'un à l'autre.

Ce fut M. du Maine qui fit les frais du mariage. Le 15 mai 1710, vers midi, l'on signa
le contrat dans l'appartement de la duchesse;
on se dirigea ensuite vers la chapelle, où
l'archevêque d'Aix, assisté du curé de Sceaux
et de l'aumônier de M. du Maine, unit les deux
fiancés[1]. Nous n'entrerons pas dans le détail
de ces fêtes. Nous dirons, toutefois, que, le
surlendemain, M. de Vendôme partit pour
Marly, où était le roi. Il y passa la nuit et
revint à Sceaux, le dimanche. L'accueil de

[1] *Mercure galant*, mai 1710, p. 225 à 233. — Dangeau, *Journal*, t. XIII, p. 144, 153, 154. 26 avril, 13
et 15 mai 1710.

Louis XIV fut froid; mais c'était un premier
pas, le temps et les circonstances .eraıent le
reste. Bien que le grand prieur ne fût pas là,
le Temple rendit aux nouveaux mariés les
plus grands honneurs. La duchesse y fut
accablée et excédée de vers et de fleurs. Le
peuple s'y porta en foule et témoigna par ses
cris la part qu'il prenait au bonheur domestique d'un prince que sa naissance, sa bonhomie
avec les petits, ses débauches mêmes avaient
rendu populaire. Palaprat a consacré cette
visite au grand prieuré par des vers auxquels,
pour plus amples renseignements descriptifs,
nous nous contenterons de renvoyer [1].

Ce mariage devait prêter à plus d'une plaisanterie. Madame la Duchesse, qui s'était im-
posé la tâche de chansonner tous les siens,
célébra par un sixain de sa façon [2] l'entrée
de M. de Vendôme dans une famille qui ne
s'augmenterait guère de son fait, c'était à
craindre. « En deux ans de mariage, dit Saint-
Simon, on peut compter au plus par jour ce

[1] *Recueil de pièces en vers adressées à S. A. S. Monseigneur le duc de Vendosme*, p. 18, 19, 20.

[2] Madame Du Noyer, *Lettres historiques et galantes*
(Amsterdam, 1720), t. II, p. 251, 252.

qu'ils ont été ensemble [1]. » Les circonstances,
il est vrai, sauvèrent à ces étranges conjoints
les embarras du tête-à-tête. L'Espagne avait
bon besoin d'un victorieux qui relevât ses
affaires; les dernières fautes du duc de Vendôme n'avaient pas suffi, au delà des Pyré-
nées, pour effacer le souvenir de ses triom-
phes passés : Philippe V demanda à son
grand-père de lui envoyer le vainqueur de
Barcelone, et l'on ne crut pas devoir s'opposer aux vœux d'une nation aux abois. Il partit
à peine marié, et sa présence seule sembla
changer la fortune de ce malheureux pays.
La journée de Villaviciosa fut décisive et raf-
fermit le trône plus que chancelant du petit-
fils de Louis XIV [2]. Un tel service était de
nature à faire pardonner bien des torts, et
M. de Vendôme redevint aussi populaire à
Versailles qu'il l'était à Madrid. « Vous savez
combien on juge à notre cour d'après les
événemens, écrit madame de Maintenon à
M. de Noailles. Toutes les fautes de M. de
Vendôme sont oubliées, et c'est un héros :

[1] Saint-Simon, *Mémoires* (Chéruel), t. XV, p. 322.
[2] La bataille de Villaviciosa fut livrée le 9 décembre 1710.

il n'auroit aucun talent s'il étoit malheureux...[1]. » Mais il n'y avait à cela, ce nous
semble, rien que de fort naturel, et le prince
ne se méprit pas sur les conséquences pour
lui de ce triomphe décisif. Aussi disait-il
après la victoire à Philippe V : « Votre Majesté
a vaincu ses ennemis, j'ai vaincu les
miens [2]. »

Le duc de Vendôme ne quitta plus l'Espagne, où il vécut deux années sans plus de
contrainte que par le passé. Il alla se réfugier
avec ses gens, près de la mer, dans un petit
bourg de Catalogne, à Vignaroz, où il mourut d'une indigestion de poisson, bien qu'il
ait été parlé de poison. Saint-Simon nous a
dit déjà que M. de Vendôme aimait fort le
poisson, « et mieux le passé et souvent le
puant que le bon [3]. » D'Argenson, qui, s'il ne
l'avait pas connu, avait rencontré son frère,
confirme le dire de celui-ci, et presque dans
les mêmes termes : « Là, entouré, dit-il, d'un

[1] *Lettres de madame de Maintenon* (Léopold Collin,
1806), t. IV, p 222. Lettre de madame de Maintenon
au duc de Noailles ; à Saint-Cyr, ce 27 décembre 1710.

[2] Gayot de Pitaval, *Bibliothèque des gens de cour*
(Paris, 1723), t. I, p. 66.

[3] Saint-Simon, *Mémoires* (Chéruel), t. V, p. 134.

petit cercle de complaisants et de débauchés,
il se livra tout à son aise à tous les genres de
volupté qui lui étoient chers; il se gorgea de
poisson, qu'il aimoit à la fureur, fût-il bon ou
mauvais, bien ou mal accommodé; il but du
vin épais, capiteux, fumeux, et gagna enfin
une forte indigestion, ou plutôt une maladie,
suite d'indigestions répétées, dont la diète et
l'exercice auroient pu être le véritable remède. On le traita d'une façon tout à fait
contraire à son état, et bientôt il se trouva
sans ressources[1]. » Il n'eut le temps de signer
ni un testament qu'on lui présenta, ni une
lettre au roi pour le supplier de pardonner à
son frère et de lui rouvrir la cour. Ses gens
l'abandonnèrent, après avoir mis tout au
pillage, et il demeura, sans prêtre, soigné par
un unique chirurgien et gardé par trois ou
quatre valets qui, ne trouvant plus à prendre
que sa couverture et le matelas sur lequel il
était étendu, ne firent pas scrupule de se les
disputer : il dut user de supplications pour
obtenir qu'on le laissât au moins rendre les
derniers soupirs dans son lit. Et ce fut dans
ce dénûment absolu que la reconnaissance

[1] Marquis d'Argenson, *Mémoires* (Jannet, 1857),
t. I, p. 133.

royale vint le chercher pour lui donner une place à l'Escurial [1].

Madame de Vendôme avait été si peu mariée que la mort de son mari n'apporta aucun changement à sa vie ; elle n'en apporta pas davantage à sa fortune : par contrat, il lui avait donné la généralité de ses biens, le grand prieur n'ayant rien à prétendre comme exclu par ses vœux de tout héritage. Elle obtint en outre des brevets de retenue pour des sommes considérables sur les charges du duc, auquel elle survécut de six années. Elle mourut le 11 avril 1718, « de s'être blasée surtout des liqueurs fortes, dont elle avoit son cabinet rempli [2]. » Ce n'était pas là, malheureusement, une de ces monstruosités isolées, que l'on cite sans trop y croire. La duchesse de Mazarin, cette créature ravissante et qui fit tant de passions, n'abusait que trop, elle aussi, de vins blancs, de champagne surtout [3], sans compter l'eau d'anis et l'absinthe,

---

[1] Le duc de Vendôme expira le vendredi 10 juin 1712. Son cœur fut rapporté à Anet.

[2] Saint-Simon, *Mémoires* (Chéruel), t. XV, p. 322.

[3] Laverdet, *Catalogue d'autographes*, du 7 décembre 1854, p. 76, n° 571. « ... Je voudrois, écrit la duchesse à l'abbé d'Hauteville, seulement savoir

qui l'eussent séchée, eût-elle eu « double
rate et double foie, » comme le lui dit assez
brutalement son vieil ami Saint-Évremond[1].
Les dernières années, elle ne se soutenait, à
ce qu'il paraît, qu'à force *d'usquebaugh*[2] d'Ir-
lande, une eau-de-vie de grain germé d'avoine
mêlée à de l'anis toujours, du safran, de la
cochenille et autres drogues de même nature,

à cette eure si le vin de Champagne est bon cet
année, et s'il vaut la peine d'en faire venir; car s'il
n'est excelant, ie ne m'en souci pas... » Lettre de
la duchesse de Mazarin à l'abbé d'Hauteville. 5 juillet 1697.

[1]
> Mais que le ciel vous envoie
> Double rate et double foie,
> L'eau de madame Huet
> Vous les séchera tout net.
> Contre eau d'anis, eau d'absynte,
> Qu'on boit en tasse de pinte,
> Contre tous ces *usquebacs*
> Les poùmons ne tiendront pas...

Saint-Evremond, *Œuvres* (1753), t.VI, p. 85, 86, 184.

[2] « ... Suivant les dernières nouvelles qu'on a
reçues de madame de Mazarin, écrit l'abbé Viguier,
on croit que madame de Bouillon, sa sœur, ne la
retrouvera point en vie, ne se soutenant depuis
longtemps que d'eau-de-vie... » *Mélanges de littérature et d'histoire, recueillis par la Société des bibliophiles français* (1856), p. 239. Lettre de l'abbé Viguier
à M. d'Orbigny; à Avallon, ce 9 juin 1699.

et dont la saveur n'avait rien de trop âpre pour
ce palais émoussé. Il n'est pas jusqu'à la délicate, la fluide La Vallière qui ne prenne du
plaisir « à boire des liqueurs, » ce qu'elle ex-
piait plus tard, aux heures du repentir, en
demeurant quelquefois plus de trois semaines
sans boire une goutte d'eau, et trois ans
entiers à ne s'en permettre que la valeur d'un
demi-verre, comme nous l'apprend la lettre
circulaire de la prieure des Carmélites. « Depuis que les liqueurs sont venues à la mode,
dit un libelle du temps, elles (les femmes) se
servent de ce prétexte pour boire de tout ce
que bon leur semble jusques à l'excès ; elles
boivent même de l'eau-de-vie tout comme
elles feroient de l'eau douce [1]. » Nous avons
vu déjà madame de Maintenon recomman-
der, de son côté, à une demoiselle de Saint-
Cyr de fuir l'usage et l'abus des *liqueurs
chaudes* et le *trop de vin*, « excès qui sont à
présent ordinaires, même aux filles [2]. » Au
moins, si nous avons nos vices, de pareilles

[1] Sandras de Courtilz, *Annales de la cour et de
Paris, pour les années* 1697 et 1698 (Cologne, 1701),
t. I, p. 27.

[2] Théophile Lavallée, *Histoire de la maison de
Saint-Cyr* (Paris, 1853), p. 334.

ignominies sont-elles inconnues de notre
génération, et chercherait-on en vain une
femme de condition honnête « s'enivrant
comme un sonneur trois ou quatre fois par
semaines, » ainsi que cela arrivait à la femme
du Régent, s'il faut en croire sa belle-mère [1].

Madame de Vendôme était médiocrement
aimable et médiocrement aimée [2]. Sa manière
de vivre, ses procédés à l'égard des serviteurs de son mari, ne lui faisaient pas honneur. Nous avons eu occasion de parler d'un
certain Villiers, qu'on appelait Villiers-
Vendôme, tant il était inféodé à cette maison,
nature indépendante, frondeuse à l'excès,
dont le grand roi dut tout le premier essuyer
les critiques jusque dans son Versailles. Le
duc lui faisait une pension de mille écus, que
sa veuve refusa de continuer. Un procès
s'ensuivit, procès qui tourna fort à la confusion de madame de Vendôme : elle fut
condamnée aux dommages et intérêts, voire
à l'amende, et Villiers, ajoute Dangeau, ne

---

[1] *Lettres nouvelles et inédites de la princesse Palatine*
(Paris, Hetzel, 1863), p. 157.

[2] Duchesse d'Orléans, *Correspondance complète*
(Charpentier, 1855), t. I, p. 399.

voulut lui tenir compte de rien [1]. Nous par-
lons de serviteurs : elle en avait qu'elle traitait plus humainement. Le bruit courait au
moins qu'elle avait contracté un mariage
secret avec un Aragonais, le chevalier de
Soldeville, qui, s'étant fait une affaire dans
son pays, avait dû passer en France où il
avait trouvé près d'elle un asile [2]. Il avait été
fort des relations du mari, et c'était lui,
disons-le, qui l'avait adressé à la princesse.
Celle-ci avait acheté à vie, rue d'Enfer, un
hôtel qui prit le nom d'hôtel de Vendôme [3],
et où elle demeurait quand elle n'était pas
à Anet. Son intimité avec la duchesse n'avait
subi nulle altération. On la voyait continuelle-
ment sur la grande route de Sceaux, et elle
faillit même se casser le cou en y allant féli-

---

[1] Dangeau, *Journal*, t. XV, p. 427. Vendredi, 31
mai 1715.

[2] Duc de Luynes, *Mémoires*, t. II, p. 301, 302.
Jeudi, 1er janvier 1739.

[3] Possédé par le duc de Chaulnes et par la comtesse de Toulouse, il porta successivement leurs
noms, pour reprendre, en fin de compte, le
nom d'hôtel de Vendôme. Hurtaut et Magny, *Dictionnaire historique de la ville de Paris et de ses environs* (Paris, 1779), t. III, p. 276.

citer sa sœur, lors de la déclaration du Parlement qui élevait MM. du Maine et de Toulouse au rang de princes du sang [1].

[1] Duchesse d'Orléans, *Correspondance complète* (Charpentier, 1855), t. I, p. 143, 144. Marly, 9 août 1714.

III

Nous avons cité plus haut mademoiselle
Delaunay, à propos de l'éloge du quolibet; il
est temps d'arriver à cette originale et spirituelle fille, perdue d'abord dans les bas-fonds

8.

de la domesticité de la princesse. Son existence est tout un roman, qu'elle a raconté avec un charme inimitable, et qui vivra autant que la langue. Peu de femmes furent plus éprouvées, eurent un plus grand besoin de résignation, de force d'âme. Élevée au prieuré de Saint-Louis de Rouen, chérie, caressée par tout le monde, la pauvre enfant commença trop doucement la vie pour une femme qui était condamnée à en connaître toutes les aspérités. La mort de madame de Grieu, sa protectrice, vint mettre fin à ce rêve sans secousse, mais non pas sans riants épisodes. Le réveil fut terrible. Il fallait quitter cet asile où elle avait vécu si heureuse, si insoucieuse de l'avenir. L'abbesse avait une sœur qui n'aimait pas moins qu'elle mademoiselle Delaunay, et qui eût voulu pouvoir quelque chose pour l'orpheline; mais, sans fortune, bornée à une pension à peine suffisante pour elle seule, elle était dans l'impuissance de lui venir en aide. Il fut résolu, toutefois, qu'elle irait à Paris : là on espérait lui trouver une place au niveau de son éducation. Il faut l'écouter, racontant tous les déboires de son nouvel état. Avant de partir, une de ses anciennes amies l'avait décidée à passer

quelques jours avec elle chez son oncle, un
M. du Rolet, qui lui fit l'accueil le meilleur :

« C'est là que je commençai à sentir, écrit-
elle, le changement de ma fortune. J'avois
toujours vécu dans un lieu où j'étois l'objet
principal, où les plus petites choses qui me
concernoient faisoient des événements : je ne
trouvois plus que de simples attentions. J'eus
un jour la migraine; il n'en falloit pas davantage ci-devant pour occuper toute la maison, depuis l'abbesse jusqu'aux sœurs ; là on
se contenta d'envoyer savoir si je n'avois
besoin de rien. Je n'oublierai jamais la surprise où je fus de voir traiter si légèrement
ce que j'avois vu célébrer jusqu'alors avec
tant d'appareil. Je me jugeai par là tellement
hors de ma sphère, que je ne savois plus où
me poser. Je passai six semaines dans cette
maison, où je reçus pourtant toutes sortes de
bons traitemens [1]. »

Elle n'était pas au bout. Sa susceptibilité,
ici, avait tort; les raisons, et de bonnes, ne
manqueront pas, plus tard, à cette sensitive
de se replier sur elle-même, de se contracter

[1] Madame de Staal, *Mémoires* (Michaud et Poujoulat), t. XXXIV, p. 681.

et de souffrir silencieusement. Elle arrive à
Paris, où l'un de ses amis de province la met
en rapport avec Fontenelle, qu'elle devait
retrouver à Sceaux. Elle avait une sœur dont
elle avait été séparée, tout enfant, et qu'elle
connaissait à peine. Cette sœur était chez la
duchesse de La Ferté, bonne personne, mais
fantasque, capricieuse, mobile, s'engouant et
se détachant avec la même facilité et sans
plus de motifs, amoureuse de la nouveauté
par cela seul qu'elle est la nouveauté, et capable de sacrifier un dévouement éprouvé au
premier minois qui lui revenait; une de ces
natures comme l'on n'en rencontre que trop
parmi les femmes, sans méchanceté mais
sans solidité, qu'il faut prendre au jour le
jour sans compter outre mesure sur le lendemain. A peine mademoiselle Delaunay lui
est-elle présentée, qu'elle se passionne pour
la nouvelle venue avec son emportement ordinaire. Elle parle de cette merveille à madame de Ventadour, à M. le duc de Bourgogne,
à la duchesse de Noailles, au cardinal de
Rohan, à qui veut l'entendre, s'exaltant
contre la mollesse ou l'indifférence de ceux
auxquels elle recommandait sa protégée
d'une heure. Elle l'avertit qu'elle l'emmènera

à Sceaux pour la présenter à M. de Malezieu.
Cédant à ses importunités, la duchesse du
Maine consent à la voir ; mais on était fait aux
exagérations de la bonne dame, mademoiselle
Delaunay ne gagna que peu de chose à cette
complaisance, et ce fut le tout si elle obtint
un regard distrait de la princesse. Madame
de La Ferté se rabattit sur M. de Malezieu,
qui se prêta de bonne grâce à ce qu'on désirait de lui et ne parut pas le regretter. Cette
bienveillance de la part d'un homme dont le
jugement était sans appel, acquit une sorte
de considération à mademoiselle Delaunay,
qui fut mêlée quelque temps à ce courant de
spectacles et de fêtes. Mais ces allées et venues
de Paris à Sceaux ne menaient à rien, et l'on
était pressée d'arriver.

Sur ces entrefaites, la jeune fille retrouva
Fontenelle à un dîner chez madame de Vau-
vray ; il se montra pour elle plein d'affabilité.
Le fameux abbé de Saint-Pierre, cette âme
de feu qui était tout amour, était un des convives. Les deux académiciens s'occupèrent
beaucoup d'elle. L'imagination de l'abbé
s'échauffa : avec autant de talents et d'esprit,
mademoiselle Delaunay devait aspirer à tout.
Madame la Princesse avait pris mademoiselle

de Clermont près d'elle; avec l'appui et la recommandation de quelque personnage important, il n'était pas impossible de conquérir une place pour laquelle on était faite à tous égards. Fontenelle fut de cet avis et engagea mademoiselle Delaunay à s'adresser à M. de Malezieu, qui était l'homme le plus capable de lui rendre un bon office. Quelques jours après, celle-ci, conduite à Sceaux par la duchesse de La Ferté, racontait à Malezieu sa conversation avec Fontenelle et l'abbé de Saint-Pierre. Loin de la détourner d'un pareil projet, il y applaudit fort et lui dit qu'il allait aussitôt se mettre en campagne. Effectivement, une heure s'était à peine écoulée, qu'il revenait avec la meilleure des nouvelles. Madame du Maine, dont il avait sollicité l'appui auprès de madame la Princesse, avait répondu : « Mais, monsieur, si cette fille a tant de mérite, pourquoi la donner à ma nièce? ne vaudroit-il pas mieux la prendre pour moi? » Et il avait été convenu, séance tenante, que mademoiselle Delaunay aiderait madame de Malezieu dans les soins qu'elle donnait à mademoiselle du Maine.

La jeune fille, qui se voyait établie à Sceaux sur le seul pied qui pût lui convenir, se crut au comble du bonheur. Mais ce n'était là qu'une fausse joie. Elle appartenait à madame de La Ferté par la reconnaissance sinon pour les services rendus, du moins pour tout un déploiement de tendresse et d'affection qui la liaient tout autant que les bienfaits. Madame du Maine mit pour condition expresse l'acquiescement de la duchesse. Aux premiers mots qui lui en furent dits, madame de La Ferté se récria : elle n'avait rien à refuser à son Altesse Sérénissime, et elle n'était pas plus d'humeur à retenir son obligée contre sa propre volonté; mais, si madame du Maine ne commandait pas, ou si mademoiselle Delaunay n'était pas décidée à la quitter, elle sentait trop le prix de sa trouvaille pour s'en dessaisir. La pauvre fille, appelée à prononcer sur son sort, redoutant l'accusation d'ingratitude, comprit qu'elle n'avait point le choix, et dut, la mort dans l'âme, se résigner à sa fortune. Au reste, tout espoir ne lui était pas enlevé. Elle ne pouvait fonder aucun plan d'établissement durable sur un caractère aussi mobile et aussi léger que celui de la duchesse; elle ne rêva plus qu'à reconquérir sa liberté par tous les moyens. L'expédient auquel elle s'en remit n'était ni le plus loyal,

ni le plus louable ; mais les faibles ont-ils
d'autres armes que la dissimulation, la dupli-
cité, les petites menées hypocrites ? les posi-
tions fausses rendent fausses les natures les
plus droites. Mademoiselle Delaunay s'im-
posa, dès lors, la singulière tâche de changer
en antipathie l'engouement qu'elle avait
inspiré. Mais madame de La Ferté, à laquelle
elle était fort utile pour sa correspondance,
malgré ces inégalités de parti pris, lui témoignait la même affection et la même tendresse. Toutefois, pour ne pas éveiller la
susceptibilité grondeuse d'une certaine Loui-
son, espèce de favorite dont elle redoutait les
récriminations et les bouderies, la bonne
dame, sous un prétexte ou sous un autre,
avait jusqu'alors ajourné l'installation de
mademoiselle Delaunay dans son hôtel, et
sauvait la difficulté en payant sa pension à la
Présentation. Celle-ci voulut trouver dans
ce fait une occasion d'échapper à un escla-
vage fort tolérable et qu'elle serait peut-être,
dans un temps assez rapproché, réduite à regretter. Elle écrivit à M. de Malezieu que la
duchesse ne songeait plus à l'attacher à elle,
et que rien ne l'empêchait désormais de profiter des bontés de madame du Maine.

Lorsque la duchesse eut connaissance de cette démarche, sa fureur fut au comble. Mais elle ne chercha point à la retenir, et ce fut elle-même qui voulut la présenter à ceux qui devaient être ses maîtres. Il faut prendre ce mot-là, non pas dans l'acception élevée qu'il avait autrefois chez le roi, les princes, les grands mêmes, mais dans l'acception la plus directe et la plus brutale. Une femme de chambre de la princesse s'était retirée, et elle était appelée à lui succéder. L'on semblait avoir oublié complétement les premières vues que l'on avait eues sur ce prodige d'esprit, auquel il avait été un instant de bon goût de faire accueil. Il y avait un peu loin, il faut en convenir, de la place de coadjutrice de madame de Malezieu à celle de simple femme de chambre; mais c'était la vengeance de madame de La Ferté qui, si elle ne l'avait ni imaginée ni suscitée, avait au moins applaudi à ces arrangements, savourant par avance le désespoir de l'orgueilleuse qui ne s'était pas trouvée assez bien chez elle. Tout en se jugeant dégradée, mademoiselle Delaunay sentit qu'il était trop tard pour reculer après ce qu'elle avait fait pour être admise, qu'elle devait se résigner

9.

à l'inexorable malheur qui la frappait et considérer sa vie close. Qu'était-elle désormais ? Il faut l'entendre raconter les tortures du premier jour et nous faire le tableau de cette affreuse et avilissante condition de la domesticité, dont elle n'avait ni l'habitude, ni le jargon, ni les talents.

« Je passai ce premier jour dans un égarement d'esprit qui ne m'en a laissé aucun souvenir distinct. Je sais seulement que je fus étrangement surprise en voyant la demeure qui m'étoit destinée. C'étoit un entre-sol si bas et si sombre, que j'y marchois pliée et à tâtons ; on ne pouvoit y respirer, faute d'air, ni s'y chauffer, faute de cheminée. Ce logement me parut si insoutenable, que j'en voulus faire quelque représentation à M. de Malezieu. Il ne m'écouta pas. A toutes les prévenances qu'il m'avoit faites, à toute l'estime qu'il m'avoit témoignée, succédèrent les dédains qu'on a pour la valetaille. Je ne m'y exposai plus. Tous ceux qui m'avoient recherchée dans la maison m'abandonnèrent de même, dès que j'y fus mise à si bas prix.

« J'entrai en fonctions. On me donna pour mon partage ce qui s'appelle, en termes de l'art, les chemises à bâtir. Je me trouvai fort

embarrassée. Je n'avois jamais fait que les
petits ouvrages dont on s'amuse dans les
couvents, et je n'entendois rien aux autres.
Je passai la journée tant à prendre les mesures qu'à exécuter cette grande entreprise;
et quand madame la duchesse du Maine eut
mis sa chemise, elle trouva dans le bras ce
qui devoit être au coude. Elle demanda qui
avoit fait cette belle opération : on répondit
que c'étoit moi. Elle dit, sans s'émouvoir,
que je ne savois pas travailler, et qu'il falloit
laisser ce soin à une autre. Je me consolai du
mauvais succès par ses suites. Il est pourtant
vrai que, de la meilleure foi du monde, j'a-
vois fait tout le mieux qui m'avoit été possible; mais, avec cette bonne volonté, je
remplissois mal mon ministère.

« La première fois que je lui donnai à
boire, je versai l'eau sur elle, au lieu de la
mettre dans le verre. Le défaut de ma vue,
extrêmement basse, joint au trouble où
j'étois toujours en l'approchant, me faisoit
paroître dépourvue de toute compréhension
pour les choses les plus simples. Elle me dit
un jour de lui apporter du rouge et une petite tasse avec de l'eau qui étoit sur sa toilette. J'entrai dans sa chambre où je demeu-

rai éperdue, sans savoir de quel côté tourner.
La princesse de Guise y passa par hasard, et,
surprise de me trouver dans cet égarement :
« Que faites-vous donc là ? me dit-elle.—Eh !
« Madame, lui dis-je, du rouge, une tasse,
« une toilette : je ne vois rien de tout cela. »
Touchée de ma désolation, elle me mit en
main ce que, sans son secours, j'aurois inu-
tilement cherché.

« Je dirai encore quelques-unes de mes
bévues plus singulières, et qui sembloient
tenir de l'imbécillité. Madame la duchesse
du Maine, étant à sa toilette, me demanda de
la poudre. Je pris la boîte par le couvercle :
elle tomba, comme de raison, et toute la
poudre se répandit sur la toilette et sur la
princesse, qui me dit fort doucement : « Quand
« vous prenez quelque chose, il faut que ce
« soit par en bas. » Je retins si bien cette
leçon qu'à quelques jours de là, m'ayant
demandé sa bourse, je la pris par le fond, et
je fus étonnée de voir une centaine de louis,
qui étoient dedans, couvrir le parquet : je ne
savois plus par où rien prendre.

« Je jetai encore aussi sottement un paquet de pierreries que je pris tout au beau
milieu. On peut juger avec quel mépris mes

compagnes, adroites et stylées, regardoient mes inepties [1]. »

Cette situation était affreuse : elle menait à l'abrutissement ou à la folie. Qu'on se mette à la place de cette fille bien élevée, entourée jusque-là d'égards, de considération, de respects même, descendue assez bas pour qu'un jour, madame du Maine ayant laissé tomber quelques louis de sa poche, et mademoiselle Delaunay les ayant remis sur la toilette, le marquis de Lassay dit à la princesse : « Votre Altesse a des femmes bien fidèles. » Qu'on songe à tout ce que dut souffrir cette âme fière en se sentant méconnue à ce point d'un monde pour lequel elle se croyait faite, et l'objet du dédain et des railleries de ses compagnes, qui ne voyaient que ses maladresses et ses gaucheries et la jugeaient stupide. Sans doute avait-elle pour la soutenir une consolation qu'on ne pouvait lui ôter, la conscience d'être supérieure à sa position et de mériter un emploi autre que celui de confectionner des chemises ou de servir la duchesse à sa toilette ; mais peut-on

---

[1] Madame de Staal, *Mémoires* (Michaud et Poujoulat), t. XXXIV, p. 691, 692.

9.

se contenter de sa propre estime, et l'estime
d'autrui ne nous est-elle pas nécessaire? Aussitôt que nous sommes faits pour la vie commune, notre bonheur ou notre malheur dé-
pend autant et plus de lui que de nous. Un
insurmontable dégoût de la vie s'empara
d'elle; le fardeau lui paraissait décidément
trop lourd pour ses épaules; la mort était le
seul refuge qui lui fût ouvert et qu'elle dût
implorer. La tentation du suicide fut caressée
un instant avec cette volupté particulière
aux êtres déshérités; toutefois, cette défaillance ne dura guère; son bon sens, son éner-
gie reprirent le dessus. L'avenir pouvait-il
être pire que le présent? N'avait-elle pas, bien
au contraire, tout lieu d'espérer qu'il serait
plus clément? Une circonstance toute fortuite,
en lui fournissant l'occasion de se révéler,
allait, effectivement, lui acquérir un renom
de bel esprit qui n'était pas la considération,
il est vrai, et ne la sortait pas encore, tout en
la mettant en relief, de sa condition infime.

Il n'était question alors[1] que des prétendus
prodiges de la fille d'un payeur des augmen-
tations des gages de la Chambre des comptes,

[1] 1713.

appelée mademoiselle Testard. Cette demoiselle Testard était un beau brin de fille de
dix-huit ans, fort répandue dans le monde,
qui se disait tourmentée d'un lutin, chaque
nuit que Dieu faisait[1]. Des parents, des amis,
tous gens intéressés à s'assurer de ce qui en
était, entendirent ou crurent entendre dans
le lit de la demoiselle des bruits inexplica-
bles. La nouvelle en transpira et ce fut à qui
vérifierait cet étrange phénomène. La victime
de ces persécutions semblait se complaire à
donner les détails les plus circonstanciés;
et, jeune et jolie, elle ne pouvait manquer

---

[1] Ces sortes de diableries n'étaient pas rares dans
ce Paris si spirituel et si crédule tout ensemble. Nous
lisons, à propos d'une comédie de Le Grand, *l'Amour
diable*, représentée en 1708 : « Un lutin amoureux,
qui faisoit alors grand bruit à Paris, a fourni l'idée
de cette pièce. Pareilles scènes se renouvellent assez souvent dans cette capitale, et, en 1770, dans la
rue Croix-des-Petits-Champs, on prétendoit que le
diable s'amusoit toutes les nuits à jouer des instru-
ments dans la boutique d'un luthier. On soupçon-
noit aussi, dans cette maison, quelque aventure
amoureuse. Vingt ans auparavant, le diable avoit
choisi la boutique d'un marchand de graines de la
rue du Four, fauxbourg Saint-Germain, pour y tenir
ses assises. » *Anecdotes dramatiques* (1775), t. I,
p. 61.

de rencontrer des âmes compatissantes dis-
posées à s'attendrir sur un malheur si peu
mérité. De son côté, le malin poussait sa
pointe, et la réputation qu'il se faisait dans
le monde ne pouvait que l'encourager à per-
sévérer dans ses diableries. L'on ne parla
bientôt plus que de mademoiselle Testard et
de son démon familier. Les couplets couru-
rent, la plupart orduriers ou polissons ; ceux-
ci, entre autres, sur l'air de la contredanse *la
testarde,* à laquelle elle donna son nom :

> Mon papa, pendant la nuit,
> Je sens mon lit qui brandille [1].

Fontenelle, poussé par le duc d'Orléans,
chez lequel il demeurait alors [2], et qui eut

---

[1] *Recueil de chanson historiques* (Bibliothèque impériale. Manuscrits), t. XII, f. 171, 179, 259, 335;
t. XXX, f. 31, 35, 39, 69, 73, 75. — *Nouveau siècle de
Louis XIV* (Paris, 1793), t. IV, p. 177.

[2] Fontenelle vint à Paris en 1687. Il demeura
d'abord chez Thomas Corneille, son oncle et son
parrain, cul-de-sac des Jacobins. Il y resta peu,
M. le Haguais, avocat général à la cour des Aides.
le prit chez lui. Il en sortit pour aller occuper, au
Palais-Royal, le logement dont il est question plus
haut. Il y demeura jusqu'en 1730, qu'il vint loger
à la porte Saint-Honoré, auprès du cul-de-sac de
l'Orangerie, chez son neveu, M. d'Aube.

ui-même la curiosité de l'aller voir, visita la
eune fille et parut ébranlé comme tout le
nonde (du moins le lui reprocha-t-on), par
les apparences contre lesquelles il aurait dû
e tenir plus en garde. « Beaucoup de gens
le très-bon esprit, nous dit Dangeau, ont eu
a curiosité de la voir, et y ont trouvé quelque chose d'extraordinaire dont ils ne
peuvent pas démêler la vérité. Beaucoup de
gens de la cour et de la ville y ont été, et ils
n'y comprennent tous rien... [1]. » Mais ce n'est
pas la peine d'être un bel esprit et un
esprit philosophique, si l'on se laisse en-
gluer aussi aisément que le premier venu
par une jonglerie plus ou moins habile. On
blâmait M. de Fontenelle sur sa facilité et sa
précipitation à admettre des phénomènes
aussi suspects; et cette petite étourderie d'un
homme qui n'en commettait guère était
jugée aussi sévèrement à Sceaux qu'à Paris [2].

[1] Dangeau, *Journal*, t. XV, p. 25. Dimanche, 12
novembre 1713.

[2] Mais était-ce bien une étourderie? Voici ce
qu'écrit Madame à ce propos : « ... On a raconté à
ma table comme quoi deux hommes de talent, qui
déclaraient n'avoir jamais cru aux esprits, sont
maintenant parfaitement convaincus qu'il y en a.

Madame du Maine, d'ordinaire très-silen-
cieuse avec mademoiselle Delaunay, s'avisa
ce jour-là de se souvenir que celle-ci était
une fille d'esprit, et se tournant vers elle :
« Vous devriez bien mander à M. de Fontenelle tout ce qu'on dit contre lui sur mademoiselle Testard. » Madame du Maine, pour
sa part, ne fût pas tombée dans le piége
tendu par une petite fille tourmentée du
démon du mariage, et qui espérait, en atti-
rant l'attention sur elle, attraper un mari ou
un amant[1]. Elle n'était pas crédule, quoique

L'un est l'abbé Dubois, l'ancien précepteur de mon
fils ; l'autre est Fontenelle, de l'Académie, qui a fait
le livre de la *Pluralité des mondes*. On a aussi raconté
tout ce qu'ils ont vu et entendu, et j'ai recommandé
à Leplat de bien écouter, afin que je puisse tout
vous mander. Mais mon fils pense que Fontenelle
ne s'est montré si crédule que parce qu'il est mal
avec les jésuites. Ceux-ci l'accusent de ne croire à
rien, il a saisi cette occasion pour se poser en
croyant... » *Lettres nouvelles et inédites de la princesse
Palatine* (Paris, Hetzel, 1863), p. 344. Marly, le 19 novembre 1713.

[1] Cet esprit de contrebande n'était, a-t-on dit, qu'un
ressort placé dans son lit et qu'elle faisait jouer quand
on entrait dans sa chambre : c'eût été une manœu-
vre concertée avec sa mère pour écarter un préten-
dant dont on ne voulait point, gagner du temps et

dévote vers la fin de sa vie ; elle ne donnait
ni dans les miracles ni dans les convulsions,
et il existe d'elle une chanson fort plaisante
sur les prodiges de saint Pâris :

> Un décroteur à la royale,
> Du talon gauche estropié,
> Obtint, par grâce spéciale,
> D'être boiteux de l'autre pié [1],

miracle opéré jadis sur le pauvre duc du
Maine par cet empirique d'Anvers, avant qu'il
ne fût question du diacre Pâris et même de
mademoiselle de Charolois, qui n'était pas
encore née alors. Ce couplet pouvait être
d'une allusion fâcheuse ; mais personne ne
songea à la faire, au moins à la formuler.

Pour en revenir à M. de Fontenelle, mademoiselle Delaunay se mit en devoir d'obéir
aux ordres de la princesse et lui écrivit, sans

épouser, malgré le père, un de ses cousins appelé
Pollegrin, selon les uns, un nommé de Coubreville,
selon les autres. *Recueil de chansons pour servir à
l'histoire-anecdote* (Bibliothèque Mazarine. Manuscrits), t. IV, f. 31.—*Recueil choisi de chansons anecdo-
tiques et critiques* (Bibliothèque Mazarine. Manuscrits), t. II, f. 28.

[1] Voltaire, *Œuvres complètes* (éd. Beuchot), t. XI,
p. 56 ; t. XXVIII, p. 222.

songer à autre chose, nous dit-elle, qu'à
s'attirer une réponse qui fût pour lui un
moyen de se disculper.

« L'aventure de mademoiselle Testard fait
moins de bruit, monsieur, que le témoignage
que vous en avez rendu. La diversité des
jugemens qu'on en porte m'oblige à vous
en parler. On s'étonne, et peut-être avec
quelque raison, que le destructeur des oracles, que celui qui a renversé le trépied des
sibylles, se soit mis à genoux devant le lit de
mademoiselle Testard. On a beau dire que
les charmes, et non le charme de la demoiselle l'y ont engagé; ni l'un ni l'autre ne
valent rien pour un philosophe. Aussi chacun en cause. Quoi! disent les critiques, cet
homme qui a mis dans un si beau jour des
supercheries faites à mille lieues loin, et
plus de deux mille ans avant lui, n'a pu
découvrir une ruse tramée sous ses yeux!
Les partisans de l'antiquité, animés d'un
vieux ressentiment, viennent à la charge.
Vous verrez, disent-ils, qu'il veut encore
mettre les prodiges nouveaux au-dessus des
anciens. Enfin, les plus raffinés prétendent
qu'en bon pyrrhonien, trouvant tout incer-
tain, vous croyez tout possible. D'un autre

côté, les dévots paroissent fort édifiés des hommages que vous avez rendus au diable; ils espèrent que cela pourra aller plus loin[1]. Les femmes aussi vous savent bon gré du peu de défiance que vous avez montré contre les artifices du sexe. Pour moi, monsieur, je suspens mon jugement jusqu'à ce que je sois mieux éclaircie. Je remarque seulement que l'attention singulière que l'on donne à vos moindres actions est une preuve incontestable de l'estime que le public a pour vous, et je trouve même dans sa censure quelque chose d'assez flatteur pour ne pas craindre que ce soit une indiscrétion de vous en rendre compte. Si vous voulez payer ma confiance de la vôtre, je vous promets d'en faire un bon usage. »

On s'étonne que mademoiselle Delaunay, qui a plus d'une fois donné place, dans ses Mémoires, aux missives de ses amis, n'ait pas cru devoir insérer la réponse de Fonte-

[1] Cette espérance eût été assez chimérique. « Quand serez-vous dévot? disait un jour le père Buffier à Fontenelle.—Quand vous cesserez d'être laid? répondait plaisamment le philosophe. » Le père André, *Documents inédits pour servir à l'histoire de la philosophie du* XVIIIe *siècle* (Charma et G. Mancel, 1857), t. II, p. 350.

nelle. Cela est d'autant moins explicable que la lettre de l'académicien parut inférieure à la sienne. L'épître de Fontenelle, communiquée à l'*Année littéraire*[1] par l'abbé Trublet, qui en avait conservé une copie, fut publiée pour la première fois en 1755. La voici :

« J'aurai l'honneur, mademoiselle, de vous répondre la même chose que je répondis à un de mes amis qui m'écrivit de Marly le lendemain que j'eus été chez l'*esprit*. Je lui mandai que j'avois entendu des *bruits* dont je ne connoissois point le mécanisme, mais que pour décider, il faudroit un examen plus exact que celui que j'avois fait, et le répéter. Je n'ai point changé de langage ; mais parce que je n'ai point décidé absolument que c'étoit un artifice, on m'a imputé de croire que c'étoit un lutin, et, comme le public ne s'arrête pas en si bon chemin, on me l'a fait dire. Il n'y a pas grand mal à cela. Si l'on m'a fait le tort de m'attribuer un discours que je n'ai point tenu, on m'a fait l'honneur d'avoir de l'attention sur moi, et l'un ira pour l'autre. Je n'ai point cru que d'avoir décrié les vieilles prophéties de Delphes ce

---

[1] *Année littéraire* (1755), t. VI, p. 232, 233, 234.

fût un engagement pour détruire une jolie fille vivante, et dont on n'avoit jamais parlé qu'en bien. Si cependant on trouve que j'ai manqué à mon devoir, une autre fois je prendrai un ton plus impitoyable et plus philosophique. Il y a longtemps qu'on me reproche mon peu de sévérité. Il faut que je sois bien incorrigible, puisque l'âge, l'expérience et l'injustice du monde n'y font rien. Voilà, mademoiselle, tout ce que je puis vous dire sur l'*esprit* qui m'a attiré une lettre que je le soupçonnerois volontiers d'avoir dictée, puisque enfin je ne suis pas éloigné d'y croire. Quand il me viendra aussi un démon familier, je vous dirai avec plus de grâces, et d'un ton plus ingénieux, mais non pas avec plus de sincérité, que je suis très-parfaitement, mademoiselle, votre, etc. »

Ce fut Fontenelle lui-même qui se chargea de la fortune de cette jolie lettre dont le persiflage était si délicatement mesuré à la condition de l'un et de l'autre. L'auteur de l'*Histoire des Oracles* eut à subir, durant quelque temps, une petite guerre d'épigrammes qu'il affrontait le sourire sur les lèvres. Le jour où il recevait le billet de mademoiselle Delaunay, il était l'objet, chez le mar-

quis de Lassay, des mêmes attaques et des
mêmes moqueries anodines. Il se contenta
de trouver ces plaisanteries médiocres, sans
s'échauffer autrement. « En voici de meil-
leures, » dit-il enfin à ses adversaires en
tirant l'épître de sa poche. Tout le monde fut
de son avis, et ce fut à qui en prendrait copie. Peu de temps après, on donnait à Sceaux
une comédie; la société était nombreuse;
l'on ne s'occupa que de la lettre de mademoiselle Delaunay, et chacun en fit ses com-
pliments à la princesse, qui avait déjà oublié
qu'elle eût fait écrire à Fontenelle. Ce mince
événement en fut un très-grand dans l'existence de la pauvre fille, qui se vit recherchée
par les gens qui se piquaient de bel esprit.

« La petite époque que j'ai marquée, dit-
elle, fut pour moi le commencement d'une
vie plus agréable à tous égards. L'altesse
sérénissime s'abaissa à me parler, et s'y
accoutuma. Elle fut contente de mes réponses, compta mon suffrage : je m'aperçus
même qu'elle le cherchoit et que souvent,
quand elle parloit, ses yeux se tournoient
vers moi et observoient mon attention. Je la
lui donnois tout entière et sans effort, car
personne n'a jamais parlé avec plus de jus-

tesse, de netteté et de rapidité, ni d'une manière plus noble et plus naturelle. Son esprit n'emploie ni tours ni figures, ni rien de tout ce qui s'appelle invention. Frappé vivement des objets, il les rend comme la glace d'un miroir les réfléchit, sans ajouter, sans omettre, sans rien changer. J'avois donc beaucoup de plaisir à l'entendre; et depuis qu'elle y prit garde, elle m'en sut gré [1]. »

Mademoiselle Delaunay pouvait être un instrument précieux dont on eût dû tirer parti plus tôt et qu'il fallait utiliser. Le besoin qu'on avait d'elle, les services qu'elle était en état de rendre allaient forcément la sortir de sa poussière et lui valoir des égards. Sa position ne laissait pas, toutefois, que d'être encore étrangement fausse. Peut-être l'était-elle autant, sinon plus, et elle fut à même d'en comprendre les difficultés, notamment à une lecture de l'*Anti-Lucréce* à laquelle on lui permettait d'assister « à condition qu'elle ne paraîtroit point. » Mais mademoiselle Delaunay avait ce tact, cette réserve, cette fierté qui préservent des écoles, et cette petite humiliation ne se répéta point.

[1] Madame de Staal, *Mémoires* (Michaud et Poujoulat), t. XXXIV, p. 698.

Il était dit que le vieux Chaulieu vivrait et
mourrait amoureux. On l'a vu successivement épris de mademoiselle Le Rochois, de
madame d'Aligre, de la marquise de Lassay.
Il n'avait pas moins de soixante-six ans lorsqu'il s'enamoura de la fantasque princesse,
et il était à penser qu'elle serait sa dernière
idole. Mais Julie mourait en 1710, quelques
jours seulement après M. le Duc, son frère.
Saint-Maur était devenu un second Anet
pour l'abbé, qui comptait y passer de longs
jours « dévidés d'or et de soie » dans l'indo-
lence et les plaisirs [1], et la perte de son protecteur et de sa maîtresse, la dispersion de
cette cour joyeuse dont il était l'Anacréon,
durent soumettre à une dure épreuve sa
philosophie et son stoïcisme. Il n'alla pas
toutefois enfermer ses regrets dans l'une de
ses abbayes; il se devait à ses amis. La Fare,
madame de Bouillon existaient encore alors;
il se résigna à mener la même vie que devant,
et à mourir sur la brèche, sous la table, pour
mieux dire, en vrai soldat d'Épicure [2]. Perclus

[1] Chaulieu, *Œuvres* (La Haye, 1777), t. I, p. 237.
La Vieillesse d'un philosophe épicurien, ode à S. A. S,
M. le Duc. 1703.

[2] Chaulieu écrivait à la duchesse de Bouillon, à

de goutte, aux trois quarts aveugle, il résista à l'âge, à la souffrance, charmant, par sa gaieté et ses saillies juvéniles, les salons où il se faisait traîner. Il avait entendu parler des lutineries de mademoiselle Testard, et on lui avait lu la jolie lettre dont elle avait été l'objet; il eut l'envie d'en connaître l'auteur et fit le voyage de Sceaux pour voir si la jeune femme maintiendrait dans la conversation l'idée avantageuse qu'elle avait donnée d'elle. C'est quelquefois là l'écueil des réputations les mieux établies; mais mademoiselle Delaunay ne perdit rien à cette seconde épreuve auprès de ceux qui, comme l'abbé, voulurent en faire l'expérience : « La même fortune qui m'avoit fait valoir tout à coup me soutint à l'examen, raconte-t-elle : soit prévention de

---

propos de la mort de la duchesse de Mazarin, sa sœur : « ... Vous avez satisfait aux devoirs de la nature et à la tendresse de votre cœur. Désormais, jetons des fleurs sur le tombeau de madame de Mazarin; faisons des hymnes à l'honneur de sa beauté, des vers à la louange de son esprit et de son courage. Voilà les leçons de la philosophie, qui, sans rien dérober à la tendresse du cœur, ne permettent pas de pleurer trop longtemps des maux sans remède... » *Œuvres* (La Haye, 1777), t. II, p. 61.

la part des autres, ou désir de la mienne de
conserver ce que le hasard m'avoit procuré,
je ne me décréditai, à ce qu'il me semble,
dans l'esprit de personne. » Au moins ne
réussit-elle que trop auprès du vieil abbé qui,
en dépit de ses soixante-quatorze ans, tomba
sous la puissance de cette sirène, dont il
devint l'esclave. « Ce pauvre abbé, qui étoit
aveugle, me prêtoit, à son choix, les charmes
les plus propres à le séduire ; et ne comptant
plus sur les siens, il tâchoit de se rendre
aimable à force de complaisance et d'attention à prévenir tout ce que je pouvois désirer. »

Mademoiselle Delaunay a raison, quant
à la séduction qu'elle exerçait, quant au
dévouement, quant aux prévenances. « Est-il
rien de si aimable que vous, lui écrit-il ; est-
il rien de si amoureux que moi ? Soyez aussi
aimable toujours que vous le fûtes hier soir,
je bénirai mon attachement et ce goût effréné
qui m'entraîne vers vous ; je lui fais tort,
nommons-le passion. Que vous me plûtes
hier ! que je vous trouvai jolie !... un air de
nymphe, une jolie taille, une certaine légè-
reté, surtout ce son de voix qui enchante
tout ce qui a assez de goût et assez de déli-

catesse pour le sentir... [1]. » Mademoiselle Delaunay disait l'abbé aveugle ; c'est là pourtant parler en homme qui a été charmé par
les yeux aussi bien que par l'esprit. Remar-
quons, toutefois, qu'à cette date Chaulieu lui-
même se proclame aveugle [2]. Aveugle ou non
dans le sens littéral, il ne marchande ni son
affection ni son dévouement. « ...Il en faut
convenir, lui dit-il ailleurs, la nature vous a
donné un pouvoir si absolu, un ascendant si
vainqueur sur moi, que dès que je suis avec
vous, je n'ai plus ni sentiment, ni volonté :
que me serviroit-elle ? la vôtre me suffit. Je
ne veux que ce que vous voulez, et ne vou-
drai jamais que ce qui pourra vous plaire...
Profitez, je vous en conjure, de tous vos
avantages sur moi, vous ne trouverez jamais
rien qui vous convienne tant. Je ne suis
occupé que du soin de faire le plaisir de votre
vie, de vous divertir et d'en faire le bonheur.
Je veux faire pour vous tout ce que je puis,

[1] *Recueil de lettres de mademoiselle de Launay au
chevalier du Ménil, au marquis de Silly, et à M. d'Héricourt* (à Paris, an IX), t. II, p. 277, 278.

[2] Chaulieu, *Œuvres* (La Haye, 1777), t. II, p. 22.
Épître à M. le chevalier de Bouillon, en 1713. Saint-
Marc dit en 1712.

et vous laisse faire tout ce que vous voudrez, sans jamais vous contraindre un moment... [1]. »

On voulait bien se laisser aimer, il n'en
demandait pas plus, et en retour d'une condescendance qu'il savait reconnaître, il se
livrait tout entier. Son idole, il ne l'ignorait
point, n'avait guère à se louer de la fortune ;
plus d'une fois il essaya de faire agréer de
petits présents. Un jour, il la pressa d'accepter mille pistoles. « Je vous conseille, lui dit-
elle, en reconnaissance de vos généreuses
offres, de n'en pas faire de pareilles à bien
des femmes ; vous en trouveriez quelqu'une
qui vous prendroit au mot.—Oh ! je sais bien
à qui je m'adresse, » répondit avec candeur
l'amoureux vieillard. Il lui reprochait, sans
y avoir grand intérêt, mais sans doute parce
que ç'eût été un prétexte à de petits cadeaux,
de n'être pas mieux mise. La glorieuse fille
de répliquer avec une fatuité qui ne messied
pas chez une femme qui se sait plus spirituelle que jolie : « Abbé, je me trouve parée
de tout ce qui me manque. »

---

[1] *Recueil de lettres de mademoiselle de Launay* (Paris, an IX), t. II, p. 280. 281.

Bien que ces amours datent de 1713, ce ne fut qu'après la mort de Louis XIV, lorsque le duc du Maine vint, à titre de surintendant de l'éducation du petit roi, demeurer aux Tuileries, que la facilité de se voir tous les jours changea cet entraînement en une véritable passion. Mademoiselle Delaunay occupait un petit recoin éclairé et chauffé de loin, de l'antichambre commune; mais son amabilité, sa conversation vive et colorée faisaient oublier l'exiguïté et l'incommodité du lieu, et elle y était relancée par plus d'un ami, M. de Valincour, entre autres, le duc de Brancas et l'académicien Tourreil, que Chaulieu ne devait pas voir d'un bon œil. Les lignes qui suivent sont d'une vérité de tous les temps; elles peignent d'une façon admirable ces sortes de liaisons inégales, où ce qu'il y a de plus respectable sur terre, les cheveux blancs trouvent de la volupté à s'humilier devant les dix-huit ans fantasques de quelque fille d'Ève qu'il faut louer encore si elle n'abuse que modérément de ces soumissions touchantes, quand le désintéressement des sens les sauve de l'avilissement :

« N'ayant d'autre ressource que ses soins, continue mademoiselle Delaunay, il les re-

doubloit sans cesse. Il m'écrivoit tous les
matins, et me venoit voir tous les jours, à
moins que je ne l'agréasse pas. La lettre étoit
pour savoir mes volontés; et quand je pré-
férois son carrosse à sa personne, il me l'en-
voyoit sans murmure, et j'en disposois sans
façon. J'avois la puissance despotique sur
toute sa maison. On a rarement l'autorité en
main sans en abuser : j'exerçai la mienne,
entre autres occasions, pour un petit laquais
qui m'apportoit ses lettres[1]. Il vint un jour
m'apprendre que son maître l'avoit chassé.
Je lui dis, sans m'informer s'il avoit tort ou
raison : « Retournez chez lui, et lui dites que
« vous y resterez, parce que tel est mon plaisir. » Il le reprit avec soumission. Mon protégé n'honora pas ma protection; il fit tout
du pis qu'il put, sans qu'on osât lui rien
dire. Lorsque je voulois bien aller souper au
Temple chez lui ou chez le grand prieur, il y
rassembloit, à ses risques et périls, les gens
les plus agréables, et tous ceux que je pouvois souhaiter. Enfin il ne songeoit qu'à

---

[1] Ces lettres dictées par Chaulieu étaient écrites
par ce petit laquais, qui en savait fort peu en calli-
graphie et encore moins en orthographe.

remplir ma vie de tous les amusements dont
elle étoit susceptible, et il me fit connoître
qu'il n'y a rien de plus heureux que d'être
aimé de quelqu'un qui ne compte plus sur
soi et ne prétend rien de vous [1]. »

Cette affection eut des raffinements étranges. L'abbé rencontrait quelquefois chez
mademoiselle Delaunay un jeune homme
d'ailleurs fort distingué à tous égards et
qu'on accueillait avec une amitié dont il
démêla vite la vivacité. Il pensa que le pire
moyen de faire sa cour n'était pas sans doute
de ménager à la sensible fille des occasions
de rencontrer cet ami de son enfance, que ses
liaisons avec le Régent écartaient des Tuileries. A chaque instant, il proposait des parties
où M. de Silly était toujours invité. Il leur
donna, entre autres, à Clichy, dans la maison
du grand prieur, un dîner qui avait laissé
plus particulièrement trace dans le souvenir
reconnaissant de l'auteur des *Mémoires*. Cela
n'est-il pas héroïque de la part de ce vieillard, qui n'aima pas toujours avec ce désintéressement, comme en font foi ces vers très-

[1] Madame de Staal, *Mémoires* (Michaud et Pou
joulat), t. XXXIV, p. 703.

11

positifs adressés à une maîtresse récalci-
trante?

> L'amour me dit que vous êtes mon fait;
> Ajoutez à cela quelque prix qui m'engage :
> Il n'est qu'un méchant valet
> Qui veuille servir sans gages [1].

Ce n'est pas que Chaulieu soit exempt de
jalousie; il en montre beaucoup même à
l'égard d'un certain Rémond, qu'il ne peut
voir en face; mais c'est là de l'antipathie
plus qu'autre chose. A part cela, il souffre
tout le monde. L'amant de madame d'Aligre,
depuis longtemps, était fait à cette facilité,
dont il ne s'étonne que par flatterie. « Qui
jamais autre que vous a fait son amant fidèle
et constant, par le récit de ses friponneries?
M. de La Rochefoucauld avoit bien raison de
dire que les grandes passions sont au-dessus
de la jalousie; s'il nous avoit connus, il auroit fait cette maxime-là pour nous...[2]. » Et
plus loin : « ...Après les explications que
nous eûmes hier, on ne me dira pas que
j'aime mon idée. Vous vous montrâtes telle

---

[1] Chaulieu, *Œuvres* (La Haye, 1777), t. II, p. 108.
[2] *Recueil de lettres de mademoiselle de Launay* (Paris, an IX), t. II, p. 304.

que vous êtes, et voilà comme je vous demande. Je vous adore libertine, coquette,
friponne, avec tous vos défauts et tous vos
agréments. Me peut-on reprocher, avec cet
aveu, que je vous aime en dupe?...[1]. » Fri-
ponnerie, friponne; il le répète à tous moments. Il le dit en prose, il le dit en vers :

> Coquette, libertine, et peut-être friponne...

Pour qui ne connaît mademoiselle Delaunay
que par les *Mémoires,* il y a là quelque chose
qui choque, qui révolte, comme une calom-
nie. Mais si tout est vrai dans les souvenirs
de la spirituelle fille, elle n'y a pas tout mis;
et il n'est que trop connu son mot à des gens
qui, au fait de sa vie, lui demandaient comment elle raconterait tout : « Oh! je ne me
présenterai qu'en buste. » Sans doute c'est là
une saillie et des plus plaisantes, mais pour
se tirer d'affaire, en riant, sur une question
embarrassante. Au fond, il reste les aventures.
Mais qu'importe à cette date? Ne fallait-il
pas, de toute nécessité, en avoir, ne fût-ce
que pour ne pas être entachée de singularité;

---

[1] *Recueil de lettres de mademoiselle de Launay* (Paris, an IX), t. II, p. 315.

et mademoiselle Delaunay n'a-t-elle pas très-finement peint ce travers, cette extravagance des mœurs dans sa comédie de *la Mode?* Quant à Chaulieu, il n'y regarde pas de si près, quoiqu'il ne soit pas tout à fait aussi désintéressé que le prétend la jeune femme. Ses quatre-vingts ans ne l'inquiètent guère. Il a, après tout, sa valeur, qu'il n'est pas fâché, le cas échéant, de mettre en relief : « J'ai lieu de croire, lui dit-il, que vous ne vous ennuyez pas avec moi : appelez cela coquetterie, penchant, goût, plaisir, sympathie, volupté, amour, passion, amusement, amitié, je vous laisse le choix des armes et des noms. Je crois qu'en bon françois cela s'appelle aimer... [1]. »

Et a-t-il si grand tort? Cette liaison, commencée en 1713, durera jusqu'à l'embastillement de l'idole, en 1719. Le chat ne joue pas aussi longtemps avec la souris. En réalité, mademoiselle Delaunay partageait à un certain degré l'attrait qu'elle inspirait. Mais voici qui est piquant plus que le reste. L'abbé, ce semble, était fondé à redouter l'inconstance

---

[1] *Recueil des lettres de mademoiselle de Launay* (Paris, an IX), t. II, p. 311.

de sa maîtresse. Cela le préoccupe sans doute,
mais pas plus que sa propre mobilité. « Deux
tristes réflexions, lui écrit-il, viennent sus-
pendre malgré moi ce penchant qui m'entraîne vers vous ; je n'ose m'y fier ; les enga-
gements que vous avez ne sont point assez
forts ; mes chaînes sont douces et légères,
mais je ne les trouve pas assez solides ; une
absence, un caprice, peut-être une jalousie,
mes fantaisies que je crains moi-même, un
goût, tout peut les rompre. Je vous conjure,
par tout ce qu'il y a de plus tendre, de mettre
encore quelque chose entre nous qui nous
empêche de nous séparer jamais. Que ne
perdrions-nous point réciproquement ; moi,
mon amour et mon goût ; et vous, le bonheur
de votre vie que je voudrois faire au péril de
la mienne[1]. » A quel âge donc les hommes de
ce siècle se croyaient-ils en droit de compter
sur la solidité de leurs sentiments, s'ils
étaient encore capables de changement vers
leurs quatre-vingts ans, tout aveugles, tout
perclus de goutte et de rhumatismes qu'ils
fussent? On se dirait reporté à l'époque des

---

[1] *Recueil des lettres de mademoiselle de Launay* (Paris, an IX), t. II, p. 322.

11.

patriarches, au berceau du monde, au temps
de Melchisédech. Mais c'en est assez sur la
dernière passion du vieux Chaulieu; il nous
faut reprendre le chemin de Sceaux.

Même jeune, madame du Maine ne put
jamais dormir, aussi n'était-il pas rare, pour
échapper au supplice de l'insomnie, qu'elle
passât la nuit à jouer ou à se promener avec
sa cour dans ses spacieux et admirables
jardins. Bien que rien ne fût délicieux comme
ces longues marches et ces longues causeries
au clair de lune, par un ciel constellé et une
atmosphère toute chargée de parfums, bon
nombre eût préféré sans doute le lit à ces
pérégrinations qui ne finissaient qu'au petit
jour. Mais c'est ce que nul n'eût osé laisser
paraître; quand le duc du Maine courbait le
premier la tête sous le doigt de sa despotique
moitié, on eût été mal reçu à se montrer
moins résigné et à protester même pour un
peu. On en était quitte pour sommeiller dans
les courtes pauses qu'accordait à ses hôtes
cette infatigable activité. Il était naturel
qu'on songeât à multiplier les recettes pour
tuer les heures; il pouvait faire mauvais,
ou, tout simplement, la princesse pouvait
n'être pas d'humeur à sortir. L'on introdui-

sit d'abord des chansons qu'on improvisait,
ou des dialogues de poésie. Mais on ne tarda
pas à s'apercevoir que le constant usage du
brelan ou la consommation trop fréquente
de madrigaux, de sonnets, de rondeaux et
d'odes devenait monotone et affadissant à la
longue. Chaque soir, la princesse confiait à
un de ses courtisans et à l'une de ses dames,
honorés pour la circonstance du titre de roi et
de reine, l'organisation et l'ordonnance de la
nuit. L'abbé de Vaubrun, auquel était échue
cette dignité en communauté avec la duchesse d'Estrées, trouva qu'il était temps
d'apporter quelque variété à des divertissements désespérément les mêmes. L'abbé
de Vaubrun, « qui avoit trois coudées de
hauteur du côté droit et deux et demie du
côté gauche, et que madame du Maine défi-
nissoit en disant qu'il étoit le sublime du
frivole [1], » était l'homme qu'il fallait dans
une fourmilière perpétuellement en travail.
Il avait l'esprit original, un peu baroque, un
peu fou, mais inventif, plein d'initiative. Il
voulut signaler sa magistrature d'une nuit

[1] *Correspondance inédite de madame du Deffand* (Paris, 1809), t. II, p. 63. Portrait de l'abbé de Vaubrun

par quelque surprise qui sortît la petite
société de ses passe-temps accoutumés. Voici
ce qu'il imaginait. La déesse de la Nuit
apparaissait tout à coup sous les traits de
mademoiselle Delaunay, enveloppée dans
son vêtement sombre, tenant une jolie
lanterne qu'elle offrait à la princesse avec
un compliment des plus galants composé
par la spirituelle fille. Elle traînait à sa
suite un second personnage qui se mit
à chanter un air de circonstance dont les
paroles étaient de l'inépuisable Malezieu et la
musique de Mouret. Cette bagatelle avait du
moins le mérite de l'inattendu, et fit un
plaisir extrême à madame du Maine. Il fut
convenu sur l'heure que, tous les quinze
jours, il y aurait une fête pareille. Cela s'appela les *Grandes nuits*[1].

La duchesse, choisissant pour compère le
premier président de Mesmes, prit la direc-
tion de la deuxième nuit remplie par un petit
divertissement comique que venaient clore
l'inévitable feu d'artifice et les fusées vo-
lantes. La nuit suivante, encore dirigée par
le président, ayant cette fois pour reine

[1] 1715.

mademoiselle de Montauban, se signala par une cantate du poëte Roy, musique de Bernier. Si les frais d'imagination jusqu'ici sont médiocres, la dépense est à l'avenant; mais donnez-leur le temps de se retourner, et comptez qu'ils ne sont pas gens à s'enfermer dans ce cadre modeste. Le fils de Malezieu et mademoiselle de Langeron élus roi et reine de la quatrième nuit, aidés sans doute de l'expérience et des conseils du seigneur de Châtenay, marquèrent leur souveraineté par de véritables prodiges. La veillée fut coupée par trois intermèdes entre lesquels le brelan reprenait. Le premier intermède consistait dans l'invasion de quilles énormes qui renfermaient tout un chœur de musique. Lesdites quilles chantaient leur disgrâce et les rigueurs du sort qui les proscrivait, quand tous les autres jeux avaient droit de cité à Sceaux. Le second intermède fut une ambassade de Groenlandais « qui ont des nuits de plusieurs mois; » le troisième, un dialogue entre Hespérus et l'Aurore : l'abbé Genest était l'auteur du poëme, sur lequel Marchand avait mis des airs.

A partir de cette fête, chaque nuit n'eut pas moins de trois intermèdes plus merveil-

leux les uns que les autres, et plus ruineux
aussi. La mise en scène, les costumes, les
décorations, le déplacement des artistes et
des danseurs coûtaient des sommes folles. Ce
fut au point que madame du Maine, qui ne
s'effrayait pas aisément, trouva qu'il était
temps d'arrêter les dépenses. Les nuits furent
interrompues. Il y en avait eu onze [1]. Était-
il donc absolument impossible de s'amuser à
moins de frais, et fallait-il renoncer à ces
ingénieux divertissements? Il fut décidé que
les nuits seraient reprises; seulement, elles
seraient ramenées à leur simplicité première.
La duchesse, sans se faire connaître, fut
l'ordonnatrice de la douzième, qui fut charmante. A dater de celle-là, il n'y eut plus
de reine. L'abbé de Vaubrun dirigea seul
la treizième sous le nom de bailli et de pro-

---

[1] La cinquième nuit avait eu pour roi et reine le
président de Mesmes et madame du Maine; la
sixième, M. de Langeron et la duchesse de Rohan;
la septième, M. de Gavaudun et madame de Croissy;
la huitième, le duc de La Force et la marquise de
Charost; la neuvième, M. de Caumont et la duchesse
de Brissac; la dixième, M. de Castelblanque et madame de Chambonas; la onzième, M. de Romanet et
madame de Chimay (mademoiselle de Nevers).

cureur fiscal de Sceaux; l'abbé d'Auvergne la quatorzième; Malezieu la quinzième. Mademoiselle Delaunay avait plus ou moins travaillé à l'arrangement de ces nuits; on la consultait; son suffrage était indispensable.

« La dernière de ces fêtes fut toute de moi, raconte-t-elle, et donnée sous mon nom, quoique je n'en fisse pas les frais. C'étoit le bon goût réfugié à Sceaux, et présidant aux diverses occupations de la princesse. D'abord il amenoit les Grâces qui, en dansant, préparoient une toilette. D'autres chantoient des airs dont les paroles convenoient au sujet. Cela faisoit le premier intermède. Le second, c'étoient des jeux personnifiés qui apportoient des tables à jouer, et disposoient tout ce qu'il falloit pour le jeu. Le tout mêlé de danses et de chants par les meilleurs acteurs de l'Opéra. Enfin, le dernier intermède, après les reprises achevées, étoient les Ris qui venoient dresser un théâtre, sur lequel fut représentée une comédie en un acte qu'on m'obligea de faire, faute de trouver aucun poëte (car on la voulut en vers) qui acceptât un pareil sujet. C'étoit la découverte que madame la duchesse du Maine prétendoit faire du carré magique, auquel elle s'appliquoit depuis quelque temps avec une ardeur incroyable. La pièce fut jouée par elle, chacun représentant son propre personnage, ce qui la fit valoir, malgré la sécheresse du sujet, et m'auroit fait valoir moi-même, si des événements sérieux n'a-voient tout à coup interrompu les divertisse-ments et effacé jusqu'à leur souvenir [1]. »

[1] Madame de Staal, *Mémoires* (Michaud et Pou-joulat), t. XXXIV, p. 699.

IV

La situation était grave, en effet. La santé du vieux roi inspirait des craintes sérieuses, et la perspective d'un changement de règne était de nature à assombrir notablement les physionomies de la petite cour de Sceaux.

12

Des arrangements avaient été pris par
Louis XIV. En vertu d'un édit enregistré le
2 août 1714, il appelait à la couronne les
princes légitimés et leurs descendants à défaut
des princes du sang; et, par une déclaration
du 23 mai 1715 qui confirmait son édit, il rendait l'état des premiers égal en tout à celui
de la parenté légitime. Malgré les respects
serviles dont il était entouré, il soupçonnait
bien ce qu'il adviendrait de ces dispositions;
aussi dit-il au duc du Maine, en présence de
son service domestique : « Quelque chose que
je fasse et que vous soyez de mon vivant,
vous pouvez n'être rien après ma mort; c'est
à vous de faire valoir ce que j'ai fait. » La
reine d'Angleterre l'ayant félicité d'avoir
pourvu, par un testament, à toute éventua-
lité : « Je l'ai fait, répondit-il; du reste, il en
sera peut-être de ce testament comme de
celui de mon père : tant que nous sommes,
nous pouvons ce que nous voulons, et après
notre mort, moins que les particuliers. » Les
paroles qu'il adressa au premier président et
au procureur général, qu'il avait fait appeler
à son lever, sont plus significatives encore :
« Messieurs, voilà mon testament. Qui que ce
soit que moi ne sait ce qu'il contient. Je vous

le remets pour le déposer au parlement, à qui
je ne puis donner une plus grande preuve de
mon estime et de ma confiance. L'exemple
du testament du roi mon père ne me laisse
pas ignorer ce que celui-ci pourra devenir. »

Mais il avait cédé aux sollicitations, aux
prières, aux importunités de son entourage.
Ses prévisions ne tardèrent pas à se réaliser.
Louis XIV mourut le 1ᵉʳ septembre. Dès le
lendemain, le parlement s'assemblait pour
régler les choses de la régence. Le duc du
Maine avait le gros lot dans le testament du
feu roi; il avait tout à la fois la surintendance de l'éducation du jeune prince et le
commandement des troupes de sa maison.
Le Régent n'était plus qu'un fantôme avili,
sans autorité, dont l'unique emploi serait
d'être le chef nominal d'un conseil de régence
décidant de tout à la pluralité des voix. Ce
testament de Louis XIV a été envisagé avec
une extrême sévérité. On n'a voulu y voir que
la préoccupation exclusive de l'élévation de
ses bâtards, sans admettre qu'il eût pu entrer
dans ses dispositions des considérations moins
personnelles. « Quelque mal fondée, dit un
écrivain que la gloire du grand roi n'éblouit
pas et qui le juge avec une philosophique

impartialité, que fût l'opinion qu'on avoit du
caractère du duc d'Orléans, elle étoit presque
générale. Il n'étoit donc pas prudent de le
rendre maître absolu de l'État et de la personne du jeune roi, d'en confier la garde à
celui qui avoit le moins d'intérêt à la conser-
vation de cet enfant [1]. » D'ailleurs, les anté-
cédents historiques ne manquaient pas pour
confirmer et sanctionner ces dispositions in-
jurieuses peut-être, mais concevables, contre
celui qu'un malheur ou un crime pouvait
élever au trône [2].

Le parlement n'avait nul motif d'être hos-
tile au duc d'Orléans, et les pairs, aliénés
par l'élévation monstrueuse des princes légitimés, semblaient intéressés à l'humiliation
de ceux-ci. Avec un peu d'adresse et d'audace,
le duc d'Orléans pouvait donc se faire restituer un pouvoir que les clauses du testament
rendaient illusoires. Le duc de Saint-Simon
a raconté fort au long, et avec un coloris mer-

---

[1] Duclos, *Mémoires sur le règne de Louis XIV, la
Régence et Louis XV* (Michaud et Poujoulat), t. XXXIV,
p. 470.

[2] Notamment les régences de Charles VI et de
Charles VIII.

veilleux, l'histoire de cette journée où lui-
même eut son rôle. Le duc d'Orléans ne
conserva pas toujours sa présence d'esprit,
et il allait tout compromettre, si, averti à
temps, il ne se fût pas hâté de lever la séance.
Quand il la rouvrit, il savait ce qu'il voulait,
et il le demanda avec une force et une logique
d'argumentation qui fit plus que d'ébranler,
qui persuada l'assemblée. Il démontra aisément les inconvénients d'une autorité placée
en diverses mains, et la nécessité qu'elle fût
concentrée dans les siennes. Il faisait, en
revanche, quelques concessions ; il s'engageait, entre autres, à ne prendre aucun parti
dans les affaires d'État qu'avec la délibération
du conseil de régence. Tout ce qu'il exigeait
lui fut accordé, et il fut arrêté, sans désem-
parer, que le duc du Maine conserverait la
surintendance de l'éducation du roi, mais
qu'on ne lui laisserait point le commandement
des troupes de sa maison. C'était demeurer
responsable, sans la possibilité de sauvegarder
sa responsabilité, et il était illogique, aussitôt
qu'on lui enlevait le commandement de la
garde placée journellement auprès du roi, de
prétendre qu'il répondît de sa personne. Mais
cet argument fut allégué en vain par les amis

12.

du duc du Maine, l'on ne voulut rien entendre,
et le pauvre prince dut comprendre, dès lors,
que ses espérances d'ambition étaient à jamais
renversées, à moins d'événements qu'on ne
pouvait prévoir.

Madame du Maine devait ressentir plus
profondément encore que son mari l'humiliation de la défaite. Elle avait quitté Sceaux
et était venue s'établir rue Sainte-Avoye, au
Marais[1], chez le premier président de Mesmes,
qui habitait au Palais. L'Arsenal, où le duc
avait son logement, comme grand maître de
l'artillerie, était en pleine démolition, et
l'hôtel qu'il se faisait bâtir au bout de la rue
de Bourbon, sur l'emplacement d'une maison
de la princesse de Conti et de deux ou trois
maisons voisines achetées six cent mille livres,
sortait à peine de ses fondements[2]. Mais la

---

[1] A l'hôtel de Mesmes, autrefois l'hôtel de Montmorency ; le roi Henri II l'avait jadis habité. Le président y avait fait de grandes dépenses. Hurtaut et
Magny, *Dictionnaire de la ville de Paris et de ses environs* (Paris, 1779), t. III. p. 263.

[2] Saint-Simon, *Mémoires* (Chéruel), t. XVII, p. 57.
—Nous citons d'après Saint-Simon, qui pourrait bien
avancer d'au moins une année l'acquisition et l'a-
grandissement de cet hôtel du Maine. Selon Ger-

duchesse séjourna peu chez le président.
Comme surintendant de la maison du jeune
prince, M. du Maine avait droit à un appartement aux Tuileries; sa femme s'y installa,
trop préoccupée de la marche des événements
pour n'être pas indifférente à toute autre
chose. Nous passerons rapidement sur cette
série de déceptions, d'amères épreuves pour
les princes légitimés qu'on allait déposséder
de leur qualité après les avoir dépouillés de
tout ce qui pouvait les faire craindre. Tout cet
échafaudage de puissance, qu'on avait pressé
le feu roi d'édifier, fut anéanti, comme il ne
l'avait que trop prévu. L'édit qui les appelait
à la succession de la couronne fut révoqué,
ainsi que les déclarations qui leur donnaient
le titre de princes du sang. On voulut bien,
par grâce insigne, leur en laisser le rang et
les honneurs, condescendance qui ne pouvait
s'étendre à leurs enfants. Tout ce qui a

---

main Brice, la seconde douairière de Conti fit bâtir
cet hôtel en 1716, sur les dessins de Robert de Cotte,
et ne le céda qu'en 1719 au duc du Maine, qui le fit
achever et construisit, de l'autre côté de la rue, des
écuries et des logements pour son domestique. Germain Brice, *Nouvelle description de la ville de Paris*
(1725), t. IV, p. 149, 150.

rapport à ce débat désespéré a été recueilli, et nous renverrons les curieux à cet ensemble de pièces assez indigestes [1]. On trouve dans les œuvres de Lassay des *Remarques* sur le Mémoire du duc du Maine, qui sont toutes en faveur des princes du sang. Elles donnent un démenti à Saint-Simon, qui prétend que le marquis trahissait M. le Duc au profit de M. du Maine [2]. Probablement, ces notes demeurèrent confidentielles et ne furent pas connues à Sceaux, où celui-ci ne cessa d'être reçu et d'être traité en beau-frère; car ce ne fut qu'après sa mort et celle de Ludovise que fut imprimé l'étrange recueil qu'il nous a laissé [3].

C'était assez déchoir, pour compter apaiser l'inimitié ou l'envie, et, pourtant le coup le plus terrible n'avait pas été porté. M. le Duc,

[1] *Affaire des princes légitimés* (Rotterdam, 1717), 4 vol.—Voir une curieuse conversation du comte de Toulouse avec le Régent au sujet des mémoires des princes du sang, tirée des archives du Palais-Royal. Vatout, *Conspiration de Cellamare* (Paris 1832), pièces justificatives, t. I, p. 106 à 111.

[2] Saint-Simon, *Mémoires* (Chéruel), t. XVI, p. 372.

[3] Lassay, *Recueil de différentes choses* (Lausanne, 1756), 4ᵉ partie, p. 2 à 34.

devenu majeur, souffrait impatiemment de
voir dans les mains du duc du Maine la surintendance de l'éducation du roi qui revenait
de droit au premier prince du sang majeur.
Le Régent, dont la modération était le fond
du caractère, se montra très-froid devant de
pareilles prétentions; mais celui-ci manœuvra
de telle sorte auprès des pairs auxquels il
laissa entrevoir la réduction des légitimés au
rang de leur pairie, que le prince se vit forcer
la main et dut consentir, malgré de réelles
répugnances, à un lit de justice. En servant
son ambition, M. le Duc donnait également
satisfaction à sa rancune contre son oncle,
pour lequel il avait une aversion, disait-il,
comme on en a pour certaines bêtes, rancune
causée par des motifs d'intérêt et un procès
où il avait été le vaincu [1]. Sa vengeance, en
tout cas, ne pouvait être plus complète; il
obtint, en même temps que la déchéance, les

[1] Procès pour la succession de M. le Prince,
qu'il perdit contre la duchesse du Maine et les princesses ses sœurs. Il avait encore de grandes discussions d'intérêts pour le partage des biens de la
maison de Condé avec les mêmes princesses. Dangeau, *Journal*, t. XIII, p. 83, 84, 443; t. XIV, p. 23;
t. XV, p. 48, 123; t. XVI, p. 213, 264, 304, 512.

dépouilles de M. du Maine, que le Régent lu
abandonna. Le maréchal de Villeroy, qu
faisait au duc d'Orléans une oppositio
taquine et presque puérile, hasarda bien u
appel indirect à la pitié et à un retou
d'opinion : « Voilà donc, dit-il, toutes le
dispositions du feu roi renversées ! Je ne l
puis voir sans douleur. M. du Maine est bie
malheureux ! — Monsieur, répondit le Régen
d'une voix brusque, M. du Maine est mo
beau-frère; mais j'aime mieux un ennem
ouvert que caché. » Au ton du prince et à l
contenance de l'assemblée, les amis du du
du Maine comprirent qu'ils étaient les plu
faibles et qu'ils ne pourraient rien contre le
malheur dont il était menacé.

Le comte de Toulouse était aussi aimé que
l'on affectionnait peu son frère, et les plu
déterminés à prononcer l'arrêt le plaignaient
sincèrement. Le duc d'Orléans, qui l'estimait,
eût voulu détourner de lui une humiliation
qu'il n'avait pas méritée [1]. Bien qu'ils n'eussent point été convoqués, les deux frères
étaient venus en manteau de pair au lit de

[1] Duchesse d'Orléans, *Correspondance complète*
(Charpentier, 1855), t. I, p. 450. 17 septembre 1717.

justice. L'affaire avait été tenue secrète et ils
ne pouvaient savoir précisément ce qui se
tramait contre eux; mais le duc du Maine
pressentait un orage, et il avait la pâleur et
l'embarras que donne l'inquiétude fondée, si elle est vague encore. Le duc
d'Orléans, qui ne s'attendait pas à ce qu'ils
se présenteraient, prit à part le comte de
Toulouse et l'avertit de ce qui se passait.
Ce dernier prévint son frère, et ils sortirent
l'un et l'autre quelques instants après. Cette
retraite était une abdication. Leurs partisans
les imitèrent pour ne pas assister à la sanction
d'une pareille dégradation. Le président de
Blamont, l'un des intimes de la cour de
Sceaux, se trouva mal sur l'escalier des
Tuileries; on fut obligé de le transporter
dans la chapelle, où on lui fit avaler le vin
des burettes [1].

On devine le désespoir, la rage, la fureur
de madame du Maine, et tous les sentiments
violents qui durent s'emparer d'elle en face
d'une telle déchéance. « M. du Maine, écrit

[1] Duchesse d'Orléans, *Correspondance complète*
(Charpentier, 1855), t. I, p. 470. 20 septembre 1717.

madame de Maintenon à sa nièce, ne me
parle que de sagesse pour lui et pour tout ce
qui l'environne : mais je ne pense pas qu'on
puisse réduire sa femme à ne rien dire...[1]. »
Il ne fallait pas, en effet, s'attendre à lui voir
subir l'humiliation avec la résignation d'une
chrétienne. « On parle de diverses manières
de la duchesse du Maine, écrit de son côté
Madame ; quelques personnes disent qu'elle
a battu son mari et mis en pièces les miroirs
qui étaient dans sa chambre, ainsi que tout
ce qui s'y trouvait de fragile ; d'autres disent
qu'elle n'a pas proféré un seul mot, et qu'elle
n'a fait que pleurer... » Et plus loin : « La
petite naine a dit qu'elle avait plus de cœur
que son mari, ses fils et son beau-frère, et
que, comme une autre Jaël, elle tuerait mon
fils en lui enfonçant un clou dans la tête [2]. »

Pour n'être plus de ce monde, madame
de Maintenon, du fond de sa cellule, à Saint-
Cyr, n'en suivait pas avec une anxiété, une
désolation moindres, tous ces malheurs qui

---

[1] *Lettres de madame de Maintenon* (Léopold Collin, 1806), t. V, p. 203. Lettre de madame de Maintenon à madame de Caylus. Juin, 1717.

[2] Duchesse d'Orléans, *Correspondance complète*
(Charpentier. 1855), t. II, p. 470.

venaient fondre sur un homme dont elle s'était toujours considérée comme la mère. « Il est vrai que je ne puis être indifférente, avoue-t-elle, sur l'état des affaires générales : j'étois accoutumée à en être occupée même malgré moi... Je crains toujours pour le duc du Maine ; il n'y a qu'elle (la femme du Régent), vous et moi qui l'aimions, et son plus grand démérite est d'avoir été trop aimé du roi... [1]. » Les événements marchaient à pas précipités, et chaque jour apportait sa surprise douloureuse. La correspondance de cette époque se ressent de cette préoccupation incessante. Un passage est à noter : « J'ai toujours bien cru, dit-elle, que nos princes ne tiendroient pas contre M. le Duc, ni les édits du feu roi contre le Parlement, qui se fait un honneur et un plaisir de les anéantir... [2]. » C'avait été aussi la pensée du roi. Mais alors pourquoi avoir pressé, sollicité, harcelé Louis XIV afin d'obtenir des édits et des déclarations dont les conséquences ne pou-

[1] *Lettres de madame de Maintenon* (Léopold Collin, 1806), t. V, p. 143. Lettre de madame de Maintenon à madame de Caylus. Ce 1er janvier 1716.

[2] *Ibid.*, t. V, p. 174. Lettre de madame de Maintenon à madame de Caylus. Ce 30 août 1716.

vaient être que désastreuses pour ceux au
profit desquels ils semblaient être rendus?
Enfin, rien ne survivait de cet échafaudage
si laborieusement construit; l'édifice s'était
écroulé pierre à pierre. La pauvre marquise,
foudroyée par ce dernier coup du sort, laissait
échapper une phrase qui indiquait qu'à ses
yeux le naufrage n'était que trop complet:
« Il est bien plus affligeant pour moi de voir
M. du Maine dégradé que de le voir mort [1]. »

Si la duchesse du Maine ne tint pas le propos que Madame lui prête, au moins son ressentiment était-il implacable et n'attendait-
il que le moment d'une revanche. L'Espagne
pouvait en être l'instrument. Son roi haïs-
sait personnellement le Régent. Malgré son
renoncement à tous droits à la couronne, il
n'eût pas vu sans regret, en cas d'événement,
ce beau pays, pour lequel il eût donné dix Es-
pagnes, devenir la proie du duc d'Orléans. La
mission tacite de son ministre à Paris était de
nouer des intrigues, de fomenter des troubles,
de gagner des partisans et de susciter enfin

[1] *Lettres de madame de Maintenon* (Léopold Collin, 1806), t. V, p. 257. Lettre de madame de Maintenon à madame de Dangeau. Ce 5 septembre 1718.

le plus d'embarras possibles au prince : celui-
ci une fois renversé, Sa Majesté Catholique
se déclarait le tuteur de son neveu, et donnait
le royaume à gouverner au duc du Maine. Il
n'en fallait pas tant qu'une telle perspective
pour déterminer la duchesse à tout tenter et
à engager son mari dans cette voie funeste.
Nous ne devons pas oublier que nous n'écri-
vons point une histoire de la Régence : la
conspiration de Cellamare a ses historiens
auxquels nous renverrons ; mais nous ne
pouvions laisser complétement dans l'ombre
cette période passablement rembrunie, durant
laquelle la volière de Sceaux employa en correspondances et en manéges ténébreux le
temps consacré jusque-là à chanter Ludovise
sur tous les modes, et ne pas indiquer au
moins les causes et les incidents d'une cata-
strophe qui dissipa, par un coup de foudre,
ces oiseaux gazouillants, plus faits pour rou-
couler le madrigal et l'idylle que pour jouer
les personnages de Brutus et de Catilina.

En vraie femme qu'elle était, la duchesse
ne vit que ce qu'elle voulait voir, la perspective douteuse d'une restauration pour sa
maison et la ruine de ses ennemis, écartant
systématiquement dans sa pensée toutes les

chances de danger qu'elle assumait sur la
tête de son mari et sur la sienne. Mais sans
cette foi robuste qui n'admet pas l'insuccès,
sans ces illusions tenaces qui aveuglent sur
les mille écueils qu'on aura à éviter avant de
toucher au port, existerait-il des conspirateurs? On conspirait à Sceaux en toute sécurité, et sans supposer que l'on dansât sur un
abîme. Le réveil fut aussi terrifiant qu'inattendu. Le bruit se répand que l'hôtel de
l'ambassade d'Espagne est cerné, et bientôt
après, que l'ambassadeur, malgré l'inviolabi-
lité de son caractère, est arrêté. Les renseignements sinistres affluent dans le salon de
madame du Maine; les marquis de Pompadour
et de Saint-Geniès étaient à la Bastille.
Chacun apportait sa nouvelle, sans se douter,
car tout le monde ne pouvait être dans la
confidence, que la duchesse fût pour un peu
dans la comédie souterraine aux premières
scènes de laquelle on se trouvait.

« ... Deux jours après, madame la duchesse
du Maine jouoit au biribi, comme à son ordinaire (elle n'avoit garde de rien changer dans
sa façon de vivre), un M. de Châtillon, qui
tenoit la banque, homme froid, qui ne s'avi-
soit jamais de parler, dit : « Vraiment, il y a

« une nouvelle fort plaisante. On a arrêté et
« mis à la Bastille, pour cette affaire de l'am-
« bassadeur d'Espagne, un certain abbé Bri...
« Bri... » Il ne pouvoit retrouver son nom ;
ceux qui le savoient n'avoient pas envie de
l'aider. Enfin il acheva et ajouta : « Ce qui
« en fait le plaisant, c'est qu'il a tout dit ; et
« voilà bien des gens fort embarrassés. »
Alors il éclata de rire pour la première fois
de sa vie.

« Madame la duchesse du Maine, qui n'en
avoit pas la moindre envie dit : « Oui, cela est
« fort plaisant.—Oh! cela est à faire mourir
« de rire, reprit-il, figurez-vous ces gens qui
« croyoient leur affaire bien secrète ; en voilà
« un qui dit plus qu'on ne lui en demande,
« et nomme chacun par son nom[1]. »

Cet abbé, dont M. de Châtillon cherchait en
vain le nom, était l'abbé Brigaut, l'un des
principaux agents de la conspiration, qui
s'était laissé saisir à Montargis et qui, une
fois embastillé, pris de peur, fit les aveux les
plus compromettants. Chaque jour était marqué par une arrestation. On avertissait de

[1] Madame de Staal, *Mémoires* (Michaud et Poujoulat), t. XXXIV, p. 713.

tous côtés la princesse de pourvoir à sa sûreté. Il est vrai que le conseil était plus facile
à donner qu'à exécuter. Si l'arrestation de
M. et de madame du Maine était chose réso-
lue, on devait les surveiller de façon à rendre
leur évasion impossible. Disons, toutefois,
que la duchesse envisageait assez stoïque-
ment un pareil malheur. Pour cette perpétuelle ennuyée, la persécution, la prison
avaient un côté romanesque qui ne déplai-
sait pas à son imagination. Son regard n'allait
pas au delà. Très-certainement il y avait dans
leur fait plus qu'une intrigue de boudoir, il y
allait bel et bien du crime de haute trahison.
Du temps du cardinal de Richelieu, M. du
Maine eût joué là un jeu à porter sa tête sur
l'échafaud, tout prince légitimé qu'il eût été;
mais, fort heureusement, à cette rude époque
avait succédé un siècle plus accommodant,
et madame du Maine, qui faisait répandre les
plus odieux libelles à l'endroit du Régent,
(on sait que c'est à Sceaux que La Grange-
Chancel était allé chercher l'inspiration de
ses atroces *Philippiques*), connaissait trop la
mansuétude de son beau-frère pour redouter
au delà d'une captivité plus ou moins longue.

Elle s'attendait à tout instant à ce qu'on

viendrait l'arrêter. Un soir, une femme in-
connue, dépêchée par la marquise de Lambert, porte l'alarme : c'était pour la nuit
même. La duchesse s'entoure de ses fidèles,
leur fait part de la nouvelle, le sourire sur
les lèvres. La conversation avait le droit
d'être grave tout au moins : elle fut animée
par les plaisanteries et les saillies les plus
franches. Jamais la princesse n'avait montré
plus d'amabilité et de gaieté. L'heure du
sommeil était plus qu'arrivée, mademoiselle
Delaunay prit un livre au hasard pour le
hâter. Par une étrange coïncidence, c'étaient
les *Décades* de Machiavel, marquées au chapitre des conspirations. L'à-propos fit éclater
de rire la duchesse : « Otez vite cet indice
contre nous, dit-elle à la lectrice, ce seroit
un des plus forts. » Cette fois, on en fut
quitte pour la peur; mais ce n'était retarder
que de quelques jours au plus un malheur
qu'on sentait inévitable.

Le 29 décembre, sur les dix heures du
matin, le château était investi. Le duc du
Maine sortait de sa chapelle, où il venait
d'entendre la messe, quand La Billarderie,
lieutenant des gardes du corps, lui signifia
l'ordre dont il était porteur, et le pria avec

politesse de monter dans le carrosse qui l'attendait. Un exempt des gardes du corps et M. de Favancourt, brigadier dans la première compagnie des mousquetaires, môntèrent dans la voiture et occupèrent le devant. Au bout de l'avenue, l'aspect des gardes impressionna visiblement M. du Maine, dont la contenance ne fut rien moins que ferme.

« Le silence fut peu interrompu dans le carrosse. Par-ci par-là, M. du Maine disoit qu'il étoit très-innocent des soupçons qu'on avoit contre lui, qu'il étoit très-attaché au roi, qu'il ne l'étoit pas moins à M. le duc d'Orléans, qui ne pourroit s'empêcher de le reconnoître, ou qu'il étoit bien malheureux que Son Altesse Royale donnât créance à ses ennemis, mais sans jamais nommer personne; tout cela par hoquets, et parmi force soupirs, de temps en temps des signes de croix et des marmottages bas comme des prières et des plongeons de sa part à chaque église ou à chaque croix par où ils passoient. Il mangea avec eux dans le carrosse assez peu, tout seul le soir, force précautions à la couchée. Il ne sut que le lendemain qu'il alloit à Doullens[1]. »

[1] Saint-Simon, *Mémoires* (Chéruel), t. XVII, p. 97.

La duchesse du Maine n'était pas à Sceaux;
elle était dans une maison de la rue Saint-
Honoré, celle probablement qu'elle avait
louée pour sa fille qui n'avait pas eu de logement aux Tuileries; et ce fut là qu'Acenis,
capitaine en survivance des gardes du corps
du duc de Charost son père, vint l'arrêter. La
différence des caractères se manifesta dans
la contenance bien opposée des deux époux.
Elle se montra aussi altière que son mari
avait été timide et couard. Deux carrosses de
remise l'attendaient à sa porte : le premier
pour elle, le second pour deux femmes de
chambre qui devaient la suivre et un bagage
sommaire. On évita les grandes rues et l'on
prit par le rempart. Du reste, personne ne
bougea. Cette tranquillité fut ce qui l'étonna
le plus; elle n'était pas préparée à une pareille
insouciance et s'attendait au moins à quelque
émotion.

Après avoir couché à Essonne, elle continua sa route jusqu'à Dijon, dans le château
duquel elle ne fut pas peu surprise et peu
indignée de se voir prisonnière « sous la clef
de M. le Duc[1]. » M. le Duc n'eût fait qu'ac-

[1] Saint-Simon, *Mémoires* (Chéruel), t. XVII, p. 99.

cepter cet étrange mandat de geôlier de sa
tante, que cette complaisance n'en eût pas
moins été de celles que rien n'excuse; mais
il alla au-devant d'une pareille mission que
le Régent n'eût point osé lui proposer. On
ne peut pas pousser plus loin la soif de la
vengeance et l'oubli absolu de soi-même.
Pendant ce temps, le prince de Dombes et le
comte d'Eu étaient exilés à Eu, terre de la
famille, et mademoiselle du Maine confinée à
la Visitation de Chaillot, Saint-Simon dit à
tort à Maubuisson [1].

Presque toute la maison du duc du Maine
devait subir le sort du maître. Mademoiselle
Delaunay dormait de tout son cœur, quand
l'invasion d'un officier des gardes et de deux
mousquetaires dans sa chambre lui apprit
que le moment de l'épreuve était venu. Elle
fut conduite à la Bastille, qui fut bientôt peu-
plée des partisans et des complices de la
duchesse du Maine. Malezieu fut arrêté à
Sceaux; son fils, lieutenant général d'artille-

---

[1] L'avocat Barbier se trompe aussi en faisant envoyer par lettres de cachet le prince de Dombes à
Bourges et le comte d'Eu à Gien. Barbier, *Journal*,
t. I, p. 27. Janvier 1719.

rie, le fut chez la princesse, avec le chevalier
de Gavaudun. Mademoiselle de Montauban,
fille d'honneur, fut également appréhendée.
On eut la même considération pour la livrée :
deux valets de chambre de madame du Maine,
quatre de ses valets de pied, jusqu'à deux
frotteurs de son appartement, furent enlevés
et confinés en troupe à la Bastille[1]. On se
borna à exiler le cardinal de Polignac, dont
la grande intimité avec le duc du Maine et
plus encore avec la duchesse devait être sus-
pecte, à son abbaye d'Anchin, où l'accompa-
gna un gentilhomme ordinaire du roi qui
avait ordre de ne pas le quitter.

Le cardinal était un grand homme très-
bien fait, beau de visage, de beaucoup d'esprit,
d'une voix caressante et pleine de charme.
Les contemporains sont unanimes sur son
compte. « C'est, écrit madame de Sévigné,
un des hommes du monde dont l'esprit me

---

[1] A cela ne se bornèrent pas les arrestations. Le
vieux marquis de Boisdavis fut arrêté pour une
lettre où il témoignait son dévouement à la princesse. Davisard, avocat général du Parlement de
Toulouse, et Bargillon, avocat de Paris, furent aussi
arrêtés pour leurs relations connues avec la cour
de Sceaux.

paroît le plus agréable; il sait tout, il parle
de tout, il a toute la douceur, la vivacité, la
complaisance qu'on peut souhaiter dans le
commerce [1]. » Le pape Alexandre VIII disait
de lui : « Je ne sais comment il fait, il ne me
contredit jamais, il est toujours de mon avis,
et cependant c'est toujours le sien qui prévaut.
Ce jeune abbé est un séducteur [2]. » Louis XIV
disait de son côté, à la suite d'une audience
qu'il lui donna, que, bien que l'abbé de Polignac eût toujours été d'un avis contraire
au sien, rien ne lui avait tant plu que tout ce
qu'il lui avait entendu dire [3]. « C'était l'élo-
quence insinuante, l'onction faite homme. »
« Tout couloit de source, tout persuadoit, » dit
à son tour Saint-Simon, qui le peint, du reste,
comme un prêtre mondain et fastueux, galant avec toutes les femmes, et celles même
desquelles le respect eût dû le tenir éloigné.
La duchesse de Bourgogne cacha trop peu
l'affection qu'il avait su lui inspirer. « On re-

[1] Madame de Sévigné, *Lettres* (édit. Monmerqué),
t. IX, p. 375. Lettre de madame de Sévigné à M. de
Coulanges; aux Rochers, le 18 mars 1690.

[2] Le père Chrysostôme Faucher, *Histoire du cardinal de Polignac*, t. I, p. 17.

[3] Coulanges, *Mémoires* (1820), p. 209.

marqua beaucoup que madame la duchesse de
Bourgogne lui souhaita un heureux voyage
tout d'une autre façon qu'elle n'avoit accoutumé de congédier ceux qui prenoient congé
d'elle. Peu de gens eurent foi à une migraine
qui la tint tout ce même jour sur un lit de
repos chez madame de Maintenon, les fenêtres
entièrement fermées, et qui ne finit que par
beaucoup de larmes [1]. » Le cardinal, envoyé
en Pologne, s'il échouait dans sa mission, ne
réussit également que trop un instant, a-t-on
prétendu, auprès de la reine de Pologne, la
veuve de Sobieski [2].

Il s'était attaché à madame du Maine,
à la cour de laquelle son crédit était sans bor-
nes. Le duc, grand latiniste, s'était passionné
pour son *Anti-Lucrèce,* qu'il s'amusait à traduire, ce qui avait fait dire à sa femme qu'irri-
tait tant d'insouciance de l'avenir : « Vous
trouverez un beau matin, en vous éveillant,
que vous êtes de l'Académie, et que M. le duc

---

[1] Saint-Simon, *Mémoires* (Chéruel), t. V, p. 156.
[2] Lémontey, *Histoire de la Régence* (Paulin, 1832),
t. I, p. 202, 291.—Marquis d'Argenson, *Mémoires* (Jannet, 1857), t. I, p. 49.—*Curiosités historiques ou Recueil de pièces utiles à l'histoire de France*, t. I, p. 240,
241.

d'Orléans est le régent du royaume. » Madame n'hésite pas à présenter comme certaine une intrigue entre le cardinal et la
belle-sœur de son fils, et elle le proclame avec
son sans-gêne accoutumé : « L'amant *tenant*
de madame du Maine est le cardinal de Polignac, mais elle en a encore beaucoup d'autres, le premier président[1], et même des
drôles[2]. » Elle ne s'en tient pas à des gé-
néralités : « Le comte d'Albert[3] était ici l'an
passé; il s'attacha à madame du Maine. Le
cardinal de Polignac en fut jaloux; il la suivit
masqué à un bal, mais lorsqu'il vit le comte
avec la duchesse, il ne put se retenir, et il
s'emporta. On découvrit ainsi qu'il s'était
rendu masqué à un bal, et on en a bien ri[4]. »
La charitable princesse, qui, d'ailleurs, est
au fait de tous les cancans de cour, ne demande pas mieux que de glisser dans ses lettres telle historiette peu édifiante, qu'elle ne

---

[1] Le président de Mesmes.

[2] Duchesse d'Orléans, *Correspondance complète*
(Charpentier, 1855), t. I, p. 422. 12 juillet 1718.

[3] Le même que nous avons vu l'amant de mademoiselle Maupin et de madame de Mussy.

[4] Duchesse d'Orléans, *Correspondance complète*
(Charpentier, 1855), t. I, p. 456. 2 septembre 1718.

sait que par ouï-dire et par commérages; mais c'est tout autre chose d'admettre sans grand examen les bruits chagrinants dont nos ennemis sont l'objet, ou de citer de prétendues correspondances qu'on a forgées soi-même. Ce qui va suivre a donc une tout autre portée : « Mon fils m'a montré une lettre que madame du Maine avait écrite au cardinal de Polignac, et qui fut saisie dans ses papiers. C'est à coup sûr une personne bien vertueuse et bien estimable. Dans une de ces belles lettres, il y a ceci : « Nous allons demain à la campa-
« gne ; je rangerai les appartements de façon
« que votre chambre sera près de la mienne ;
« tâchez de faire aussi bien que la dernière
« fois, et nous nous en donnerons à cœur
« joie [1]. » Convenons, tout au moins, que ce poulet n'est pas d'une précieuse, pas plus que d'une femme prudente. On n'écrit guère de pareils billets, parce qu'il faut avoir perdu toute pudeur, et parce qu'encore ils peuvent s'égarer et tomber dans des mains comme celles de Madame. Lorsque l'on conspire, au moins serait-il sage d'anéantir de semblables

---

[1] Duchesse d'Orléans, *Correspondance complète* (Charpentier, 1855), t. II, p. 299. 1er février 1721.

pièces, si de semblables pièces existèrent jamais.

Ce n'est pas la seule allégation malveillante ou simplement mal fondée dont la pauvre princesse aura été l'objet. M. Walkenaër veut qu'elle ait été aimée par le prince de Conti qu'elle eût payé de retour, et que ce soit à cette belle passion qu'il sacrifia une couronne [1]. L'étourderie est d'autant plus étrange ici que l'écrivain cite comme autorité l'auteur des *Souvenirs* qui nomme en toutes lettres madame la Duchesse : « Le prince de Conti ouvrit les yeux sur les charmes de madame la Duchesse à force de s'entendre dire de ne les pas regarder : il l'aima passionnément [2]... » Madame elle-même nous apprend qu'il fut éperdûment amoureux de sa belle-sœur [3]. Loin d'être au mieux avec la nymphe de Sceaux, il n'y avait entre lui et M. et madame du Maine, nous dit Saint-Simon, que la plus indispensable bien-

---

[1] Walkenaër, *Histoire de la vie et des ouvrages de La Fontaine* (3e édition, 1824), p. 484.

[2] Madame de Caylus, *Souvenirs* (Michaud et Poujoulat), t. XXXII, p. 511.

[3] *Lettres nouvelles et inédites de la princesse Palatine* (Hetzel, 1863), p. 230.

séance et « avec peu de contrainte d'ailleurs[1]; »
plutôt même, affichait-il à leur égard une
sorte de bravade « qui lui étoit d'autant plus
douce qu'elle étoit applaudie[2]. »

Le duc du Maine voyait la gravité de sa
position, il sentait que sa vie était dans les
mains du duc d'Orléans, et qu'il y en avait
plus qu'il ne fallait pour lui faire trancher la
tête, tout fils de roi qu'il était. Les bâtards
des rois ne sont pas, en pareil cas, à l'abri de
la hache du bourreau, et, faute d'autre précédent, le duc avait au moins l'exemple de la
mort de Montmouth. Bien qu'elle n'eût pas été
ouverte et armée, la félonie de M. du Maine
n'en était guère moins flagrante; et pour peu
qu'il l'eût voulu, le Régent se fût débarrassé
à tout jamais d'un ennemi qui lui avait fait
jusque-là autant de mal qu'il l'avait pu. Mais
ce prince, auquel tant et de si atroces crimes
furent imputés, avait horreur du sang versé
et des partis extrêmes. Il fallait le pousser aux
mesures violentes, lui en démontrer toute
l'urgence pour le faire sortir de sa quiétude

---

[1] Dangeau, *Journal* (addition de Saint-Simon),
t. XII, p. 342.
[2] Saint-Simon, *Mémoires* (Chéruel), t. VII, p. 880.

14.

et de son apathie. Moitié générosité, moitié
dédain pour l'espèce humaine, il laissait dire
et eût laissé faire, sans grand souci de sa
propre sûreté qui entrait dans son indifférence
de tout. La connaissance d'un pareil caractère,
encore une fois, eût dû, ce nous semble, tran-
quilliser quelque peu M. du Maine, qui se mourait de frayeur à Doullens. Il avait, en outre,
auprès du Régent, un avocat zélé dans la duchesse d'Orléans qui joua bien plus le rôle
d'une sœur dévouée que d'une épouse affec-
tionnée. Il lui écrivait un jour avec tout l'accent d'un repentir amer : « Ce n'est pas en
prison qu'on devrait me mettre ; on devrait
m'ôter mes habits et me mettre en jaquette,
de m'être ainsi laissé mener par une femme [1]. »
Était-ce fort sincère, ou n'était-ce écrit qu'en
vue de son beau-frère dans les mains duquel
cette lettre ne pouvait manquer de tomber ?
Dans son interrogatoire, la duchesse répéta
obstinément qu'elle avait agi en arrière de
son mari, qu'elle s'était bien gardée de l'ini-
tier à des plans qu'il eût rejetés, qu'il n'était
pour rien, en un mot, dans cette intrigue

[1] Duchesse d'Orléans, *Correspondance complète*
(Charpentier, 1855), t. II, p. 79.

éventée. Madame du Maine, par sa condition
de femme et de princesse du sang, sentait
bien qu'elle avait moins à trembler pour elle
que pour lui ; et, comme, en réalité, s'il n'était
point resté dans la complète inaction à laquelle
elle voulait faire croire, c'était elle qui l'avait
poussé à toutes ces imprudences, elle sépara
généreusement sa cause de la sienne et as-
suma sur sa tête toute la responsabilité. Mademoiselle Delaunay nous dit que M. du Maine
avait exigé de sa femme la promesse de ne voir
aucune des personnes en soupçon de cabales,
et lui avait fait, en une circonstance, refuser
un rendez-vous que sollicitait le marquis de
Pompadour[1]; c'est assez dans l'humeur timide et circonspecte du prince dont le caractère n'était rien moins qu'aventureux.

M. du Maine, que la peur exaltait, ne permettait pas qu'on lui parlât de sa femme.
Naturellement religieux, il s'était précipité
dans une dévotion dont les pratiques exagé-
rées altérèrent sa santé et le rendirent sé-
rieusement malade[2]. Le premier effroi passé,

---

[1] Madame de Staal, *Mémoires* (Michaud et Poujoulat), t. XXXIV, p. 712.
[2] « J'allai à quatre heures au Palais-Royal, écrit

lorsqu'il fut à peu près sûr que tout se bor-
nerait à une captivité plus ou moins longue,
le calme se rétablit dans son esprit; non-seulement la résignation vint à bout du premier
accablement, mais encore, le naturel repre-

Madame, le 1ᵉʳ octobre 1719, et je montai chez madame d'Orléans, que je trouvai très-contente, car
elle venait de recevoir des nouvelles de son frère
aîné; il était hors de danger et comme guéri d'une
atteinte de choléra-morbus qu'il a eue. Je ne dis
rien, comme vous pouvez croire; mais je songeai
combien était vrai le proverbe qui dit que mauvaise
herbe croît toujours. »—Ce mot terrible de choléra-
morbus, la terreur trop légitime de notre âge, frappe
ici. Ce n'est cependant ni la première, ni la seule
fois qu'on le rencontre, et l'on avait attribué déjà à
une atteinte de choléra-morbus la fin foudroyante de
celle, justement, que Madame avait remplacée près
de Monsieur, de l'infortunée Henriette d'Angleterre. Vallot parle aussi d'une attaque de choléra-
morbus, dont le roi eût été pris et dont, lui Vallot,
eût dompté les effets (1668). *Journal de la santé du roi
Louis XIV* (Paris, 1862), p. 99. Lorsque mourut la
petite Madame, fille du Dauphin, père de Louis XVI,
il fut question d'un « choléra-morbus rentré. » Duc
de Luynes, *Mémoires*, t. IX, p. 21; 30 avril 1748.
Trois ans après (30 août 1751), la mort d'une madame
Lescamotier, une connaissance du chansonnier
Collé, est encore attribuée à une attaque de choléra-morbus. Collé, *Journal* (Paris, 1805), t. I, p. 421.

nant le dessus, il retrouva sa gaieté habituelle
et parut oublier ses malheurs. Il en fut tout
autrement de la duchesse.

Elle demeura cinq mois à Dijon. Comme
elle s'y ennuyait à périr, elle fit solliciter par
madame la Princesse au moins une autre
prison. Elle fut transférée à Châlons, où elle
ne se trouva guère mieux. Son installation,
s'il faut en croire un voyageur qui visita plus
tard cette seconde étape de sa captivité,
n'avait, il est vrai, rien de souriant et n'était
pas faite pour rendre la paix à cette âme
surexcitée par des terreurs qui allaient pres-
qu'à la folie[1]. Le commandant de la citadelle,
Desangles, homme doux et poli, a raconté
une de ces scènes d'emportement et d'exal-
tation, dans une lettre à M. Le Blanc, dont
un fragment nous est resté : « ...Ensuite madame la duchesse du Maine, tombant dans
une espèce de désespoir et pleurant amère-
ment, fit des serments de son innocence dans
les termes les plus forts et les plus sacrés,
disant qu'elle voyoit bien qu'il falloit mourir
ici ; que ses ennemis attendoient sa mort pour

---

[1] Baron de Pollnitz, *Mémoires* (Amsterdam, 1735),
t. III, p. 144.

pouvoir l'accuser impunément après, et justifier la conduite qu'on a tenue à son égard,
mais qu'avant de mourir elle chargeroit son
confesseur de dire à toute la France qu'elle
mouroit innocente de tout ce qu'on l'avoit
accusée, qu'elle en jureroit même sur l'hostie
en la recevant, et qu'elle avoit déjà pensé le
faire plusieurs fois[1]... » Son confesseur n'é-
tait autre sans doute que l'aumônier qu'on
avait placé près d'elle et qui, sous le couvert
du plus vif intérêt, de la plus généreuse et
de la plus respectueuse pitié, lui soutirait ses
secrets les plus compromettants, qu'il se
hâtait de transmettre au ministre. Le digne
homme s'appelait l'abbé Desplanes[2]. L'infor-

---

[1] Lémontey, *Histoire de la Régence*, t. I, p. 234,
235. Lettre de Desangles à M. Le Blanc. 31 juin
1719.

[2] *Ibid.*, t. I, p. 235. Lettre de l'abbé Desplanes
à M. Le Blanc. 27 juin 1719. — La prisonnière était
surveillée par une police des plus actives, qui ne
laissait rien échapper et qui même mettait perfide-
ment à l'épreuve la fidélité de tous ceux que leur
service approchait d'elle. M. d'Affry, capitaine dans
les gardes suisses, passant par Dijon, avait été tâté
tout comme un autre, ainsi que le lui avoua plus
tard le Régent, en le félicitant de la loyauté et de
la sagesse de la conduite qu'il avait tenue dans cette

tunée princesse ne repoussait cependant pas
systématiquement les rares occasions de distraction et d'amusement qui s'offraient à
elle; tristes ressources, il est vrai, pour une
femme habituée à voir les fêtes succéder aux
fêtes, et tout un monde, dont elle était l'âme,
ne vivre que par elle et pour elle! Aussi di-
sait-elle, en comparant mélancoliquement
les divertissements de sa captivité à l'existence de fée plus que de reine qu'elle avait
menée jusque-là : « Que M. le duc d'Orléans
juge de mes peines par mes plaisirs! »

La santé de madame du Maine devait se
ressentir de pareils assauts, elle dépérit de
façon à inspirer de sérieuses craintes; mais
aux yeux de l'impitoyable Madame, c'était
autant de manéges. « L'abbé de Maulévrier
et mademoiselle de Langeron avaient persuadé à madame la Princesse que madame
du Maine était à la mort, et qu'elle ne demandait qu'à voir encore sa chère mère
avant sa fin, afin de recevoir d'elle la dernière
bénédiction , car elle mourait innocente.
Madame la Princesse se mit en route avec de

situation délicate. Duc de Luynes, *Mémoires*, t. XII,
p. 474, 475.

vives inquiétudes et en versant des larmes ;
mais elle a été bien surprise, en arrivant à la
demeure de sa fille, de voir celle-ci, fraîche
et bien portante, venir au-devant d'elle.
Mademoiselle de Langeron disait que madame du Maine cachait son mal, pour ôter
toute inquiétude à madame la Princesse [1]. »
Pour être dans le vrai, au moins faut-il ra-
battre un peu de la fraîcheur et de la vail-
lance de la captive. Mais Madame n'y regarde
pas de si près : le fiel lui monte à la gorge et
elle ne songe qu'à se soulager.

Le Régent, qui ne voulait pas qu'on pût
l'accuser d'avoir compromis l'existence de la
duchesse par trop de rigueur, permit qu'elle
allât se rétablir dans quelque maison de campagne. Elle choisit Savigny, en Bourgogne, et
s'y retira sous la garde du jeune La Billarderie, qui l'avait accompagnée dès son premier
voyage et l'avait également escortée à Châlons [2]. Ce contraste entre sa condition passée

---

[1] Duchesse d'Orléans , *Correspondance complète*
(Charpentier, 1855), t. II , p. 183. 7 novembre
1719.

[2] Il est ici question de La Billarderie le cadet;
nous avons vu plus haut son père arrêter à Sceaux
M. du Maine : il ne faut pas confondre le lieute-

et sa fortune présente était de ceux qui frappent les imaginations vives et les cœurs généreux, et son cavalier obligé ne sut pas assez peut-être se défendre contre de pareilles impressions, les quelques jours qu'il dut passer près d'elle. « La confiance dont elle l'honora aussitôt qu'elle reconnut la bonté de son caractère, jointe à tout ce qui pouvoit l'attacher à elle, l'y dévoua entièrement. Ses sentimens, cachés sous le plus profond respect, lui étoient peut-être inconnus à lui-même, mais la retenue ne leur donnoit que plus d'activité. Elle reçut de lui tous les services qu'un honnête homme chargé de sa garde pouvoit lui rendre ; il les accompagnoit de toutes les complaisances propres à déguiser la sévérité de sa commission, dont il n'entama jamais le fond, quoiqu'il en altérât souvent la forme [1]. » Le séjour de madame du Maine à Châlons ne s'était pas prolongé au delà de trois mois. Madame la Princesse demanda qu'on laissât sa fille aller à Anet, sans pou-

nant des gardes avec son fils. Dangeau, *Journal*, t. XVIII, p. 24, 42 ; 29 mars, 4 mai 1719.

[1] Madame de Staal, *Mémoires* (Michaud et Poujoulat), t. XXXIV, p. 738.

voir l'obtenir [1]. Celle-ci, faute de mieux, échangea Savigny contre Chanlay, belle habitation à trente lieues de Paris, qu'elle gagna fort à son aise, faisant de fréquentes étapes dans les châteaux qu'elle rencontrait sur sa route. Sa mère l'y vint voir encore et y séjourna même une quinzaine de jours.

Au fond, le duc d'Orléans ne demandait qu'un prétexte pour se relâcher de sévérités si étrangères à son humeur; mais il ne le pouvait qu'à certaines conditions. Il exigeait des soumissions et des aveux. La démarche qu'on souhaitait de madame du Maine était délicate, et, malgré les instances de sa mère, elle fut longtemps sans se rendre. Enfin, elle céda. Saint-Simon qualifie sévèrement cette faiblesse; il en parle comme d'une lâcheté dont on ne l'aurait pas crue capable, et qui indigna, non sans raison, ceux qui ne s'étaient perdus que par zèle pour sa personne, le comte de Laval, entre autres [2]. Mademoiselle Delaunay remet les faits dans

---

[1] Saint-Simon, *Mémoires* (Chéruel), t. XVII, p. 258.

[2] *Ibid.*, t. XVII, p. 371, 373, 374.

leur vrai jour. Loin d'abandonner ceux qui l'avaient servie, la duchesse se préoccupe de leur sûreté à tous et de la fin d'une captivité qu'ils ne souffrent qu'à cause d'elle. « ...Trouvez bon, monsieur, écrit-elle au Régent, que je vous témoigne encore que je ne suis pas moins sensible à ce qui a rapport aux personnes que je vous ai nommées qu'à ce qui me concerne personnellement; et je crois que vous n'auriez aucune estime pour moi si j'étois capable de penser autrement. Vous savez, monsieur, que je me suis livrée à vous avec une confiance sans réserve, sur la parole que vous m'avez donnée d'un secret inviolable et du pardon que vous accorderiez à toutes les personnes que je nommerois. Sans cette assurance, j'aurois mieux aimé périr dans la captivité que de causer le malheur de personne. Ayez donc la bonté, monsieur, de rendre la liberté à ceux pour lesquels je l'ai demandée, qui sont MM. de Laval, Malezieu et mademoiselle de Launay. Quoique M. le cardinal de Polignac ne soit pas en prison, je vous demande aussi d'avoir la bonté de le rappeler de son exil puisque vous avez promis d'oublier tout ce qui s'est passé. Je compte entièrement sur

votre générosité[1]... » Cette lettre, comme le
remarque un écrivain judicieux, ne s'accorde
guère avec le reproche fait par Saint-Simon
et Madame à la duchesse du Maine d'avoir
sacrifié, oublié tout au moins les compagnons
de ses fautes et de ses infortunes. Quoi qu'il
en soit, après l'écrit qu'elle avait adressé au
Régent et qui fut lu en plein conseil, bien
qu'elle n'eût pensé le dicter que pour lui
seul[2], c'était le moins que l'on mît un terme
à des rigueurs qu'on s'était engagé à faire
cesser. Quelques jours après, elle quittait
Chanlay et reprenait le chemin de son château de Sceaux.

Tout était vide et désert; elle dut sentir son
cœur se serrer, en y entrant seule. Elle n'en
était plus à connaître la détermination (très-

---

[1] Lémontey, *Histoire de la Régence*, t. II, p. 419.
Lettre de la duchesse du Maine au Régent; à Sceaux,
ce 13 janvier. « Le gardien du cardinal de Polignac,
ajoute en note Lémontey, ne fut retiré que le 13
juillet 1721. Cet ami de la duchesse du Maine ne se
crut pas obligé aux mêmes complaisances que son
mari et ne lui pardonna jamais la peur qu'il avait
eue. »

[2] *Ibid.*, t. II, p. 420 à 438. Déclaration de la duchesse du Maine.

sérieuse, quoique Saint-Simon la croie un ma-
nége convenu entre les deux époux) de M. du
Maine, qui, libre de la rejoindre, avait demandé à se retirer à Clagny, et avait décidé
que ses enfants demeureraient avec lui.
Aigri par une captivité qu'il devait à l'esprit
turbulent de sa femme, obéré par des dépenses qui eussent ruiné une maison souveraine,
inquiet sur l'avenir, indécis sur la contenance qu'il devait avoir, espérant peut-être
aussi, par cette protestation contre les manœuvres de la duchesse, convaincre le Régent
de son innocence et le forcer à lui rendre
son rang et l'exercice de ses charges, M. du
Maine, disons-nous, parut résolu à vivre
éloigné de celle dont il avait été si longtemps
l'esclave, et à laquelle, en pareille circonstance, il eût été plus généreux de pardonner. L'on conçoit que celle-ci dut ressentir
douloureusement un procédé de cette nature.
Elle fit agir auprès de lui pour le ramener;
mais il fut inflexible, et persista à ne pas
quitter l'asile qu'il avait choisi et où il vivait
seul avec le prince de Dombes et le comte
d'Eu, ses fils. Le duc d'Orléans fut moins difficile à gagner; il reçut séparément les deux
époux, accueillit la justification de M. du

Maine en homme qui ne demande pas mieux
que d'être persuadé. La duchesse ne le trouva
pas moins miséricordieux.

« Madame du Maine n'a pas encore paru
à la comédie, ce qui signifie qu'elle est
encore affligée de vivre dans la disgrâce
de son mari. On prétend qu'elle lui a
écrit, mais qu'il a renvoyé la lettre sans
l'ouvrir.

« Elle vint, il y a quelques jours, trouver
mon fils, pour le prier de ne pas s'opposer à
ce que son mari se raccommodât avec elle.
Mon fils se mit à rire et répondit : « Je ne
« m'en mêlerai pas ; car j'ai appris de Sga-
« narelle qu'entre l'arbre et l'écorce, il ne
« faut pas mettre le doigt. » On dit à Paris
qu'ils se raccommoderont. Si cela a lieu, je
dirai comme Son Altesse mon père avait coutume de dire : « Accordez-vous, canailles. »
Et, quelques pages plus loin, Madame ajoute :
« Mon fils m'a raconté que la petite duchesse
l'a prié de la raccommoder avec son mari.
Il lui a répondu que cela dépendait d'elle
plutôt que de lui. Je ne sais si elle a pris cela
pour un compliment, ou ce qui lui a passé
par la tête, mais tout à coup elle s'est levée
de sur le canapé, elle a sauté au cou de

mon fils et l'a embrassé plusieurs fois [1]. »

Cette brouille ne pouvait toutefois être éternelle. M. du Maine avait eu le temps de se calmer, s'il était sincèrement irrité; s'il avait cru un instant que son intérêt fût de simuler un ressentiment sérieux contre sa femme, il avait dû se convaincre qu'il était assez indifférent au Régent qu'il vécût ou non avec elle; ils se boudaient depuis six mois, plus eût été trop. Madame la Princesse, chargée par sa fille de raccommoder les parties, réussit enfin à fléchir l'ermite de Clagny, qui consentit à une entrevue. Il fallait donner à leur rencontre l'apparence d'un hasard, si grossière qu'elle fût, et voici comment les choses se passèrent : le duc du Maine se trouva, à une heure convenue, le dernier de juillet, à Vaugirard, dans la maison d'un trésorier de l'artillerie, nommé Landais. A peine était-il arrivé, que sa belle-mère descendait de voiture et lui disait qu'elle était accompagnée d'une dame qui désirait fort lui parler. La dame, autorisée à se montrer, apparaissait et se jetait dans les bras de M. du Maine, qui

---

[1] Duchesse d'Orléans, *Correspondance complète* (Charpentier, 1855), t. II, p. 241, 247; 4 et 18 juin 1720.

s'attendrissait et consentait à oublier le passé.
Mais, malgré ce rapprochement, les deux
époux crurent devoir habituer le public à
leur réconciliation, et ce ne fut que quelque
temps après que le duc du Maine revint à
Sceaux avec sa femme[1].

[1] Saint-Simon, *Mémoires* (Chéruel), t. XVII,
372, 373.—Madame de Staal, *Mémoires* (Michaud et
Poujoulat), t. XXXIV, p. 751.

V

Madame du Maine ne pouvait rester indifférente au sort de ceux qui ne s'étaient com-

promis que par dévouement pour sa personne; mais, comme il arrive toujours en
pareil cas, les petits devaient expier l'ambition des maîtres , et le Régent se montra
envers les amis et les gens de la duchesse de
plus dure composition. Malgré les instances
de celle-ci, Malezieu n'avait point encore re-
couvré la liberté, pas plus que mademoiselle
Delaunay, à laquelle on avait peine à pardonner son opiniâtreté à se taire, sa prudence, sa pénétration, une intrépidité qui
tenait de la bravade et du défi. La jeune
femme avait, il est vrai, rencontré sous les
verrous une distraction qui bientôt lui fit
trouver les journées trop courtes et qui emplit
sa vie. Nous n'essayerons pas d'écrire, après
madame de Staal, et quand tout le monde a
dévoré cette page émouvante de ses jolis
Mémoires, l'histoire de ses amours avec le
chevalier de Ménil. Celui-ci n'avait pas eu de
peine à se faire écouter de la pauvre fille,
qui pourtant, elle, avait le choix. Mais,
comme cela n'est que trop ordinaire, ce ne
fut pas celui qui le méritait le plus qui l'emporta; et M. de Maison-Rouge, avec des qualités plus solides et un dévouement à l'épreuve,
se vit préférer l'être léger que sa mau-

vaise étoile lui donnait pour rival. Mademoiselle Delaunay en fait elle-même l'aveu :
« C'est le sort d'une ardeur trop fidèle et
trop pure, de trouver toujours des ingrats. »
Tout durant ce commerce, M. de Maison-
Rouge, qui, avec moins de candeur et de
noblesse, eût pu gêner étrangement leurs relations, rendit mille petits services dont on
usait et abusait contre lui. M. de Ménil devait se charger de sa vengeance. Le chevalier
sortit de la Bastille avant mademoiselle Delaunay. On voulait d'elle, comme des autres,
des déclarations qu'elle se refusait à faire.
Des ordres impératifs de sa maîtresse la déci-
dèrent, non sans peine, à en passer par les
exigences auxquelles la duchesse elle-même
lui eût su mauvais gré de ne pas se soumettre. « J'écrivis donc, raconte-t-elle, mais sans
me piquer de sincérité ; et je ne dis que les
choses qu'on ne se soucioit pas de savoir, et
celles qu'on n'avoit nulle envie d'entendre. »
Elle eut ordre de se rendre à Sceaux sans
s'arrêter à Paris. Elle envoya au Temple,
qui était à deux pas, prier l'abbé de Chaulieu
de lui prêter son carrosse pour la mener
chez lui et de là près de madame du Maine.
Mais, de ce vieillard aimable, spirituel, plein

de gaieté en dépit de ses quatre-vingts ans,
elle devait retrouver à peine l'ombre.

« ...Il étoit déjà fort mal de la maladie
dont il mourut trois semaines après. Je le
vis, et je remarquai combien, dans cet état,
ce qui nous est inutile nous devient indifférent. Il avoit pris grande part à ma captivité,
et ne me parut point touché de m'en voir
délivrée. Je sentis vivement la perte que
j'allois faire d'un ami qui sembloit s'être
chargé du soin de répandre de l'agrément
dans ma vie, tout autant qu'elle en pouvoit
comporter. En effet, j'en eus encore d'occu-
pés de ce qui m'étoit utile ; mais personne ne
reprit cette aimable fonction auprès de
moi [1]. »

Chaulieu expirait, en effet, à l'hôtel Bois-
boudrand [2], le 27 juin 1720, à l'âge de quatre-
vingt-un ans. Voltaire, qui avait été admis

[1] Madame de Staal, *Mémoires* (Michaud et Poujoulat), t. XXXIV, p. 748.

[2] Il avait été question un instant pour Chaulieu
de quitter le Temple. « Vous croyez peut-être, écrit-
il à mademoiselle Delaunay, qu'il n'y a que vous
qui éprouviez la vicissitude des choses humaines ;
je vais à mon tour faire un beau saut. M. de Vendôme a acheté une maison à l'autre bout du faubourg Saint-Germain, et il faut que je quitte l'ombre

tout enfant à la table des Vendôme et qui
avait appelé l'abbé « son maître, » rend compte
de cette mort d'un ton leste qui ne choque
pas moins que la teinte d'impiété qu'on y
démêle :

> L'autre jour à son agonie,
> Son curé vint de grand matin,
> Lui donner en cérémonie,
> Avec son huile et son latin,
> Un passe-port pour l'autre vie.
> Il vit tous ses péchés lavés
> D'un petit mot de pénitence,
> Et reçut ce que vous savez
> Avec beaucoup de bienséance [1].

Le pauvre abbé n'en était pourtant pas à

de mes marronniers, les fruits de mes jardins, et
surtout mes figues, que le plaisir de les partager
avec vous me rendoit si chères; mais il vaut encore
mieux se séparer de bonne grâce de ces petites
douceurs, que de quitter un prince, un bienfaiteur,
un ami avec qui je vis, depuis quarante ans, dans
le sein de la confiance et de l'amitié... Un plus grand
changement et un événement plus nouveau, est que
je me dispose à y bâtir (dans ce quartier) une maison de cinquante mille écus... » *Recueil de lettres de
mademoiselle Delaunay* (Paris, an IX), t. II, p. 299,
300.—On ne voit pas que ni l'un ni l'autre de ces
projets aient eu leur accomplissement, sans qu'on
sache ce qui y mit obstacle.

[1] Voltaire, *Œuvres complètes* (éd. Beuchot), t. XIII,
p. 51.

sa dernière aventure. Un bénédictin de Saint-Denis eut mission d'accompagner sa dépouille pour la remettre au curé de Fontenay. Le moine boit en chemin, s'enivre, s'endort; et il dormait si bien quand on arriva, que le valet de chambre de Chaulieu dut se charger de prévenir le curé. Il était minuit; le bon prêtre, qui connaissait son monde et avait eu sans doute à endurer plus d'un malin tour du poëte, se mit dans la tête que c'était encore une plaisanterie de sa façon, et refusa d'ouvrir l'église à ce cercueil qu'il présumait ne devoir renfermer qu'une bûche. Le pauvre défunt passa toute une nuit dans le cimetière à se morfondre. Le jour venu, le curé, en y regardant de plus près, s'aperçut de la méprise : c'était bien Chaulieu, en effet, qu'il avait devant les yeux revêtu de ses habits sacerdotaux. Il répara de son mieux sa faute involontaire; mais cela transpira, se sut, parvint jusqu'aux oreilles de l'archevêque de Rouen, qui manda le pauvre homme, le tança vertement et le punit, par deux mois de séminaire, d'avoir manqué au respect dû à un religieux son supérieur et son seigneur [1].

[1] Chaulieu, *Lettres inédites* (1850), p. 16, 17, notice par le marquis Raymond de Béranger.

Reprenons le chemin de Sceaux avec mademoiselle Delaunay qui y arriva le soir. La princesse était à la promenade. La jeune femme alla à sa rencontre et la rejoignit dans le jardin. Madame du Maine fit arrêter sa calèche en l'apercevant. « Ah ! voilà mademoiselle Delaunay, dit-elle ; je suis bien aise de vous voir ! » Celle-ci s'étant approchée, elle l'embrassa et continua sa route. Mademoiselle Delaunay eut la satisfaction d'apprendre que sa maîtresse avait dû disposer de l'emploi éminent qu'elle occupait près d'elle avant la dispersion de sa maison : elle n'en devait pas demeurer pour cela plus oisive. Le premier souci de la pauvre fille fut de retrouver son chevalier ; mais quel que fût son aveuglement, il fallut bien constater un changement trop visible dans les manières de son amant. M. de Ménil était embarrassé. Il mit en avant le mauvais état de ses affaires · et la nécessité où il était de s'éloigner, sans toutefois retirer sa parole ; sa contenance, de plus en plus significative, suppléait à ce qu'il n'avait ni la franchise ni le courage de dire. « Le chevalier de Ménil, revenu de son second voyage, étoit plus éloigné de moi que jamais. Le peu de devoirs qu'il me rendoit lui étoient si à charge que je le priai de s'en dispenser. Il fit peu de résistance [1]... » Mademoiselle Delaunay, en comparant une personnalité aussi sèche avec l'héroïque désintéressement de M. de Maison-Rouge, dut regretter de l'avoir sacrifié au chevalier. Quand elle se sentit disposée à réparer ses injustices passées en comblant les vœux du pauvre homme, il était trop tard. A leur séparation, il était tombé dans une maladie de langueur qui ne pouvait être combattue que par l'air natal; il partit donc, mais pour ne pas revenir, car il mourait peu après. • Je le regrettai, dit mademoiselle Delaunay, infiniment plus que je n'avois su le priser. »

Malezieu était sorti de la Bastille avant elle, et avait été exilé à Étampes, où la volonté du Régent le séquestra quelque temps. Comme rien n'eût légitimé à son égard des rigueurs implacables, il lui fut permis, au bout de quelques mois de ce purgatoire, de rentrer dans ses domaines de Châtenay. A peine y avait-il posé le pied, que Ludovise allait l'y voir et y fêter son retour. Bientôt après,

[1] Madame de Staal, *Mémoires* (Michaud et Poujoulat), t. XXXIV, p. 754.

Sceaux lui était rouvert, et il venait reprendre sa place et ses droits dans cette petite cour, où il sut maintenir jusqu'à la fin sa haute faveur et son crédit[1].

Dans les premiers temps, l'on recevait à Sceaux peu de monde. La crainte d'ombrager le Régent condamnait la duchesse à plus de prudence et de solitude qu'il n'était dans ses habitudes et dans ses goûts; les nuits se passaient à jouer le biribi, faute de mieux, avec les gens de sa maison. Quand madame du Maine était saturée du jeu, elle priait mademoiselle Delaunay de lui faire la lecture, qu'elle interrompait parfois pour parler des incidents et des épisodes de leur captivité. L'aube qui commençait à poindre mettait fin à des séances que la majorité redoutait plus qu'elle ne les souhaitait; insensiblement, les choses reprirent leur train, leur mouvement accoutumés. Les visiteurs se remontrèrent, d'abord avec hésitation, ensuite comme autrefois. La princesse put sortir de son château, paraître dans Paris. Au bout de quelque temps, c'était la même

---

[1] *Suite des divertissemens de Sceaux* (Paris, 1725), p. 74, 75, 76, 104, 105, 117.

file de carrosses sur les chemins, la même foule à Sceaux.

Toutefois, si la volière, un instant éparpillée, se retrouvait sous les mêmes ombrages et les mêmes abris, cette dispersion devait être la date d'une ère nouvelle. L'âge agit inexorablement sur le caractère , sur les physionomies moins souriantes, si elles sourient encore ; les jambes sont moins solides, les jarrets moins souples, et, quoique l'on ait vu Fontenelle, à près de cent ans, danser avec la petite Helvétius, qui en avait quatre-vingt-dix ou quatre-vingt-douze de moins que son cavalier[1], passé cette époque d'activité dévorante, l'on en vient à préférer des plaisirs plus tranquilles et plus sédentaires. Après avoir été un palais de fées, une copie en raccourci du jeune Versailles, Sceaux, sans revêtir aucune de ces teintes chagrines et maussades des choses qui vieillissent, se métamorphosa en un athénée où les grands seigneurs se firent beaux esprits et prêtèrent leurs élégances aux beaux esprits de métier ; en une cour de gaie science, de noble

[1] Collé, *Journal* (Paris, 1805), t. III, p. 80. Février 1775.

galanterie, d'une philosophie un peu énervée,
relevant, au fond, de Lucrèce, quoique l'un
des plus illustres tenants du lieu eût, par un
poëme d'une latinité remarquable, réfuté vertement cette morale, qu'il pratiquait, tout en
la stigmatisant. Sceaux, pour tout dire, devint
une succursale de l'Académie, où s'escri-
mèrent, dans ce beau langage du XVIIe siècle
qui allait bientôt disparaître, le marquis de
Saint-Aulaire, Fontenelle, Lamotte, le président de Mesmes, Lassay, Malezieu, Genest,
Hénault, Voltaire et tant d'autres. Les femmes
ne sont pas moins bien représentées : c'est la
marquise de Lambert, madame du Deffand,
la duchesse d'Estrées, la présidente Dreuillet,
madame du Châtelet, la spirituelle Delaunay, toute une galerie de portraits charmants,
les têtes les plus saillantes de cette époque
mémorable qui se fera tout pardonner à force
d'urbanité, d'esprit et de grandeur.

Si Louis XIV n'est pour rien dans les ba-
tailles gagnées par ses généraux; si Colbert
et Louvois peuvent, à juste titre, revendiquer
une part glorieuse dans la prospérité et
l'éclat de la France de leur temps; si l'on
peut dire que l'apparition simultanée des
génies éblouissants qui se groupèrent autour

du monarque est un effet du hasard dont on
lui laissa trop longtemps le mérite; si l'on
réussit à lui ôter ainsi, un à un, les fleurons
de cette couronne tressée, il est vrai, avec
une complaisance hors de toutes propor-
tions par les contemporains, il est une chose
qu'on sera bien forcé de reconnaître, l'influence, l'action complète, omnipotente, ab-
sorbante de sa volonté et de sa personnalité
sur son époque. Il n'est point d'un homme
vulgaire de contraindre son siècle à prendre sa physionomie propre et à troquer
si soudainement mœurs, caractère, forme
et esprit; et tel est le mérite insigne, le
côté saillant de cette remarquable figure
historique, si rabaissée par toute une école,
sans trop d'équité, selon nous. Du jour au
lendemain, Louis XIV sut faire une France à
son image. Au sortir de cette Fronde batail-
leuse durant laquelle les femmes ne restaient
pas oisives, faisant métier de brouiller les
affaires quand elles ne prenaient pas une
part autrement active à la mêlée; au sortir
de ces mœurs soldatesques où l'amour même
se ressentait de la rudesse de la vie des
camps, changer tous ces partisans sans frein
et sans loi, cette noblesse féodale, un instant

courbée sous le joug de fer de Richelieu, mais revenue à ses instincts d'insubordination et de révolte pendant une minorité impuissante, en des sujets respectueux, des courtisans suspendus craintivement aux lèvres du maître, luttant de caresses, de flatteries et d'adulations; transformer les visages, les toilettes, les langages; coudre des nœuds où il y avait des cottes de mailles; faire succéder à l'empire de la violence le règne de la grâce et le règne de l'esprit, sans désosser, sans abâtardir cette aristocratie qui avait tant à oublier et à désapprendre pour devenir une cour soumise, voilà ce que réalisa un jeune roi mal élevé, sans instruction, jusque-là régnant passivement sous le bon plaisir d'un ministre qui voulait, comme le grand cardinal, mourir sur la brèche, puissant et exclusivement obéi.

Louis XIV, en quelques années, opéra cette métamorphose qui pouvait prendre un siècle et qui, en tout cas, semblait devoir être l'œuvre de plus d'un règne; il l'opéra en établissant dans les esprits la conviction de son omnipotence. Rien désormais ne se pouvait plus en dehors de la royauté, qui était restée, en fin de compte, maîtresse du champ

de bataille. Le vainqueur de Rocroy lui-
même avait courbé le front et imploré son
pardon. Naguère encore, l'on n'avait qu'à se
faire redouter pour obtenir; tout maintenant
était dans ce mot : plaire! L'avenir des plus
grands dépendait désormais d'un caprice du
maître. Lauzun faisait difficulté d'accepter la
main de mademoiselle de Montpensier pour
demeurer le *domestique* du roi; et cette princesse, qui disait d'elle : « Dieu m'a fait naître
dans une grande élévation : il y a proportionné mes sentimens, et on ne m'en a
jamais vu de bas, Dieu merci! » répondait aux
objections de son amant qu'au lieu de trouver
mauvais qu'il fût le domestique de son cousin, elle n'envisageait rien d'aussi glorieux
pour lui, et qu'elle prisait si fort l'honneur
d'être au roi, que s'il n'avait pas une charge
elle lui en achèterait une [1].

Heureusement Louis XIV était un autre
homme que Henri III, et c'est dans l'influence
civilisatrice qu'il exerça sur son époque, qu'il
se montra vraiment digne du titre que lui
donnèrent ses contemporains. Si l'épée se

[1] Mademoiselle de Montpensier, *Mémoires* (Michaud et Poujoulat), t. XXVIII, p. 435, 490.

raccourcit, elle ne fut ni moins affilée ni
moins terrible aux ennemis. Il fallait être
brave sans doute, mais il fallait être poli
dans le sens élevé du mot. L'on commençait
à sentir que c'était une vertu très-vulgaire,
et la moindre, pour une noblesse si naturellement guerrière, que celle du champ de
bataille; l'on s'étudia à châtier ses mœurs,
ses façons d'être, son langage, à remplacer
les allures cavalières par l'urbanité et la
courtoisie dans les relations, par une galanterie raffinée avec les femmes. La galanterie
du monarque, déplorable au point de vue de
la morale absolue, eut pourtant un effet
heureux : les égards, l'exquise politesse du
maître dictaient à chacun la conduite qu'il
avait à tenir. Louis XIV, durant une revue,
se tenant tête nue, en plein soleil, à l'un des
coins de la chaise de madame de Maintenon,
peint d'un trait et résume cette révolution si
soudaine. Plus tard, cette galanterie noble
dégénérera en la plus regrettable licence.
Mais, tant qu'il vivra, les faiblesses les plus extrêmes conserveront cet air de décence et de
retenue qui fait que l'on succombe sans se dé-
grader. Une forme d'une incomparable grandeur couvrira de son prestige les fautes, les

travers, les vices même. Et tout cela est si
bien le fait de Louis XIV, qu'il l'emportera
avec lui dans la tombe, léguant toutefois à
la génération à venir ces conquêtes civilisa-
trices, cette suprême élégance, cet amour
des arts et des lettres que l'on retrouve dans
tous les salons du XVIIIᵉ siècle, mais jamais à
un plus haut degré qu'à la cour de madame
du Maine.

M. de Saint-Aulaire est resté l'idéal de cette
société élégante, éclairée, façonnée par
Louis XIV, galante avec les femmes, pleine
de politesse et d'égards envers le talent sans
naissance et qui ne se recommande que de
lui. C'était plus qu'un grand seigneur, c'était
un lettré, un poëte aimable que l'Académie fit
bien de s'adjoindre, en dépit de l'opposition
de Despréaux, qui avait peut-être ses raisons
de lui en vouloir [1]. Non content de jeter dans

---

[1] La vraie cause de cette rancune pourrait bien
être, selon d'Alembert, une épître du marquis à la
louange du roi, dans laquelle se trouvaient les vers
suivants :

> J'aime à le voir bannir la piquante satire
> Qui briguoit près de lui la liberté de rire.

et plus bas :

> La satire, dès lors, honteuse, consternée,
> De ses riants attraits parut abandonnée.

l'urne sa boule noire, l'auteur du *Lutrin*
s'était exprimé sur cette candidature avec
une véritable acrimonie. Boileau était vieux,
il avait toute l'autorité de l'âge et du talent;
on subissait son despotisme avec beaucoup
de longanimité. Dans cette circonstance, ses
confrères s'étaient bornés à ne pas voter
comme lui, sans chercher à le ramener. Un
seul, l'abbé de Laveau, l'essaya à ses risques
et périls et peut-être assez singulièrement. Il
représenta modestement au quinteux aris-
tarque que le marquis de Saint-Aulaire était
un homme dont la naissance et, par conséquent, selon lui, les vers méritaient des
égards. « Je ne lui conteste pas, répondit
Despréaux, ses titres de noblesse, mais ses
titres de Parnasse; et quant à vous, monsieur,
qui trouvez ces vers-là bons, vous me ferez
beaucoup d'honneur et de plaisir de dire du
mal des miens. » L'abbé de Laveau dut se le
tenir pour dit et ne pas donner d'autre suite
à cette tentative de conciliation [1].

[1] D'Alembert, *Œuvres complètes* (Bélin, 1821),
t. III, p. 292. *Éloge de Saint-Aulaire.* — Boileau,
Œuvres complètes (éd. Saint-Surin), t. IV, p. 568 à 574,
576 à 580. *Correspondance.*

Par son esprit caressant, sa gaieté, l'amé-
nité de son commerce, M. de Saint-Aulaire faisait les délices du salon de madame du Maine,
qui l'appelait son *berger* ou quelquefois son
Apollon. Qui ne connaît le madrigal si fin, d'un
tour si heureux, en réponse à une question
de sa bergère ?

> La Divinité qui s'amuse
> A me demander mon secret,
> Si j'étois Apollon, ne seroit pas ma muse;
> Elle seroit Thétis, et le jour finiroit.

Avec cette façon de dire, il n'est rien qu'on
ne puisse dire ; l'audace et l'osé de l'idée dis-
paraissent sous le charme et la délicatesse
de l'enveloppe. Ce madrigal a fait fortune, il
est toute la renommée de Saint-Aulaire. C'est
sans doute arriver à la postérité avec un bagage assez mince ; toutefois, ne sont-ce pas
les seuls vers agréables qu'on puisse citer.
Pour preuve à l'appui, nous n'aurions qu'à
reproduire le joli rondeau qu'il adressa, dans
sa quatre-vingt-dixième année, au cardinal
de Fleury. Le ministre, en lui envoyant l'ordonnance de ses pensions, lui marquait, en
forme de plaisanterie, que le roi n'entendait
pas les lui faire au delà de six vingts ans.

C'était donc au marquis à prendre ses mesures.

> A six vingts ans vouloir que je limite
> De mon hiver la course décrépite,
> C'est ignorer que par enchantemens
> A notre cour les jours passent si vite
> Que les plus longs ne sont que des momens.
> Quand vous aurez chassé le Moscovite
> Et rabaissé l'orgueil des Allemands [1],
> On voudra voir quelle en sera la suite
>   A six vingts ans.
>
> Nos pastoureaux enchantés et dormans
> Sous les berceaux que notre fée habite
> Attendront là ces grands événemens
> Et le comptant de leurs appointemens;
> Car, monseigneur, vous n'en serez pas quitte
>   A six vingts ans.

Pour apprécier toute la finesse de ce charmant rondeau, il faut savoir combien le vieux cardinal avait peur de la mort et avec quelle avidité sénile il accueillait tout ce qui semblait en écarter le moment. Saint-Aulaire était plus âgé que lui, et n'en tenait pas moins bon; sans aller jusqu'à « six vingts ans, » il paraissait décidé à ne pas s'arrêter de sitôt. C'était rassurant [2]. Cette flatterie ne vaut pas, après

---

[1] On était en guerre avec la Russie et l'Empire.

[2] Le vieux Fontenelle n'était pas moins bon courtisan que son confrère et ami, Saint-Aulaire. Il

tout, un autre compliment adressé *in arti-culo mortis*, et qui a le caractère d'abnéga-tion chevaleresque de ce suprême adieu des gladiateurs à César : *Te morituri salutant.* Le comte du Luc, le frère de l'archevêque de Paris [1], allégé d'un bras perdu sur le champ de bataille, expirait dans sa terre de Savigny, à l'âge de quatre-vingt-six ans. Il avait reçu l'extrême-onction, et, voyant à son chevet une personne qui se disposait à partir pour la cour, il la chargea de dire au cardinal « qu'il mouroit son serviteur ; qu'il étoit bien fâché de la petite alarme qu'il al-

écrivait un jour au cardinal : « Monseigneur, parmi toutes vos dignités, il vous en manque une dont je suis revêtu, moi ; et comme je suis bon François, je vous la souhaite de tout mon cœur : bien entendu pourtant que j'en jouirai longtemps encore, aussi bien que quelques successeurs que j'aurai. » Et, comme Fleury faisait semblant de ne pas compren-dre : « Monseigneur, le mot de l'énigme étoit que je suis *doyen de l'Académie françoise.* C'est la dignité que je vous souhaitois, et que je vous souhaite en-core, sous des conditions plus amplement expliquées dans ma lettre. » La réponse du cardinal fut celle-ci : « Devenir doyen, j'y consens, mais non de l'être. » Fontenelle, *Œuvres complètes* (Bélin, 1818), t. II, p. 558. Décembre 1727, 13 janvier 1728.

[1] Vintimille du Luc.

loit lui causer, mais qu'il falloit considérer
que ceux qui ont un bras de moins ne peuvent vivre vieux [1]. » Jamais excuses sans
doute ne furent ni plus sincères ni mieux reçues. Le cardinal, en revanche, devait faire
un tout autre accueil à l'annonce de la mort
du marquis de Lassay, son contemporain et
son ami. M. de Brancas avait acheté sa croix
du Saint-Esprit en diamants. Il la portait
dans une visite qu'il fit au ministre. Fleury
le complimente sur son acquisition. Maurepas, qui était présent, s'oublia et dit : « C'est
la croix de M. de Lassay le père.—Il vend donc
ses nippes? demanda l'Éminence; comment
est-il? M. le curé est-il content de lui? » On
ne pouvait plus lui cacher la mort de Lassay,
et ce fut le roi qui la lui apprit le lendemain.
A cela le cardinal répartit sèchement qu'il
ne savait pas pourquoi on la lui avait tue,
que M. de Lassay était plus vieux que
lui [2].

Lassay vivait avec madame de Saint-Just,

[1] Marquis d'Argenson, *Mémoires* (Jannet, 1857),
t. II, p. 184.
[2] Duc de Luynes, *Mémoires*, t. II, p. 91. Mercredi 2 avril 1738.—Maurepas, *Mémoires* (Paris, 1792),
t. III, p. 319.

une chanoinesse de Remiremont , « fille âgée et fort laide, » qui prenait le plus grand soin de lui et l'appelait « son maillot. » Elle lui inspirait à quatre-vingt-quatre ans ses premiers vers, ce qui prouve que l'on devient poëte à tout âge :

Vous faites, *ma Saint-Just,* le bonheur de ma vie;
Vous rendez mon hyver plus doux que mon printems [1].

Avec Lassay, c'est toujours le sacrifice du passé au présent. Nature aimante, il lui fallait inexorablement une affection, et, dans sa vieillesse, il avait eu le hasard de trouver un cœur tendre et dévoué auquel il dut quelques années d'enchantements. C'était madame de Bouzols, la fille de Colbert de Croissy, femme charmante et qui ne mêla nulle amertume à ce commerce délicieux. Il la perdit à soixante-douze ans. « Je n'ai plus personne qui m'aime par préférence et que j'aime de même, » s'écrie-t-il avec détresse. Après Marianne et Julie, c'est la femme qu'il paraît avoir le plus chérie. Au moins l'associe-t-il à celles-ci dans une prière à « l'Être des êtres, » à laquelle

1 Lassay, *Recueil de différentes choses* (Lausanne, 1756), 4ᵉ partie, p. 149.

nous avons fait allusion déjà[1]; ce qui ne l'empêcha pas de se cramponner à une dernière affection, qui, du reste, se montra pleine de prévenances et de sollicitude. Madame de Saint-Just et lui passaient pour être mariés, bien qu'ils n'eussent jugé nécessaire ni l'un ni l'autre de se donner le souci et le ridicule d'une cérémonie qui eût été de pure formalité. Le vieux marquis avait quatre-vingt-six ans lorsqu'il s'éteignit. Il était, du fait de sa dernière femme, le parent de tous les Condé; madame du Maine prit le grand deuil comme il est d'usage au décès d'un beau-frère. Aussi bien l'avait-elle toujours regardé et traité comme tel. Revenons à Saint-Aulaire.

La duchesse du Maine avait à disputer son berger à l'une des personnes les plus distinguées de sa cour et de la société de son temps, la marquise de Lambert, dont le fils de Saint-Aulaire était devenu le gendre[2]. Jamais femme ne fut entourée de plus de

[1] Lassay, *Recueil de différentes choses* (Lausanne, 1756), 4e partie, p. 260 à 265. *Prière que je fais tous les jours, soir et matin.*

[2] Anne-Thérèse de Marguenat de Courcelles, sa fille, épousa, en 1703, Louis Beaupoil de Saint-Aulaire.

considération et ne mérita plus l'amitié, la vénération de ses amis. Élevée par le célèbre Bachaumont (l'auteur, avec Chapelle, du *Voyage de Languedoc et de Provence*), qui avait épousé sa mère en secondes noces, elle profita merveilleusement des conseils et des leçons de ce maître excellent. A la tête de biens considérables longtemps menacés par d'innombrables procès qu'elle finit par gagner tous, répandue dans le meilleur et le plus grand monde, elle ne songea dès lors qu'à tirer le parti le plus honorable de sa fortune. Sa demeure n'était autre que cette partie de l'hôtel de Nevers dont les pièces, demeurées intactes jusqu'à ces derniers temps, forment, actuellement encore, à la bibliothèque de la rue Richelieu, le cabinet des médailles [1].

[1] Le duc de Nevers lui avait cédé, en 1698, cette partie de l'hôtel occupée jadis par la bibliothèque du cardinal, à l'extrémité de la galerie, au-dessus de la rue Colbert. Les boiseries avaient été transportées avec les livres au collége des Quatre-Nations, actuellement l'Institut. La cession était à vie, et, en 1717, lorsqu'il fut question, pour la première fois, d'installer à l'hôtel de Nevers la bibliothèque du roi, l'on se trouva arrêté court par l'opposition de la marquise, qui tenait à son logement et refusa de le

M. Sainte-Beuve, après Fontenelle [1], a fait un portrait exquis de cet esprit ingénieux, maniéré même sans être précieux, dont le fond et la forme sont bien à lui [2]. Madame de Lambert est à classer parmi les bons écrivains moralistes de son siècle et même du nôtre ; elle sait penser et dire brillamment ce qu'elle a vu et observé. Elle s'était contentée long-temps d'être une femme charmante, sans les moindres visées littéraires. Ce fut à soixante ans, un peu tard, mais pas trop tard, que lui prit « une tranchée de bel esprit, » pour nous servir de l'expression énergique de M. de Rivière, le gendre de Bussy-Rabutin, qui,

---

quitter. Madame de Lambert persista, et plus tard, en 1730, elle s'opposait à l'érection de bâtiments qui eussent masqué son jardin. Elle se fit appuyer dans sa résistance par le crédit de la duchesse du Maine. — Voir un *Mémoire pour madame la marquise de Lambert*, présenté le 22 avril 1730, et une lettre du duc d'Antin à de Cotte, l'architecte, 22 avril 1730. Amédée Renée, *les Nièces de Mazarin* (3ᵉ éd., 1857), appendice, p. 488, 489, 493.

[1] Fontenelle, *Œuvres complètes* (Bélin, 1818), t. II, p. 591, 592. — *Histoire littéraire des femmes françoises* (l'abbé de Laporte), Paris, 1769, t. II, p. 75.

[2] Sainte-Beuve, *Causeries du lundi*, t. IV, p. 169 à 185.

devenu dévot, ne pardonnait pas à sa vieille amie des vanités qu'un janséniste seul pouvait flageller avec cette inqualifiable dureté.

La marquise ouvrit son salon, donna des dîners deux fois par semaine, le mardi et le mercredi. Le mardi, c'étaient les plus grands noms de France et de Navarre; le mercredi, c'étaient tout uniment des poëtes, des littérateurs, des artistes, des virtuoses, tous fils de leurs œuvres, mais payant de leur personne comme il convient à quiconque commence sa maison. Il s'y égarait jusqu'à des comédiennes. Mademoiselle Lecouvreur, qui n'allait pas partout, était une habituée de l'hôtel de la marquise, à l'indignation grande des bourgeoises bel esprit aux empressements desquelles elle ne répondait pas comme elles l'eussent souhaité. « Ne voyez-vous pas qu'elle nous dédaigne, et qu'il faut sçavoir du grec pour lui plaire; elle va chez madame de Lambert [1]. »

Ces catégories, qu'on n'accepterait plus de nos jours, que l'on n'eût déjà plus acceptées trente ans plus tard, ne blessaient point alors. Quand les classes sont tranchées à ce

---

[1] *Anecdotes dramatiques* (1775), t. III, p. 289, 290.

point, il n'y a à s'étonner ni à s'indigner de
ces démarcations, plus vieilles d'ailleurs que
celui qui les subit. Chacun se soumettait et se
bornait à forcer l'estime de ceux que le sort
avait placés à l'échelon supérieur. Les gens de
lettres, à cette époque souverainement aristo-
cratique, étaient encore la classe la plus favo-
risée, celle qui trouvait le plus de facilités et
rencontrait de la part des grands l'accueil le
plus bienveillant. Pour nous, à la distance où
déjà nous sommes des XVIIᵉ et XVIIIᵉ siècles,
il n'y a que deux sortes d'hommes, le noble
et le roturier. L'on se doute peu que la noblesse elle-même avait ses degrés, ses catégories infranchissables, et qu'entre le petit
gentilhomme et le grand seigneur il exis-
tait des abîmes. L'on a parlé de la haine
de la bourgeoisie pour la noblesse; mais
l'une des causes secondes les plus effec-
tives de la Révolution est dans les sentiments
autrement hostiles de la petite noblesse
contre cette aristocratie hautaine qui l'estimait bonne tout au plus à faire partie de son
domestique. Le cœur humain est ainsi fait
que, placé au milieu de l'échelle, l'on se
résigne plus aisément à descendre au niveau
d'en bas qu'à subir quelqu'un au-dessus de

soi. Une révolution qui nivelait toutes choses
et confondait toutes les classes, servait donc
les intérêts en même temps que les ran-
cunes du pauvre gentilhomme dédaigné, re-
poussé, condamné à une vie obscure et mi-
sérable ; et c'est là ce qui explique l'élan
avec lequel furent acceptés par la petite
noblesse les premiers cris d'affranchissement.
Les Noailles, en renonçant magnanimement
à leurs priviléges et en en faisant le sacrifice
à la patrie, accomplissaient un acte d'héroïsme
chevaleresque ; la foule des hobereaux de
clocher, proclamant l'égalité et se faisant
peuple, n'écoutait que ses ressentiments de
haine et d'envie : on serait l'égal de M. Michel,
de M. Antoine, l'égal du plus petit et du plus
humble ; mais les Montmorency, les Rohan,
les Chevreuse, ne seraient pas plus que ce
M. Michel et ce M. Antoine, désormais les
égaux de tout le monde et du plus grand
monde. La petite noblesse attendait une vengeance, elle crut la tenir en poussant à la
roue des idées nouvelles. Mais ces cata-
clysmes sociaux sont trop soudains pour
tenir compte ou se soucier des nuances ;
trier nécessite un temps que l'on n'a ni
le loisir, ni l'humeur de prendre. Et 93, en

dépêchant au bourreau toute cette noblesse petite et grande, les amis comme les ennemis, semblait appliquer le mot terrible de saint Dominique : Dieu reconnaîtra les siens !

La condition de l'homme de lettres, aux XVII° et XVIII° siècles, n'était donc pas aussi fausse qu'on a voulu la faire. Avec du tact, de la dignité, de la fierté, non-seulement l'homme de lettres était à l'abri de toute humiliation, mais il était caressé, respecté. On le craignait pour ce que l'esprit a de réellement redoutable ; on l'aimait pour l'entrain, la verve, la gaieté qu'il apportait partout où il se trouvait. « Les gens de cour, disait Duclos, sont ceux dont les lettres ont le plus à se louer. Formez des liaisons à la cour ; un homme de lettres estimable n'y essuiera pas de faste offensant. »

L'animation, on le conçoit, était tout autre aux Mercredis de la marquise qu'à ses Mardis ; et certaines gens, qui avaient leur couvert au dîner de la veille, préféraient la mauvaise compagnie du lendemain. Le marquis d'Argenson, un des amis particuliers de madame de Lambert, avait opté pour le Mercredi [1]. Un Mardi, une question s'agite ; la

1 Marquis d'Argenson, *Mémoires* (Jannet, 1857), t. 1, p. 127, 128.

18

marquise se trouve être seule de son sentiment. Elle croyait avoir raison et parut dé-
pitée de se voir donner tort par tout le
monde. « Vous êtes tous des ignorants et des
imbéciles, dit-elle en riant; je proposerai la
question à mon Mercredi, et je gage qu'il
pensera comme moi. » M. de Mairan, qui
était près d'elle, se pencha à son oreille :
« En diriez-vous bien autant à votre Mercredi? » Ces Mardis, après tout, n'étaient
exclusifs que jusqu'à un certain point. Une
grande réputation y tenait lieu d'un grand
nom. Ainsi Fontenelle, Lamotte, de Sacy,
qui lui dédiait son *Traité de l'amitié*[1], étaient
des Mardis; ils en étaient même les cory-
phées avec M. de Mairan, l'abbé Alary,
l'abbé Mongault, le traducteur des *Lettres de
Cicéron à Atticus,* l'abbé de Bragelonne[2], le
vieux Lassay, le chevalier d'Aydie, l'amant
de mademoiselle Aïssé, et le fameux abbé de

[1] D'Alembert , *Œuvres complètes* (Bélin , 1821),
t. III, p. 67, 68. *Éloge de Sacy.* — Grimm, *Corres-*
pondance littéraire, t. IX, p. 93.—Madame de Lambert
a fait aussi un *Traité de l'amitié; Œuvres complètes de*
madame la marquise de Lambert (Léopold Collin, 1808),
p. 107 à 129.

[2] *Lettres de M. de Lamotte pour servir de supplément*
à ses œuvres, 1754, p. 11.

Choisy qui, disons-le en passant, n'écrivit les étranges Mémoires sur sa vie, qu'à la sollicitation de madame de Lambert[1]. Ces Mardis, d'une allure sans doute moins vive et moins abandonnée, étaient des réunions d'un commerce exquis, d'une galanterie raffinée, dont madame du Maine eût pu être jalouse. Une partie de sa société composait celle de la marquise, et l'on venait se reposer chez cette dernière des plaisirs laborieux de Sceaux.

M. de Saint-Aulaire sentait souvent le besoin d'échapper pour un peu à cette activité, à cette tension presque maladive. La peur de l'ennui jetait la pauvre princesse dans tous les extrêmes. Nature essentiellement passionnée, elle avait épousé Descartes, ses tourbillons, sa matière subtile et l'attraction, avec un emportement tel, qu'elle y

[1] « Vous m'ordonnez, madame, d'écrire l'histoire de ma vie... » C'est ainsi que commence ce très-licencieux récit que madame de Lambert eût dû éprouver quelque gêne à entendre lire. *Histoire de madame la comtesse des Barres*, à madame la marquise de Lambert (Bruxelles, 1736), p. 3.—C'est l'abbé de Choisy, en revanche, qui la détermina à composer ses *Réflexions sur les femmes*. « Voilà mon cher abbé, lui écrit-elle, le petit ouvrage que vous m'avez fait faire... »

ramenait la conversation à tout propos. M. de
Saint-Aulaire se taisait; il écoutait, et c'était
tout ce qu'il pouvait faire. « Berger, lui dit-
elle enfin, frappée de ce mutisme persistant,
vous ne dites mot sur tout cela; qu'en pen-
sez-vous? » Sa réponse ne se fit pas attendre:

> Bergère, détachons-nous
> De Newton, de Descartes;
> Ces deux espèces de fous
> N'ont jamais vu le dessous
> Des cartes, des cartes, des cartes [1].

Saint-Aulaire faisait cas, sans doute, de
Newton et de Descartes aussi bien qu'un autre;
mais il y a temps pour tout, et ce n'était trop
le lieu de parler de tourbillons devant une
société plus spirituelle et plus lettrée que savante. La leçon était donc bonne et de nature
à ne pas blesser sa bergère. Un phénomène assez curieux, c'est cet engouement des femmes
pour la philosophie cartésienne. La reine de
Suède et la princesse palatine Élisabeth furent les disciples autant que les protectrices
de Descartes; la reine de Portugal, mademoiselle de Nemours, était cartésienne [2].

---

[1] D'Alembert, *Œuvres complètes* (Bélin, 1821),
t. III, p. 298. *Éloge de Saint-Aulaire.*

[2] Madame de Sévigné, *Lettres* (éd. Monmerqué),

Corbinelli écrivait à Bussy : « Sa métaphy-
sique me plaît; ses principes sont aisés et ses
déductions naturelles. Que ne l'étudiez-vous?
Elle vous divertiroit avec mesdemoiselles de
Bussy. Madame de Grignan la sait à miracle
et en parle divinement [1]. » Madame de Sévigné, qui se déclarait « de plus en plus bête
pour comprendre les grandes vérités de sa
doctrine, » écrivait en se moquant à sa précieuse fille : « Votre père Descartes [2]. » On vit
une jeune et belle fille, mademoiselle de La-
vigne, renoncer au mariage par amour pour
la philosophie de Descartes [3]. Descartes n'é-
tait pas moins lu, dévoré dans les couvents;
et mademoiselle Delaunay raconte que le
livre de la *Recherche de la vérité* lui ayant été

t. VI, p. 453. Lettre de madame de Sévigné à madame de Grignan. Aux Rochers, dimanche, 8 septembre 1680.

[1] *Ibid.*, t. III, p. 92. Lettre de Corbinelli à Bussy,
enclavée dans une lettre de madame de Sévigné à
sa fille, du 15 juillet 1673.

[2] *Ibid.*, t. VI, p. 292. Lettre de madame de Sévigné
à madame de Grignan. Aux Rochers, vendredi, 31 mai
1680. Voir encore les pages 303, 309, 325, 342, 344,
371, 418, 445, 453.

[3] Walkenaër, *Mémoires sur madame de Sévigné*
(3ᵉ édition), t. IV, p. 318, 319.

18.

prêté par une de ses compagnes, elle se plongea dans cette lecture avec une furie dont sa foi finit par prendre l'alarme [1].

Saint-Aulaire avait un madrigal ou une chanson pour toutes les circonstances graves et futiles de la vie. On peut dire en vers les choses que l'on n'oserait dire en prose; on pardonne au frondeur en rimes ce qui serait souffert malaisément d'un moraliste pur et simple; et, à propos de frondeur, voici, sur l'air des *Frondeurs,* une petite chanson du marquis à la princesse. Madame du Maine s'était faite dévote, et elle aurait bien voulu convertir son berger. Pour le menu de la dévotion, le berger se soumettait encore : « Ma bergère le veut, disait-il, ce n'est pas la peine de la chagriner pour si peu de chose [2]. » Mais elle demanda plus, et ce fut alors que Saint-Aulaire lâcha son couplet pour conquérir le droit de désobéir :

> En vain vous me prêchez sans cesse,
> Pour me faire aller en confesse;
> Ma bergère, j'ai beau chercher,

[1] Madame de Staal, *Mémoires* (Michaud et Poujoulat), t. XXXIV, p. 669.

[2] D'Alembert, *Œuvres complètes* (Bélin , 1821), t. III, p. 299. *Éloge de Saint-Aulaire.*

Je n'ai rien sur ma conscience.
De grâce, faites-moi pécher,
Après je ferai pénitence.

Il fallait bien sourire et répondre sur le même ton. Elle répliqua donc, sur l'air : *Quand le péril est agréable* :

Si je cédois à ton instance,
On te verroit bien empêché ;
Mais plus encore du péché
  Que de la pénitence [1].

Madame du Maine vivait en parfaite intelligence avec les Mardis ; mademoiselle Delaunay y lisait ses lettres, qui étaient fort applaudies, de Lamotte surtout. Cette indiscrétion ne lui déplut pas. Elle s'en plaignit pour la forme. « Comment, ma chère Launay, lui écrit-elle, on fait lecture de mes lettres en plein Mardi ! en présence de l'abbé de Bragelonne ! et c'est madame de Lambert et vous qui me faites cette trahison ! Encore passe si je n'étois exposée qu'au Mercredi de M. Subtil ; mais Lamotte, Fontenelle, l'abbé Mongault, etc., cela me fait trembler ! M. de Lamotte approuve ma mauvaise prose : tout

[1] *Recueil de chansons historiques* (Bibliothèque impériale. Manuscrits), avril 1726, t. XVI. p. 327.

comme il vous plaira. C'est un effet de sa
prévention pour moi. Si j'écrivois comme lui,
je ne lui aurois pas tant d'obligation de vanter mon style, mais je ne serois pas si hon-
teuse qu'on le mît au jour [1]. » Cette lettre de
reproches ne corrigea pas l'indiscrète qui la
communiqua au plus prochain Mardi. Elle
contenait, d'ailleurs, des choses fort obli-
geantes pour l'assemblée, qui engagea Lamotte à répondre à la princesse. Pour vaincre
ses scrupules et sa modestie, on trouva un
moyen terme qui le couvrait et derrière lequel sa timidité pouvait se retrancher : c'é-
tait d'écrire au nom du Mardi. Il se laissa
vaincre et accepta ce rôle moins compromet-
tant de secrétaire.

Madame de Lambert s'était chargée de
faire parvenir la lettre de Lamotte; trois
jours après, elle recevait de Bissy les remerciements de madame du Maine pour une
galanterie dont elle lui était avant tout rede-
vable, et sa réponse au Mardi, qui était
pleine de caresses et de flatteries. Sur ces
entrefaites, la marquise étant allée passer

---

[1] *Lettres de M. de Lamotte pour servir de supplément
à ses œuvres*, 1754, p. 2. 16 août 1726.

quelque temps à Sceaux, où la princesse était
revenue, les Mardis se trouvèrent interrom-
pus. Ce fut, pour l'académicien, l'occasion
d'une lettre que nous citerons, quoique
longue, parce qu'elle renseigne sur les tenants de ces Mardis si vantés.

« En vérité, madame, vos exclamations
font trop d'honneur au Mardi. Nous ne
sommes pas si merveilleux que le dit V. A. S.,
et je ne sçaurois vous voir dans l'erreur sans
me croire obligé de vous détromper. Connoissez donc ce Mardi, madame, mais ne me
décelez pas : si je le trahis, songez, s'il vous
plaît, que je ne le trahis que pour vous. Ami
jusqu'aux autels. Pour commencer par madame de Lambert qui nous préside, n'avez-
vous pas remarqué, madame, qu'elle ne pense
pas comme la plupart du monde : qu'elle
traite de frivole ce qui est établi comme
important, et qu'elle regarde quelquefois
comme important ce que beaucoup de braves
gens traitent de frivole. Ajoutez qu'avec ce
prétendu courage d'opinions singulières, elle
a quelquefois la foiblesse de paroître penser
comme les autres. Je vous déclare encore
qu'elle néglige fort sa réputation. Vous sçavez, madame, qu'elle passe pour penser hau-

tement, et s'exprimer toujours de même :
Eh bien! madame, je vous jure qu'elle ose
dire quelquefois des choses fort simples et
toujours fort simplement les plus relevées.
Je ne vous dis rien de sa duperie inexcusable
dans le commerce du monde; elle y met du
sentiment, de l'amitié, de la bonne foi. Est-ce
là connoître les hommes? et quand on y est
attrapé, n'a-t-on pas ce qu'on mérite?

« A l'égard de M. de Fontenelle, vous ne
serez point étonnée de l'entendre traiter
d'extraordinaire. C'est un homme qui a mis
le goût en principes, et qui, en conséquence,
demeurera froid où les Athéniens étouffoient
de rire, et où les Romains se récrioient d'admiration. Vous sçavez d'ailleurs, madame,
qu'il a prétendu effacer ces grands maîtres
dans tous les genres; car pourquoi ne lui
supposerions-nous pas les intentions les plus
mauvaises? C'est la bonne façon de deviner
les hommes. Badinage, galanterie, sentimens,
philosophie, géométrie même; il a voulu
briller en tout, et prouver par son exemple
qu'il n'y a point de talens inalliables. Mais à
propos de géométrie, il faut tout vous dire;
il vient de faire un livre si subtil et si rêvé,
que s'il perd son manuscrit de vue un mois

seulement, il ne s'entend plus lui-même.
Pauvre tête qui ne tient rien !

« Il faut trancher le mot sur M. de Mairan;
c'est une exactitude, une précision tyrannique, et qui ne vous fait pas grâce de la
moindre inconséquence : il ne se fera pas
scrupule de démontrer aux gens qu'ils ont
tort, pourvu qu'il le fasse bien poliment,
comme s'il ignoroit qu'en matière d'amour-
propre, le fond emporte la forme.

« L'abbé Mongault est tout plein de mauvais principes; il nous a soutenu cent fois
que les femmes n'étoient faites que pour
aimer et pour plaire : il leur abandonne tant
qu'il leur plaît l'empire de la bagatelle, mais
à condition qu'elles ne touchent pas au sérieux. Je crois, Dieu me pardonne, tant sa
prévention est grande, qu'il seroit quelque
temps à vous rendre justice.

« Madame de Saint-Aulaire[1] ne sçait ce que
c'est que dispute ni contradiction. Quelle
ressource pour un Mardi ! Elle ne met de
chaleur qu'à deux choses ; à soutenir que les
femmes sont plus raisonnables que nous,e

---

[1] Mademoiselle de Lambert.

ce qui ne s'accorde pas trop avec cela, que
M. de Fontenelle a toujours raison.

« Je ne vous dis rien de mademoiselle
Delaunay, vous la connoissez; mais vous
voyez bien, madame, que de ce Mardi tant
vanté, il n'y a que moi qui vaille quelque
chose. Comme j'ai l'honneur d'être connu de
vous, ce n'est pas la peine de faire le modeste.
Mais quoi, madame, suffirois-je pour vous
faire passer par-dessus tout le reste? Si pourtant il en étoit ainsi, et que vous ne fussiez
point alarmée de tout ce que je viens de vous
dire, je ménagerois votre affaire le mieux
qu'il me seroit possible. Je crois qu'on vous
admettroit volontiers en qualité de bergère [1];
quoiqu'en vérité, madame, ce soit une vraye
duperie que ce détour. Qu'en arriveroit-il,
madame? Sous ce nom de bergère, vous ne
seriez que plus charmante; nous n'en serions
que plus sensibles, et nous n'en serions que
plus timides à le dire. Quoique vous fassiez,
madame, il n'y aura jamais de nos senti-

---

[1] Madame du Maine disait au Mardi : « Vous voulez m'en exclure en qualité de princesse. Mais ne
pourrois-je pas y être admise en qualité de bergère? »
C'est à ce passage que Lamotte répond.

mens que le respect qui soit bien à son aise
avec vous [1]. »

Ses lettres réussirent au delà de toute espérance. La duchesse, qui ne recevait pas à
Sceaux M. de Lamotte, se prit d'une belle
passion pour cet interprète galant des Mardis. Elle voulut qu'il continuât de lui écrire.
Celui-ci y consentit, mais à la condition qu'on
lui répondrait et qu'on signerait de ses
noms et prénoms. « Il me faut une Louise-
Bénédicte de Bourbon ; je ne sçais quel goût
j'ai pris pour ce nom-là, mais je vous jure
que je ne m'en sçaurois passer [2]. » Madame du
Maine répond qu'elle ne comprend pas pourquoi l'on attache une si grande importance
à trouver ses noms au bas de son griffon-
nage ; que, toutefois, elle fera ainsi qu'on le
désire. Et elle clôt la lettre sans tenir sa promesse. Ce fut là, pour l'auteur d'*Inès*, thème

---

[1] *Lettres de M. de Lamotte pour servir de supplément
à ses œuvres* (1754), p. 12, 13, 14, 15.—Lamotte a fait un
Noël en dix couplets sur Fontenelle, Saint-Aulaire,
le *mépriseur* Montgault, Mairan, Lassay, Bragelonne,
d'Aydie et mademoiselle Delaunay, qui peut servir de complément à cette lettre. Même recueil.
p. 166, 167, 168, 169, 170.

[2] *Ibid*, p. 23.

à une nouvelle lettre, curieuse comme modèle de précieux.

« Vous feignez d'ignorer quel plaisir peut faire un nom : je vais donc vous l'apprendre, madame, comme si vous l'ignoriez. Le nom est un portrait en raccourci qui réveille dans le moment l'idée de toute la personne. Supérieur à ces portraits qui ne représentent que la figure, il rappelle tout d'un coup l'esprit, le caractère, toutes les qualités personnelles, et il fait plus ou moins cet effet selon que la personne même a fait plus ou moins d'impression. Demandez aux amans, par exemple, quel charme a pour eux le nom de ce qu'ils aiment; ils vous diront là-dessus les plus belles choses du monde. Eh bien! madame, l'amour n'est pas le seul qui y prenne un si grand goût; le respect, l'admiration, d'autres sentimens encore y sont aussi sensibles, et vous pouvez vous en rapporter à mon expérience. Mais il y a plus, madame; c'est quelque chose de bien précieux qu'un nom signé au bas d'une lettre avec quelque sentiment de bienveillance. C'est un portrait, comme j'ai dit, mais il est peint par la personne qui intéresse, et c'est elle-même qui en fait un présent à ceux à ui elle écrit. De là viennent dans les amans, ar je les prens toujours pour exemple, en matière de sentiment ce sont les grands maîtres, de là viennent leurs transports, eurs ravissemens à la vue du nom de ce qu'ils aiment. Vous les surprendriez mille ois, quand ils se croient sans témoins, à elire les lettres qu'ils ont reçues, à s'enflammer, à s'attendrir à l'aspect du nom chéri, e baignant quelquefois de leurs larmes, s'ils ont malheureux, et le baisant sans cesse 'ils sont heureux. Vous jugez bien, madame, que je n'en userai pas ainsi avec le vôtre ; je 'ai garde, et je sçais trop bien mon devoir. Si cela m'arrivoit par malheur, je le nierois comme beau meurtre ; mais on est bien hardi quand on est tout seul [1]. »

Voilà du marivaudage tout pur ; au moins 'en a tout l'air. Ou Lamotte fait du bel esprit, ou, s'il est sérieux, il cesse d'être dans a mesure du respect dû à une princesse du sang. Mais est-il amoureux et peut-il être amoureux ? Il a cinquante-quatre ans, la princesse en a cinquante ; ce n'est plus l'âge

---

[1] *Lettres de M. de Lamotte pour servir de supplément à ses œuvres* (1751), p. 31, 32, 33.

des folies. Donc, c'est de la rhétorique
qu'il fait, et c'est manière de parler quand il
dit dans la lettre suivante : « ...Il faut que je
m'égaye et que je badine à quelque prix que
ce soit, pour me sauver du sérieux qui me
menace. J'aime encore mieux m'égarer en
plaisanteries qu'en sentimens. Je ne sçais,
madame, si ce remède me suffira; mais je
vous avoue que je tenterai tout pour ne me
pas perdre [1]. » Madame du Maine riposte en
princesse qui n'admet qu'un sens possible et
n'en saurait admettre d'autre : « Au reste,
lui dit-elle, on m'a avertie que vous montriez
à tout le monde ce que je crois ne vous point
écrire [2]. J'étois tentée, pour vous punir, de
vous envoyer une lettre que vous ne puissiez
montrer, sans être en effet taxé d'une grande
indiscrétion. Mais, tout bien considéré, j'ai
cru qu'il était plus à propos de vous faire
grâce que de vous punir de cette façon;
outre que j'ai ici un directeur et un berger
qui ne voudroient pas que je me servisse de ce

---

[1] *Lettres de M. de Lamotte pour servir de supplément
à ses œuvres* (1754), p. 36.

[2] Madame de Lambert s'était chargée d'être son
secrétaire.

moyen pour vous corriger. Tâchez cependant
d'être plus circonspect à l'avenir, ou vous
n'aurez plus de *Louise-Bénédicte de Bourbon*[1]. »
M. de Lamotte se garde bien de laisser échapper l'occasion. On l'a menacé ; qu'on exécute
la menace, c'est tout ce qu'il désire. « Punissez, s'écrie-t-il, n'êtes-vous pas la maîtresse ? Mais punissez comme vous êtes tentée
de le faire. Écrivez-moi, c'était votre projet,
quelque bonne lettre que je ne puisse montrer
sans indiscrétion ; mais je vous avertis d'a-
vance que je ne serai pas discret légèrement,
et que je ne prétens le faire qu'à bonnes
enseignes. Plût à Dieu que la pensée vous
revînt de me corriger à ce prix-là, et que vous
voulussiez bien la mettre en œuvre. Eh !
madame, que faites-vous donc d'un directeur,
si vous résistez à vos tentations ? Prétendez-
vous toujours l'entretenir de riens ? et ne mé-
rite-t-il pas bien de tems en tems quelque
consultation passable [2] ? »

Lamotte se plaignait de la difficulté toujours croissante de dire des choses qui pus-

[1] *Lettres de M. de Lamotte pour servir de supplément
à ses œuvres* (1754), p. 43.
[2] *Ibid.*, p. 48, 49.

19.

sent plaire, avec la peur d'aller au delà.
Madame du Maine trouve un expédient pour
tourner un écueil auquel, d'ailleurs, elle
croit médiocrement. « Mais s'il étoit vrai que
le choix des mots vous causât quelque embarras, je vais vous donner un moyen de
vous en tirer : écrivez-moi en vers. Vous
sçavez que la poésie a de grands priviléges, et
que, de cette façon, on dit tout ce qu'on
veut : vous y aurez recours dans ces tems
où l'on ne peut vous tenir, et les jours que
vous serez plus modéré, vous m'enverrez de
la prose ; car je ne veux pas y renoncer [1]. »
On ne saurait être plus accommodant, et
Lamotte eût' dû remercier la duchesse à
deux genoux de toutes les facilités qu'on lui
offrait. Mais il ne l'entendait pas ainsi. Raille-
t-on ? Les vers sont le langage de la fiction,
les vers ont quelque chose d'arrangé, de
combiné, de rêvé, qui leur ôte toute sponta-
néité, tout cachet de vérité. « Je veux penser
à vous, et ne penser qu'à vous en vous écri-
vant. Si je vous écrivois en vers, il faudroit
penser à l'ouvrage ; c'est toujours une dis-

---

[1] *Lettres de M. de Lamotte pour servir de supplément
à ses œuvres* (1754), p. 50.

traction; un sentiment vif et délicat s'en effraye, ou pour mieux dire, il n'en est pas capable. Changez donc, s'il vous plaît, votre proposition : dites, madame, que dans ces jours où l'on ne peut pas me tenir, je dois vous écrire en prose, et que dans les jours modérés je pourrois employer les vers. Mais sur ce pied-là, madame, vous n'en aurez guère. Ces jours modérés sont déjà bien loin, et je sens qu'ils s'éloignent toujours davantage à mesure que vous m'écrivez... [1] » Mais la princesse ne se paye pas de pareilles raisons : « Vous dites que lorsque vous m'écrivez vous voulez ne penser qu'à moi, et que, si vous faisiez des vers, il faudroit penser à l'ouvrage. Je réponds à cela : ne pensez qu'à moi, mais pensez-y vivement, et les vers viendront d'eux-mêmes, du moins si votre respect est tel que vous le dites. J'en doute encore, et je vous veux mettre à l'épreuve; et, pour commencer, je ne vous enverrai pas aujourd'hui de *Louise-Bénédicte;* vous n'en aurez plus que vous ne m'ayez envoyé des vers [2]. »

[1] *Lettres de M. de Lamotte pour servir de supplément à ses œuvres* (1754), p. 53.
[2] *Ibid.,* p. 55.

Lamotte n'a plus qu'à obéir. Il essaye, il se creuse la tête, et voici ce qu'il trouve :

> Plus de Louises-Bénédictes !
> Ah ! que vais-je devenir ?
> Par quel secours puis-je les obtenir ?

Arrivé là, il cherche en vain ; un mauvais génie le cloue au sol. Le moyen, en effet, d'aller plus loin, à moins de faire rimer *Pictes* avec *Bénédictes !* Le poëte était-il bien sincère dans son impuissance, et ne se tirait-il pas d'affaire avec un dictionnaire des rimes, lui qui ne s'en servait que trop, si Chaulieu dit vrai [1] ? « Picte » n'était pas, après tout, la seule rime qu'il y eût, et la princesse lui prouvera victorieusement que c'est à tort qu'il crie à l'impossible.

> Consulte ton respect, écris ce qu'il te dicte,
> Tu rimeras à Bénédicte.

Que répondre à cela ? « Faites comme vous voudrez, ajoute madame du Maine, mais enfin, il me faut des vers. N'êtes-vous pas bien à votre aise de n'avoir plus de...? Je ne suis

---

[1] Chaulieu accusait Lamotte de ne faire des vers qu'à coup de dictionnaire. — Chaulieu, *Œuvres* (La Haye, 1777), t. II, p. 277.

pas trop à mon aise, moi, de ne vous en pas envoyer. Je ne sçais si c'est par habitude, mais enfin ces mots sont toujours au bout de ma plume ; j'ai toutes les peines du monde à la retenir. C'est à titre de princesse que je suis, dites-vous, si absolue : point du tout. A quel titre donc ? Je n'en sçais rien. Envoyez-moi des vers [1]. »

Supposez que l'on ne soit pas princesse, que l'on n'ait point cinquante ans révolus, que l'on soit jeune et belle, ne voilà-t-il pas de quoi tourner la tête à un pauvre homme ? Ou l'on est étrangement coquette, ou l'on a cessé d'être indifférente à ce jeu dangereux, qui commence par le madrigal et peut mener fort loin si l'on n'en prend souci. Lamotte, dans sa réponse, n'a garde de ne pas relever ces lignes, qui en diraient plus qu'elles ne sont grosses, si, encore une fois, l'on avait vingt ans de moins de part et d'autre.

« ...Il vous a échappé de dire que vous n'étiez pas à votre aise en supprimant ce nom que je désire, que vous l'avez toujours au bout de la plume et que vous ne le rete-

---

[1] *Lettres de M. de Lamotte pour servir de supplément à ses œuvres* (1754), p. 60.

nez pas sans peine : c'en est assez, madame, je suis content. Ce nom supprimé avec peine m'est aussi bon que si vous l'écriviez : peut-être même qu'à y regarder de près il mérite-roit la préférence. Je fais du blanc le même usage que je faisois de l'écriture. Je crois, Dieu me pardonne, que quand, pour me punir, vous ne m'écririez plus du tout, j'y trouverois encore mon compte. Quel plaisir de vous croire piquée, puisque vous m'assu-rez que vous ne le seriez pas comme prin-cesse [1] ! »

M. de Lamotte persistait à ne point donner de vers. Madame du Maine, pour le coup, semble prendre le refus au sérieux ; elle répond en souveraine qui jugeait son empire absolu et qui découvre qu'elle n'a pas même assez de pouvoir pour obtenir la moindre complaisance. « Je ne vous ferai plus de menaces, puisque vous avez l'esprit assez bien fait pour prendre le tout en bonne part, jusqu'à la suppression de mes lettres. D'ail-leurs l'Altesse Sérénissime vous coûte si peu, et vous êtes tellement le maître de la forme

[1] *Lettres de M. de Lamotte pour servir de supplément à ses œuvres* (1754). p. 62, 63.

de votre respect, que je ne trouve plus rien
à dire; ainsi je finis tout court [1]. »

L'auteur d'*Inès* comprit qu'il était temps
de se rendre ; il eut peur d'avoir mécontenté,
et il se hâta en se soumettant de bonne
grâce, de reconquérir son pardon.

> Vous voulez donc des vers ! Je voulois en écrire;
> Et pour exécuter un ordre si pressant
> Je me recommandois à ce dieu tout-puissant
>   Que vous n'avez pas voulu dire.
>   Quoi! me dit-il avec un fier sourire,
>   Me prens-tu pour un ouvrier,
> Un arrangeur de mots que l'on tâte et retâte?
> Je blesse, et bien souvent sans m'en faire prier :
> Voilà des sentimens pour te désennuyer;
>   Qu'Apollon les rime et les gâte,
>   Nous avons fait tous deux notre métier.

La princesse répondit ou fit répondre de la
sorte. Si les vers ne sont pas d'elle, la pensée
lui appartient, elle veut bien en convenir :

> Je vous le disois bien : Apollon, pour rimer,
>   Dans ce cas-ci n'étoit pas nécessaire;
> Celui que vous et moi n'avons osé nommer
> Donne à ce qu'il produit l'heureux talent de plaire :

---

[1] *Lettres de M. de Lamotte pour servir de supplément
à ses œuvres* (1754), p. 64.—Ce dernier trait est une al·
lusion à la fin de la lettre précédente où Lamotte
disait qu'il était capable de l'Altesse Sérénissime
jusque dans ses vers.

Tout ce qu'il fait sentir il le fait exprimer ;
Il est des vers touchans le véritable maître.
Les vôtres sont charmans et galamment tournés,
Nous les voyons par les grâces ornés ;
Il est aisé de reconnoître
De quelle main vous les tenez [1].

Cet échange de lettres galantes touchait à sa fin. Madame du Maine était revenue à Paris au commencement de novembre (1726) pour y passer l'hiver, et sa dernière épître à Lamotte se terminait par une invitation de la venir voir. « Venez samedi chez moi avec madame de Lambert, je tâcherai que ma conversation vous fasse autant de plaisir que mes lettres. » Le poëte fut ponctuel. La princesse l'accueillit d'une façon charmante. De son côté, M. de Lamotte ne perdit pas la tête au point de ne pouvoir répondre à cette faveur par un madrigal. Dans ce madrigal il demandait qu'on lui laissât baiser la main qui avait daigné lui écrire. La duchesse la lui tendit aussitôt. Mais la présidente Dreuillet, qui assistait à la présentation, fit observer à celui-ci qu'on lui avait donné la main gauche au lieu de la

---

[1] *Lettres de M. de Lamotte pour servir de supplément à ses œuvres* (1754), p. 64, 65, 66.

droite, cette droite à laquelle il devait les
Louises-Bénédictes. Une pareille remarque ne
pouvait être perdue. M. de Lamotte, à sa
seconde visite, rapportait un nouveau madrigal sur cette petite confusion de mains.
Après s'être fait tirer l'oreille, il avait dû
céder à cette passion des vers qui était chez
la princesse si bien une quasi-condition
d'existence, qu'un jour qu'elle se trouvait
très-souffrante, elle disait à l'un de ses courtisans : « Vous devriez bien faire des vers
pour moi; je ne connois que ce remède qui
me puisse guérir. » Lamotte avait le vers
facile, s'il l'avait dur et prosaïque, et il le
disait à ravir, bien que sa voix fût loin d'être
harmonieuse. Il se passait peu de jours sans
que la duchesse ne reçût de lui quelque
envoi. Madame du Maine était-elle distraite,
s'absentait-elle, tout aussitôt des vers. La
princesse lui fait porter un jonc à pomme
d'or pour ses étrennes; il se formalise du don
et se plaint en vers, sur quoi on lui envoie
une boîte d'ivoire, avec des vers pour l'apaiser et qui l'apaisent. Il manquait un ruban à
cette canne; madame du Maine, sur sa demande, lui en donne un, et sa reconnaissance de se formuler en une épître pleine

de langueurs infinies. Il y a à joindre aux
deux volumes des *Divertissemens de Sceaux,*
de l'abbé Genest, tout un volume de bel
esprit et de fadeurs qui firent événement à
leur heure et dans le petit centre qui les vit
éclore, mais qu'il faut laisser dormir ni plus
ni moins que les odes mêmes de Lamotte. Il
n'y a de curieux dans tout cela que cette
trace de sentiment platonique qui se décèle
sous la plaisanterie et le marivaudage.

Lamotte, qui s'était déclaré l'homme-lige de
madame du Maine, va lui donner une preuve
étrange de son dévouement et de sa condescendance à ses moindres caprices, et commet-
tre, pour l'amour d'elle, une de ces félonies
grammaticales auxquelles Vaugelas n'eût
·pas consenti, la vie de son père en eût-elle
dépendu. Une querelle s'élève à Sceaux sur la
manière d'écrire « secourir » à l'impératif :
devait-on écrire *secours* ou bien *secourre?* La
discussion s'échauffe et il est convenu que
l'on en réfèrerait à l'Académie, la juridiction
naturelle en pareille matière. Madame du
Maine, qui avait pris part à la dispute et qui
tenait essentiellement à avoir raison, écrivit
à M. de Lamotte qu'elle comptait sur sa
passion pour son service, elle savait le pou-

voir qu'il avait dans l'Académie, et elle ne doutait pas qu'il ne fît pencher la balance de son côté. Sa requête était en forme de chanson, sur l'air : *Quand on a du jus d'octobre.*

> Tes confrères prudens et sages
> Se détermineront par toi;
> Je veux obtenir leurs suffrages,
> Cher Lamotte, *secourre-moi.*

Madame du Maine était, comme on le voit, pour *secourre.* Elle eût mieux fait d'être de l'avis contraire, pour elle et pour M. de Lamotte, qui se remua si bien que l'Académie, contre sa conscience et par une galanterie sacrilége, décida en faveur de la princesse. Celle-ci, d'autant plus fière de sa victoire qu'elle la devait moins à la bonté de sa cause qu'à sa propre séduction, adressa au poëte des vers qui, en le caressant, le persiflaient un peu, et ses confrères avec lui.

> D'une circonstance flatteuse
> Mon triomphe est accompagné.
> Ma cause, m'a-t-on dit, étoit pis que douteuse,
> Et cependant mon procès est gagné.
> A faillir j'ai su vous réduire;
> Et le plaisir d'avoir raison

Est moindre sans comparaison
Que n'est celui de vous séduire [1].

La duchesse, que tout ce jeu amusait, ne
pouvait se passer de Lamotte, qu'elle relan-
çait même aux Mardis de madame de Lambert. Après avoir eu ses bergers en titre,
madame du Maine avait son amant à titre
d'office. Quand on le crie à toute la terre, il
n'y a pas grand mal sans doute, et il semble-
rait ridicule de penser qu'il y eût, de la part
de Lamotte, autre chose que du bel esprit.
Mais notre académicien n'eût pas demandé
mieux que d'être pris au pied de la lettre :
princesse à part, cet amour-là était encore
moins dissonant que celui de l'abbé de Chaulieu pour mademoiselle Delaunay. Quoi qu'il
en soit, dans la société de la marquise de
Lambert, l'affection platonique de Lamotte
était le secret de la comédie, en attendant

---

[1] Elle fit encore ceux-ci :

Lamotte aux dépens de sa gloire
M'a fait obtenir la victoire,
Son respect est bien avéré.
Dans cet agréable service,
De l'arrêt qu'il m'a procuré
J'aime à voir toute l'injustice.

que Fontenelle en fît le secret de l'Académie,
qui avait bien, il est vrai, ses raisons de s'en
douter. L'auteur de *la Pluralité des mondes,*
ayant à répondre à l'évêque de Luçon et à
s'étendre sur la personne et les œuvres de
Lamotte, dit quelque part : « Cet espèce de
dénombrement de ses ouvrages ne les comprend pas encore tous. Le public ne connoit
ni un grand nombre de ses psaumes et de ses
cantates spirituelles, ni des églogues qu'il
renfermoit, peut-être par un principe d'amitié pour moi, ni beaucoup de pièces galantes
enfantées par l'amour, mais par un amour
d'une espèce singulière, pareil à celui de
Voiture pour mademoiselle de Rambouillet,
plus parfaitement privé d'espérance, s'il est
possible, et sans doute infiniment plus dis-
proportionné [1]. »

Et notez que, lors de cette réponse, madame
du Maine était pleine de santé et de vie, et
que si Fontenelle, l'homme essentiellement
circonspect, se permet une allusion de cette

---

[1] Fontenelle, *Œuvres complètes* (éd. Bélin, 1818),
t. I, p. 548. Réponse de Fontenelle à l'évêque de
Luçon, l'abbé de Bussy, lorsqu'il fut reçu à l'Académie française, le 6 mai 1732.

nature, c'est que cette liaison était aussi
avouée qu'avérée; qu'elle était acceptée de
tout le monde, voire de M. du Maine, qui put
entendre le discours de l'académicien, car il
ne mourut qu'en 1736. « Pour n'être pas trop
étonné, remarque M. Walkenaër, que Lamotte, avec la sévérité de ses principes et la
réserve qu'il mettait dans toutes ses actions,
osât adresser à une princesse du sang des
vers tels que ceux qui commencent par ces
mots :

> De ma dernière nuit écoutez l'aventure,
>   Je vous la rendrai trait pour trait... [1],

il faut se rappeler qu'alors, non-seulement il
était aveugle, accablé d'infirmités doulou-
reuses, suite de la goutte qu'il avait eue de
bonne heure, mais que cette princesse, qui se
plaisait à ces badinages spirituels, exigeait
qu'il lui écrivît sur ce ton : alors il ne pouvait
faire un pas seul, ni même se tenir debout [2]. »

---

[1] *Lettres de M. de Lamotte pour servir de supplément
à ses œuvres* (1754), p. 165. Ces vers, en effet, pour
être l'expression d'un songe, n'en sont pas plus
convenables; et toute femme, sans être princesse,
eût pu en être embarrassée et à bon droit offensée.

[2] *Biographie universelle*, t. XXX, p. 280.

Nous n'ignorions pas qu'il était aveugle, et un impromptu de Voltaire sur le cahier des lettres de la duchesse du Maine et de M. de Lamotte nous l'eût appris au besoin :

> Dans ses filets elle savait vous prendre
> Sitôt qu'elle se laissait voir.
> Un pauvre aveugle aussi ressentit son pouvoir :
> Je le crois bien, car il pouvait l'entendre [1].

Mais M. Walkenaër ne fait-il pas Lamotte un peu plus infirme qu'il n'était? La goutte et sa cécité ne l'empêchaient pas d'aller à ses affaires et à ses plaisirs. On était sûr de le trouver, lorsque le temps le permettait, se réchauffant au soleil devant la grande galerie du Louvre [2]; et, pour ce qui est de se tenir debout, nous avons au moins une preuve que ses jambes pouvaient le porter, quitte à

---

[1] Voltaire, *Œuvres complètes* (éd. Beuchot), t. XIV, p. 330. Voltaire fait allusion, dans une lettre au comte d'Argental (18 décembre 1752), à l'amour de Lamotte pour madame du Maine.

[2] *Ibid.*, t. LXVI, p. 54. « Lamotte, qui demeurait sur le quai, se faisait porter en chaise, depuis dix heures jusqu'à midi, sur le pavé qui borde la galerie du Louvre, et là il était doucement cuit à un feu de réverbère. » Lettre de Voltaire à d'Argental, 13 octobre 1769.

se faire porter à leur tour. On sait, en effet,
ce qui lui arriva un jour où il s'était engagé
dans une foule : un jeune homme, sur le
pied duquel il avait marché, lui donna un
soufflet. Il se contenta de dire, avec une
expression de douceur infinie : « Monsieur,
vous allez être bien fâché! je suis aveugle! »
Que Lamotte fût goutteux et perclus, cela ne
nous semble pas un obstacle à cette sorte
d'amour platonique qui consistait à toucher
le cœur de la princesse, comme le disait la
présidente Dreuillet, *en esprit comptant*[1], mais
très-réel pourtant, et que Fontenelle, le contemporain et l'ami de cet écrivain disert, défi-
nissait d'une façon si catégorique en pleine
Académie.

[1] *L'Esprit des poésies de M. de Lamotte* (Genève,
1767), p. xxv. *Éloge historique de Lamotte.*

VI

Parmi les femmes remarquables qui composaient la cour de Sceaux, nous avons cité

plus haut la présidente Dreuillet. Elle avait
été belle dans sa jeunesse et galante. Forcée
de vivre à Toulouse, où son mari était président à mortier, elle s'était fait une maison
délicieuse, ouverte à tous les gens d'esprit,
aux littérateurs et aux artistes que renfermait l'antique cité [1]. Elle avait épousé le
président sans amour : les regrets que lui
causa sa mort furent modérés. D'ailleurs,
elle acquérait, par ce malheur, le droit de
prendre son vol vers Paris : ç'avait été le
rêve de sa vie, et aussitôt qu'elle put décem-
ment quitter elle partit, bien sûre qu'une
femme de son humeur ne trouverait pas les
portes closes. Elle n'était pas sans amis
non plus. Campistron et Dumas d'Ayguebère,
tous deux ses compatriotes, ne demandèrent
pas mieux que d'être ses introducteurs dans
les cercles littéraires et les salons où ils
étaient reçus. Ce fut ce dernier qui la présenta à la duchesse du Maine. Dumas d'Ayguebère avait été présenté lui-même par le
comte d'Argental à la princesse, pour le

[1] *Histoire littéraire des femmes françoises,* par une
société de gens de lettres (l'abbé de Laporte), Paris,
1769, t. II, p. 477. — Titon du Tillet, *le Parnasse
françois* (éd. de 1732), p. 649.

théâtre de laquelle il écrivit une sorte de
trilogie intitulée *Les trois spectacles* et *le
Comte de Noisy* [1]. La présidente arrivait avec
quelque chose de plus que la réputation d'un
bel esprit de province : elle était poëte et
avait été couronnée aux Jeux Floraux, ce
qui, encore alors, avait son importance.
Madame du Maine l'accueillit les bras ou-
verts; il ne lui fallut pas longtemps pour
apprécier le parti qu'il y avait à tirer de cette
imagination essentiellement méridionale,
toujours prête à marcher à l'ennemi. Parmi
les gens du monde, les natures passionnées
sont l'exception. La passion semble exclure
l'égalité d'humeur et, partant, la politesse.
Fontenelle est l'homme du monde par excel-

[1] Cet ouvrage fut représenté à Sceaux le 9 juillet
1729. Il était composé d'un prologue en prose, de
Polixène, tragédie en un acte et en vers, de *l'Avare
amoureux* et de *Pan et Doris*, pastorale-opéra, dont
Mouret fit la musique. Il serait curieux de relever
le catalogue des pièces faites pour le théâtre de
madame du Maine, et dont les auteurs les plus sail-
lants furent Malezieu, Genest, Saint-Gilles, Dan-
court, Morand, Néricault Destouches et même
Voltaire. De Leris, *Dictionnaire portatif, historique et
littéraire des théâtres* (Paris, 1763), p. 36, 193, 222, 253,
339, 417, 419, 451.

lence, parce qu'il est exempt de ces mouvements spontanés qui vous soustrayent à la préoccupation du bien dire. A Sceaux, comme ailleurs, l'entraînement n'était qu'apparent; en réalité, l'on n'oubliait jamais, même dans les folies les plus extrêmes, que la bergère à laquelle on adressait des madrigaux était la petite-fille du grand Condé. La présidente tranchait, par son originalité, sur cette uniformité de ton et d'accent légèrement monotone. Elle disait un peu tout ce qui lui passait par la tête, et parfois d'étranges choses, en vers comme en prose. Le sonnet en bouts rimés qui suit, à l'adresse, assure-t-on, de Louis XIV, est une profession de foi des plus colorées et qui prouve qu'en matière de sentiment elle n'était pas femme à s'arrêter à mi-route.

Je vous adorerois, n'eussiez-vous que le buste,
Fussiez-vous tout pétri de neige et de glaçons;
Ne puissiez-vous cueillir d'amoureuses moissons,
Je vous sacrifierois l'amant le plus robuste.

Eussé-je à mes genoux le roi le plus auguste,
Par ma fidélité je ferois des leçons
Aux beautés qui, traitant leurs sermens de chansons,
Pensent qu'un changement, s'il est heureux, est juste.

De mon sexe pour vous j'ai dépouillé l'orgueil,
Je veux bien l'avouer, un rebutant accueil
Seroit même à mes feux une inutile digue.

Ne puissiez-vous d'amour faire agir les ressorts,
Mon cœur en sentiment, en tendresse prodigue,
Du seul plaisir d'aimer soutiendroit les transports.

Passons à la prose de la dame. On parlait, un jour, devant elle, de la nécessité de se tenir incessamment en garde contre les penchants du cœur, tout en convenant que c'était chose plus facile à conseiller qu'à exécuter. Là-dessus, la présidente de déclarer qu'elle avait un préservatif assuré, le meilleur et le plus infaillible des préservatifs contre toutes sortes de tentations. C'était là un secret d'importance et utile à trop de gens pour qu'elle ne fût pas tout aussitôt assaillie des questions les plus pressantes. Elle se fait un peu tirer l'oreille, puis elle laisse échapper ce singulier aphorisme : « Le remède le plus sûr pour faire cesser la tentation, c'est d'y succomber [1]. » Reste à savoir ce qu'elle en fit dans la pratique.

Madame Dreuillet faisait d'admirables chansons. Malgré ses infirmités, malgré son âge (elle mourait à Sceaux, à soixante-quatorze ans), c'était un timbre sur lequel on frappait sans cesse et qui vibrait toujours. « Un soir,

---

[1] Madame du Noyer, *Lettres historiques et galantes* Amsterdam, 1720,, t. II, p. 205.

raconte le président Hénault, que nous sou-
pions à l'Arsenal, dans le joli pavillon que
madame la duchesse du Maine y avoit bâti
sur le bord de la rivière, elle proposa à madame Dreuillet de chanter : ce qui étoit l'ordinaire ; mais, ce soir-là, qu'elle se portoit
même moins bien, elle la fit chanter dès le
potage. Je représentai à la princesse que,
devant rester quatre ou cinq heures à table,
elle ne pourroit pas rester jusqu'au bout :
« Vous avez raison, président ; mais ne voyez-
« vous pas qu'il n'y a pas de temps à perdre,
« et que cette femme peut mourir au rôti. »
Je me rendis et admirai l'intérêt que les
princesses prennent aux personnes qui leur
sont attachées [1]. »

Cela rappelle le pareil sans-façon de la
princesse de Conti, qui envoyait, à deux
heures après minuit, éveiller madame Tiber-
geau (un bel esprit de la trempe de madame
Dreuillet, plus âgée encore que la présidente,
puisqu'elle comptait alors quatre-vingt-cinq
ans), pour savoir ce qui pouvait le mieux, à
son avis, exprimer l'amour, de la prose ou

[1] *Mémoires du président Hénault* (Paris, E. Dentu,
1855), p. 117.

des vers. La chose était de conséquence et légitimait bien cet acte, inhumain s'il n'eût pas été d'une aussi complète urgence. Quoi qu'il en soit, l'octogénaire, au saut du lit, répondait par ce quatrain dont Lamotte eût pu se faire un argument contre la duchesse du Maine, s'il l'eût connu :

> Non, ce n'est point en vers qu'un tendre amour s'exprime;
> Il ne faut point rêver pour trouver ce qu'il dit.
> Et tout arrangement de mesure et de rime
> Ote toujours au cœur ce qu'il donne à l'esprit [1].

Madame du Maine en usait avec ses serviteurs, ses *galériens,* disait Fontenelle [2], comme un général d'armée qui ne regarde pas à la vie de ses gens et qui ne voit que le but; en un mot, elle comptait son plaisir pour beaucoup, et pour fort peu celui des autres. Mais c'est là un vice d'origine et d'éducation qui

---

[1] Duc de Luynes, *Mémoires*, t. IX, p. 204.

« ... Un mot de Fontenelle vous donnera une idée parfaite de cette cour et de sa souveraine. Il appelait *galériens* les gens qui passaient dans le *Marais* pour être les amis ou les amants de la duchesse du Maine ; et Fontenelle en parlant de lui et d'elle : « J'ai été, disait-il, un moment dans cette « galère, et m'en suis tiré. » *Lettres de L. B. Lauraguais* à madame *** (1802), p. 151.

lui est commun avec ceux que l'habitude de
la domination et la servilité de leur entourage ont amenés à cette sécheresse et à cet
égoïsme presque naïf. La duchesse jouait la
vie de la pauvre présidente pour une chanson; il est vrai que M. le Duc, son frère, em-
poisonnait son bon ami Santeuil avec du tabac
d'Espagne par désœuvrement pur et pour
égayer la monotonie des États de Bourgogne [1].

[1] Saint-Simon, *Mémoires* (Chéruel), t. II, p. 42. —
Dangeau, *Journal* (addition de Saint-Simon), t. VI,
p. 167, 168.—L'on a révoqué en doute cette infamie,
confirmée, toutefois, dans un libelle du temps, qui
ne parle pas, il est vrai, d'empoisonnement par le
tabac : « Qui est-ce qui ignore de quelle manière il
a pris fin? Ne sait-on pas qu'il est mort de débauche
en Bourgogne? M. le Duc l'y ayant mené, parce
qu'il s'en vouloit divertir, ne le fit-il pas tant boire,
qu'il en creva comme un vieux mousquet? » *Entretien de M. Colbert, ministre et secrétaire d'Estat,
avec Bouin, fameux partisan* (1701), 1er entretien,
p. 160. — Un autre libelle, *Pluton Maltôtier* (1712,
p. 84), ne nomme que madame la Duchesse, qui,
avec des dames de la plus haute qualité, eût mêlé
dans le vin de Santeuil « du sel, du tabac, et autres
mauvaises drogues; » ce qui disculperait son mari,
qu'une lettre de M. de La Garde fait souper chez l'intendant. La Monnoye, qui était alors à Dijon et vit
Santeuil à ses derniers moments, repousse l'accusation d'orgie, parle de l'emploi de l'émétique qui lui

Le président Hénault, que nous venons de
citer, n'était pas l'esprit le moins charmant
de la petite cour; c'était un esprit tout esprit,
comme Fontenelle, trop sage, trop raisonna-
ble, trop poli, trop personnel aussi et trop
froid pour n'être pas constamment aimable.

« J'y ai passé, nous dit-il encore, près de
vingt ans, et, suivant ma destinée, j'y ai
éprouvé des hauts et des bas, des contradic-
tions, des contraintes. J'espère que Dieu me
pardonnera toutes les fadeurs prodiguées

paraît contraire à son état, et ne fait aucune allusion à cette déplorable espiéglerie. La Monnoye,
Œuvres (éd. Rigoley de Juvigny), t. III, p. 213 à 215.
—Mais, en pareil cas, dit-on ce que l'on sait? Victime
ou non d'une plaisanterie atroce, Santeuil n'en avait
pas moins été le souffre-douleur bourru de toute la
famille. La duchesse du Maine, qui l'appelait le *Marquis de la petite Maisonnerie* (des petites-maisons), et à
laquelle, en revanche, il avait donné le surnom de
Salpetria, le menaçait un jour de lui faire couper les
oreilles par son mari. Mais que dire du soufflet que
lui donna l'épouse de M. le Duc (Mademoiselle de
Nantes), et qu'elle crut effacer en lui jetant un verre
d'eau au visage? *Santeuillana* (La Haye, 1717), p. 171,
—Montalent Bougleux, *J. B. Santeuil ou la Poésie
sous Louis XIV* (Paris, 1855), p. 254, 255, 259.—
Sainte-Beuve, *Causeries du Lundi,* t. XII, p. 39, 44,
45, 46.

dans de très-médiocres poésies. Si j'étois
assez malheureux pour que ces misères me
survécussent, on croiroit que cette princesse
étoit la beauté même : c'étoit la Vénus flottant sur le canal, et on prendroit pour sa
figure ce qui n'étoit donné qu'aux charmes
de sa conversation. Madame la duchesse du
Maine étoit donc l'oracle de cette petite cour.
Impossible d'avoir plus d'esprit, plus d'élo-
quence, plus de badinage, plus de véritable
politesse; mais, en même temps, on ne
sauroit être plus injuste, plus avantageuse
ni plus tyrannique. On se souvient d'un mot
qu'elle nous dit : madame d'Estaing avoit
manqué de venir. Elle s'en désespéroit, elle
pleuroit, elle étoit hors d'elle... « Mais, mon
« Dieu, lui dit madame de Charost, je ne
« croyois pas que V. A. se souciât tant de
« madame d'Estaing.—Moi? point du tout;
« Mais je serois bien heureuse si je pouvois
« me passer des choses dont je ne me soucie
« pas. » Nous nous mîmes tous à rire et elle
aussi; car elle aimoit qu'on la plaisantât [1]. »

---

[1] *Mémoires du président Hénault* (Paris, E. Dentu,
1855), p. 115.—Suivant d'Alembert, la réponse eût
été faite à Saint-Aulaire dans une autre circonstance.

L'on ne saurait prononcer le nom du président qu'aussitôt celui de la marquise du Deffand ne vienne aux lèvres. C'était encore une des intimes de Sceaux. Madame du Deffand a été, à coup sûr, la femme la plus remarquable de son temps par l'excellence des manières, et du langage. Ce n'est ni la chaleur, ni l'enthousiasme, ni une grande bienveillance qui sont les côtés distinctifs de son esprit. Sa moquerie est redoutable et incisive comme l'acier. Essentiellement personnelle, tout se rapportera à elle ; elle n'aura eu qu'une préoccupation très-sérieuse, elle-même. Elle eut cela de commun avec madame du Maine d'avoir besoin des autres autant et plus que les natures les plus affectueuses ; avec toutes les ressources, elle était dévorée par cette lèpre de l'ennui, qu'elle s'efforça toute sa vie de combattre en s'entourant le mieux qu'elle put. A défaut de chaleur, elle possédait le charme qui attire, et à un point qu'on ne saurait dire. La plus irréfutable preuve de l'attrait de son commerce est sa double liaison avec deux égoïstes

D'Alembert, *Œuvres complètes* (éd. Bélin, 1821), t. III, p. 298. *Éloge de Saint-Aulaire.*

qu'elle tyrannisa et qui lui demeurèrent
fidèles par amour pour eux-mêmes, le président Hénault et Pont de Veyle, ce Pont de
Veyle avec lequel elle échangea, un jour de
mutuelle franchise, un si étrange dialogue [1].

Elle faisait de longs séjours à Sceaux, et il
ne tenait point à la princesse qu'elle n'y
demeurât davantage. Mais la marquise, qui
voulait ses aises avant tout, dictait ses conditions et ne mettait le pied au château qu'a-
près avoir pris ses mesures pour y être le
plus agréablement et le plus commodément
possible. Il est curieux de la suivre dans cette
sorte d'enquête et de chasse aux renseignements. Sa bonne amie, madame de Staal, se
charge de l'édifier à cet égard, et il y a dans
les lettres qu'elle lui écrit sur ce grave sujet
de petits détails qui peignent au mieux la
baronne de Sceaux et sa personnalité de princesse. Madame du Deffand a fait choix de son
domicile, et elle aurait peine à se résoudre à
le troquer pour un autre. « J'approuve, lui
répond sa correspondante, que vous m'écri-

---

[1] La Harpe, *Correspondance littéraire* (Paris, 1804);
t. III, p. 146.—Grimm. *Correspondance littéraire*
(Paris, 1830), t. X. p. 87, 88.

iez sur l'appartement de Sceaux, comme
ous me le dites; je suis persuadée que vous
aurez aux conditions qu'il vous plaira, si ce
'est qu'il vous faudra vous montrer un peu
ans la journée[1]. » Effectivement la duchesse
onsent à tout, et charge madame de Staal
'en instruire la marquise. « Madame la
uchesse du Maine a lu votre lettre, ma reine,
t m'a dit de vous mander que si le mauvais
emps vous rend incommode votre logement
u petit château[2], vous aurez, de préférence
tout le monde, celui que vous souhaitez, à
noins que madame de Sandwich, qui l'a
oujours occupé, ne voulût venir passer
uelque temps à Sceaux. Au surplus, je vous
irai que si vos voyages à Paris doivent être
ongs et fréquens, je crois qu'on seroit peiné

[1] *Correspondance inédite de madame du Deffand*
Paris, 1809), t. I, p. 183. Lettre de madame de Staal
madame du Deffand; 6 septembre 1747.

[2] Le petit château était un petit bâtiment où le
rince de Dombes et le comte d'Eu avaient été éle-
és, on y parvenait par le parvis qui était devant le
ortail. Un très-beau jardin ceint par un mur à hau-
eur d'appui et un petit bois appelé *la salle des
illeuls* en dépendaient. Heurtaut et Magny, *Diction-
aire historique de la ville de Paris et de ses environs,*
. IV, p. 598.

de garder au grand château un appartement
souvent vide : c'est à quoi on se résout
moins volontiers [1]. »

Madame du Maine ne voulait pas de bou-
ches inutiles à Sceaux; tout ce qui y paraissait sans apporter avec soi son agrément y
était difficilement souffert. Il fallait que chacun fit sa partie dans le concert; si l'on était
enrhumé, l'on n'avait qu'à remettre le voyage
à plus tard : Sceaux n'était pas un hôpital.
Madame de Staal, dans ses instructions à son
amie, insiste toujours sur le point délicat :
payer son hospitalité en prenant résolûment
sa part des charges et des fatigues inhérentes
au séjour de Sceaux, être là surtout, et ne pas
songer à s'isoler et à vivre pour soi, « car
notre passion dominante est la multitude. »
Chamfort a fait la fortune de ce mot de la
duchesse à son médecin, qui ne la tirait pas
d'affaire assez vite : « Étoit-ce la peine de
m'imposer tant de privations, et de me faire
vivre en mon particulier?—Mais Votre Altesse
a maintenant quarante personnes au château!

---

[1] *Correspondance inédite de madame du Deffand*
(Paris, 1809), t. I, p. 189. Lettre de madame de Staal
à madame du Deffand; 13 septembre 1747.

—Eh bien! ne savez-vous pas que quarante ou cinquante personnes sont le particulier d'une princesse [1]? » Pour en revenir à la marquise du Deffand, madame de Staal, qui est payée pour connaître sa maîtresse, a soin de prévenir son amie de façon à ce qu'elle ne puisse prendre le change. « Madame la duchesse du Maine, lui dit-elle encore, vous assure qu'elle vous aime autant que jamais, et vous donnera l'appartement que vous souhaitez, comme je vous l'ai marqué. Voilà ce que j'ai ordre de vous dire. J'y ajoute, de vous à moi, que si au grand château vous ne paraissez que le soir, et que vous soyez beaucoup à Paris, on vous en saura très-mauvais gré, ne fût-ce que le mauvais exemple de faire sa volonté dans cette enceinte... [2]. »

A cette époque, mademoiselle Delaunay avait changé de condition; de fille elle était devenue femme; elle avait troqué son nom contre celui d'un brave officier qui, comme elle, appartenait au duc du Maine. L'on dé-

---

[1] Chamfort, *Œuvres* (Lecou, 1852), p. 37.
[2] *Correspondance inédite de madame du Deffand* (Paris, 1809), t. I, p. 199. Lettre de madame de Staal à madame du Deffand; 24 septembre 1747.

bute dans la vie par les rêveries, la poésie;
les épreuves et les années emportent bien
vite ces illusions printanières, le lot le
plus précieux de la jeunesse. Mademoiselle
Delaunay avait fait son roman, elle aussi,
roman qui n'avait pas fini par un mariage.
Revenue des vanités de l'amour, elle devait
songer à l'avenir. Bien qu'elle eût tout lieu
de croire que madame du Maine ne l'aban-
donnerait pas, la princesse avait l'humeur si
fantasque qu'il était sage d'asseoir son existence future sur des bases plus solides et
mieux assurées. Si la duchesse l'eût voulu
sincèrement, elle eût pu, en faisant la fortune du chevalier de Ménil, vaincre les irré-
solutions de cet amant calculateur et combler
les vœux de la pauvre fille. Mais mademoiselle Delaunay était trop nécessaire pour
qu'on se résignât aisément à la perdre. Un
parti qui n'était rien moins que romanesque
mais qui avait cette nature d'avantages toujours d'un grand poids dans la balance, donná
à réfléchir à celle-ci, sans vaincre, toutefois,
certaines répugnances. Le galant n'était plus
jeune; il n'avait jamais été beau et ne pouvait, d'aucune sorte, faire oublier le marquis
de Silly, le premier sentiment de sa jeunesse,

et le chevalier de Ménil. C'était, après tout,
un honnête homme, un homme fort considéré et dont le nom est demeuré fameux dans
l'histoire de nos disputes littéraires. Il s'agit
de Dacier, que mademoiselle Delaunay connaissait du vivant de sa femme. Elle s'était
liée avec les deux époux dans une circonstance
solennelle et qui eut toute la portée d'un
grand événement, à un repas donné pour
sanctionner l'oubli et le pardon des injures,
auxquels, non sans peine, l'on avait fini par
amener les *Anciens* et les *Modernes*. L'alliance
se conclut à table : M. de Lamotte but à la
santé d'Homère, et l'on se sépara sincèrement
réconciliés. M. et madame Dacier avaient
témoigné beaucoup d'amitié et d'intérêt à
mademoiselle Delaunay durant sa captivité
et fêtèrent sa délivrance avec une cordialité
touchante. Lorsque cette femme savante mourut, Delaunay écrivit au mari une lettre bien
sentie où elle déplorait avec lui la perte qu'il
venait de faire. M. Dacier fut sensible à ce
témoignage d'affection et l'en remercia avec
effusion. Six semaines après, elle était chargée par madame du Maine de lui écrire en
son nom. Dacier était demeuré inconsolable,
et le temps ne faisait rien à ses regrets. La

duchesse de La Ferté l'ayant rencontré chez
le maréchal de Villeroy, un an environ après
la mort de sa femme, chercha à relever ce
moral affecté.

« Il nous dit qu'il étoit aussi affligé que le
premier jour, et prêt à mourir de désespoir.
Eh bien! lui ai-je dit, il n'y a qu'un moyen de
vous consoler : il faut vous remarier. — Bon
Dieu! s'est-il écrié, quelle femme pourroit
remplacer celle que j'ai perdue! — Mademoiselle Delaunay, ai-je répondu. Il est demeuré
tout étonné; et, après quelques momens de
réflexion, il a repris : C'est la seule dans le
monde avec laquelle je pusse vivre, et qui
n'offensât pas la mémoire de madame Dacier.
Le maréchal et moi, le voyant ébranlé, avons
appuyé la proposition, et nous l'avons tout à
fait disposé à l'entendre. Je veux qu'il vous
épouse; c'est un homme célèbre qui a du
bien. Vous remplacerez une femme illustre;
ce mariage sera aussi honorable qu'utile[1]. »

---

[1] Madame de Staal, *Mémoires* (Michaud et Poujoulat), t. XXXIV, p. 752.—Les avantages qu'il eût faits
à mademoiselle Delaunay devaient aller à vingt-
cinq mille écus, sans compter son logement au
Louvre et une partie de ses pensions, qu'il n'eût pas
été impossible d'assurer à sa veuve.

Cette union avait des avantages qui devaient donner à réfléchir à une fille sans fortune et sans avenir. Tout le monde l'engageait à accepter, et elle était au moins ébranlée; mais il fallait obtenir le consentement de la princesse, et madame du Maine ne voulait rien entendre à des arrangements qui éloignaient d'elle celle de ses femmes dont les soins lui étaient le plus agréables. Il pouvait d'ailleurs, et elle y songeait, se présenter, d'un instant à l'autre, un établissement aussi avantageux et qui n'aurait pas l'inconvénient de la priver d'un dévouement trop éprouvé pour qu'il ne lui fût pas précieux. M. Dacier désirait fort ce mariage et mettait tout en jeu auprès de madame du Maine pour extorquer un consentement. La duchesse d'Orléans et le prince de Conti se chargèrent même de lui en parler. Mais celle-ci fit la sourde oreille et témoigna en même temps à mademoiselle Delaunay une bienveillance toute nouvelle, la mettant de ses promenades, la mêlant à ses plaisirs, la traitant, à peu de choses près, comme les dames de sa maison. Une circonstance, à son insu, vint la servir : tout inconsolable qu'il fût, M. Dacier avait un empressement qui effraya

quelque peu. Mademoiselle Delaunay entendait plus platoniquement une union avec lui
et se sentit refroidie par ces démonstrations
d'une tendresse juvénile. Sans dire non, elle
profita dès lors des empêchements naturels
qui s'opposaient à ces projets pour différer
le plus qu'il lui serait possible. Ce mariage,
en tout cas, n'eût pas été une chaîne éternelle, car l'inflammable académicien allait,
peu après, rejoindre madame Dacier, à
laquelle le temps et les circonstances ne lui
permirent pas d'être infidèle. « Madame du
Maine, raconte madame de Staal, un peu
déconcertée à cette nouvelle, me marqua le
regret qu'elle avoit de m'avoir empêchée de
profiter du bien qu'il vouloit me faire. L'estime et l'amitié qu'il m'avoit témoignés me
le firent encore plus regretter que la foible
espérance qui me restoit de renouer avec lui.
J'eus tout le loisir de sentir l'irréparable
faute que j'avois faite de manquer une si
belle occasion de me procurer le repos et la
liberté. »

Mademoiselle Delaunay comprit qu'elle
avait laissé échapper cette circonstance
unique, qui, assure-t-on, ne fait pas défaut à
l'homme le moins favorisé. Elle fut prise

d'un découragement profond que ne tardèrent pas à remplacer les troubles du cœur et une passion malsonnante qu'elle voulut dompter, à laquelle elle ne céda point, mais qui lui fit payer cher sa résistance opiniâtre. Quelques années s'écoulèrent dans des tempêtes souterraines, dans les défaillances, un désenchantement de tout, un complet dégoût de la vie qui la poussèrent à tenter des démarches sérieuses pour se séquestrer du monde. Madame du Maine constata avec une certaine inquiétude ces symptômes menaçants, elle eut peur que cette disposition mélancolique n'amenât quelque résolution extrême, et cette crainte lui inspira le désir de rendre plus étroits et presque indissolubles les liens qui attachaient à elle mademoiselle Delaunay. Elle chargea la femme d'un officier suisse de chercher, dans le corps helvétique que commandait le duc du Maine, un paladin assez courageux pour épouser une femme « sans naissance, ni bien, ni beauté, ni jeunesse. » Ainsi posées, les conditions n'étaient pas tellement séduisantes que l'on dût rencontrer du jour au lendemain. « A peine les treize cantons pouvoient suffire à cette découverte, dit plaisamment

la spirituelle fille. Aussi la dame y employa-
t-elle un long temps. » Mais elle réussit à
trouver l'homme qu'on cherchait. Cet homme
spécial habitait une petite maison neuve et
proprette, entourée de vaches et de moutons.
Il était de condition, d'un âge mûr tout au
moins, père de deux jeunes filles d'une physionomie douce et sympathique. Son exté-
rieur à lui était avantageux, et il sembla tel
à mademoiselle Delaunay. Notre ermite ne
se doutait nullement des vues que l'on pouvait avoir sur lui et quel danger il courait.
Madame du Maine accueillit favorablement
ces projets et donna son consentement. Des
ouvertures furent faites alors au baron de
Staal, qui hésita un instant à cause de ses
filles, et finit par se rendre devant la promesse d'un avancement qu'il eût sans doute
longtemps attendu autrement. On lui garan-
tissait le commandement de la compagnie
des gardes dont il était le lieutenant, commandement qu'il exerçait déjà de fait par
l'incapacité absolue du capitaine en titre,
apoplectique condamné. Ces arrangements
avaient d'abord souri à mademoiselle Delaunay, enchantée de la paix et de la sérénité
de cet intérieur presque patriarcal, de cette

maison parfaitement nue à laquelle, dans
son optimisme elle trouvait qu'il seyait de
n'être pas meublée. « Je n'ai pas fait tant de
cas par la suite de cette espèce d'ornement, »
ajoute-t-elle avec une pointe d'ironie qui
indique que l'enchantement ne garda pas
toujours ce premier niveau. La réaction vint
assez tôt, et avant le mariage même. Plus
d'une difficulté lui avait donné à réfléchir, et,
quand rien ne s'opposa plus à la conclusion
de cette très-grave affaire, elle eût tout donné
au monde pour pouvoir reculer. Mais il n'y
avait plus moyen de s'en dédire.

« On passa le contrat, dans lequel la pension que M. le duc du Maine m'avoit accordée
depuis ma prison me fut assurée. Madame la
duchesse du Maine me donna des habits. La
victime, liée et ornée, fut conduite tristement
à l'autel par madame de Chambonas, dame
d'honneur de madame la duchesse du Maine,
et ramenée ensuite à Son Altesse Sérénissime :
elle me reçut et m'embrassa avec de grands
transports de joie; je fus ensuite chez M. le
duc du Maine, à qui je dis ces paroles du
psaume : *Suscitans a terra inopem*, etc. J'y
puis encore ajouter, lui dis-je : *Qui habitare
facit sterilem in domo*, etc. »

A partir de ce moment, mademoiselle Delaunay, devenue la baronne de Staal, jouit
du bénéfice de son changement d'état et eut
tous les agréments des dames de la maison
de la princesse, sa table, l'entrée dans son
carrosse, mais pas tellement, toutefois, que
quelques humiliations ne lui rappelassent,
par intervalles, la modestie de ses débuts :
« D'où je jugeai, remarque-t-elle, que le sa-
crement du mariage n'effaçoit pas les taches
originelles comme celui du baptême. » A
force de souffrir et de voir ses sentiments re-
foulés, mademoiselle Delaunay s'était endur-
cie à la longue et avait laissé là les spécula-
tions romanesques pour le terre-à-terre et
le positif de la vie. « Feu madame de Staal,
écrit madame du Deffand à son ami Walpole,
disoit qu'elle seroit fort aise de pouvoir
mettre sa réputation, sa considération à fonds
perdus; cela est plus philosophique qu'héroïque [1]. » N'ayant que médiocrement à se
louer des autres, elle s'était habituée à ne
rien attendre d'eux, à les envisager sinon
comme des ennemis, du moins comme des

---

[1] *Lettres de madame du Deffand à Walpole* (Paris,
1812), t. IV, p. 442.

indifférents auxquels on ne doit rien. « Elle s'est autorisée, avoue-t-elle dans le portrait qu'elle a fait d'elle, du peu de complaisance qu'elle a pour elle-même à n'en avóir pour personne; en quoi elle suit son naturel inflexible, que sa situation a plié sans lui faire perdre son ressort [1]. » Le peu d'équilibre entre sa condition et une intelligence qu'il fallait bien reconnaître avait eu pour résultat inévitable d'amasser dans son cœur un fond d'amertume, d'aigreur et de fiel; aussi n'attendez d'elle ni bienveillance, ni indulgence. Sa raillerie ira trouver le défaut de la cuirasse, et son esprit la servira merveilleusement dans ces petites revanches qu'elle prendra contre la société, contre les heureux. On verra avec quelle mordante ironie elle rendra compte à madame du Deffand, autre bonne langue, des apparitions de Voltaire et de la marquise du Châtelet à Sceaux et à Anet. Voltaire et la divine Émilie n'avaient pu trouver grâce devant elle, la divine Émilie surtout. La marquise était fantasque, exigeante; c'était une femme d'esprit et une

---

[1] Madame de Staal, *Mémoires* (Michaud et Poujoulat), t. XXXIV, p. 758.

femme de qualité; elle traînait à sa remorque le plus grand poëte de son temps, qui ne cachait pas l'estime qu'elle lui inspirait. Que de motifs pour madame de Staal de médire avec délices sur les petits travers et les ridicules de la femme aimée et de la femme savante!

Les commencements de Voltaire, ses premiers bégayements poétiques appartiennent à cette histoire. Si Voltaire, à part le talent, a sauvé ce que certains de ses ouvrages avaient de scabreux par ce ton de bonne compagnie qu'on ne rencontre pas à un degré plus éminent dans les écrivains du grand siècle, il dut cette forme exquise au hasard heureux qui l'introduisit, lui chétif, lui simple fils de tabellion, dans la société et l'intimité de MM. de Vendôme, du prince de Conti et de madame du Maine. Ces princes sans doute, et on l'a vu, n'étaient pas de dure composition devant le talent, devant l'esprit; mais encore fallait-il frapper à la porte avec des droits acquis, avec des titres plus ou moins sérieux. Le petit Arouet, au sortir des bancs, déjà tout fier des caresses de la vieille Ninon qui lui laissait en mourant de quoi avoir des livres, est conduit par son parrain, l'abbé de

Châteauneuf (son père peut-être), chez le grand prieur, et se trouve transporté comme par enchantement dans cette caverne du Temple où les Chaulieu, les La Fare, les Sully, les Servien lui font fête. Il se met à l'aise, il est chez lui, il babille, les coudes sur la table, comme avec ses égaux. Il n'en fait ni plus ni moins chez le prince de Conti qui se mêlait aussi de trousser des vers et qui lui en adressa de charmants après le succès d'*Œdipe* [1]; et le petit Arouet de dire à ce propos, avec cet aplomb qu'il suça avec le lait de sa nourrice : « Monseigneur, vous serez un grand poëte; il faut que je vous fasse donner une pension par le roi [2]. » Une autre fois, il s'écriait à souper : « Sommes-nous tous princes ou tous poëtes [3]? » On a dit et il a dit que son père, le voyant faire des vers et fréquenter les princes, le crut perdu : il l'était bien complétement au moins pour la profession à laquelle on le destinait.

[1] Voltaire, *Œuvres complètes* (éd. Beuchot), t. I, p. 330, 331, 332. *Vers de S. A. S. le prince de Conti à M. de Voltaire*, 1718.

[2] *Ibid.*, t. XLVIII, p. 320. *Commentaire historique.*

[3] Duvernet, *Vie de Voltaire* (1786), p. 24, 25. — Lepan, *Vie de Voltaire* (1817). p. 5.

Louis XIV n'était plus. L'on voguait en
pleine Régence et en pleine licence. Le grand
prieur, qui n'attendait que le dernier soupir
du vieux roi, s'était hâté de quitter Lyon où il
rongeait impatiemment son frein, et de rega-
gner le théâtre de ses anciens exploits. Ces dix
années d'exil n'avaient pas été pour lui sans
épines, et, quelque léger qu'il fût, son insouciance, on ne peut pas dire sa philosophie,
ne demeura pas la plus forte : il fallut s'avouer
vaincu. Nous avons sous les yeux une curieuse lettre, adressée au duc du Maine, le
grand recours des deux frères, où l'affaisse-
ment, la supplication, l'accent le plus humble
ont remplacé l'arrogance passée. Dès 1702,
dans l'impossibilité de pourvoir à l'entretien
de ses bénéfices, il les avait résignés,
comptant peut-être sur une pension du roi
qui ne vint point [1], et ses affaires n'avaient
dû qu'empirer. En 1712, il était à la veille de
mourir de faim, et c'était au nom de l'amitié,
au nom de sa charité de chrétien, qu'il con-
jurait le prince de plaider sa cause auprès du
roi. « ...Obtenez-moi donc un mois de séjour

---

[1] Dangeau, *Journal*, t. VIII, p. 411, 412, 416, 417;
11, 14 et 20 mai 1702.

à Clichy, pour m'asseurer du pain pour le restant de mes jours, car les richesses ne me tentent plus, non plus que l'ambition, dont la fausseté se débrouille tous les jours de plus en plus à mes yeux... [1]. » Cependant la fortune, un moment, sembla revenir. Le rêve de ce voluptueux, de ce débauché, auquel on ne pouvait refuser de réelles capacités militaires [2], avait été de commander en chef une armée, et sa conduite inqualifiable à Cassano n'avait eu d'autre principe que le dépit de se voir toujours employé en sous-ordre. Peut-être, si l'occasion se fût présentée, eût-il légitimé la bonne opinion qu'il avait de lui. Il crut la tenir un instant. En 1715, un cri d'alarme part de Malte. Il n'est question de rien de moins que d'une croisade contre l'éternel ennemi du nom chrétien. L'île se pensait menacée et elle appelait à elle tous ses défenseurs. Il fallait un chef, et ce fut le grand prieur qui fut nommé généralissime de l'armée de la religion. Avant

---

[1] Laverdet, *Catalogue d'autographes*, 16 mars 1848. Lettre du grand prieur à M. le duc du Maine; Lyon, 28 mars 1712.

[2] Marquis d'Argenson, *Mémoires* (Jannet, 1857), t. I, p. 131.

de partir, il demanda à aller prendre congé du roi, ce qui ne lui fut pas accordé. Sans se préoccuper autrement du pitoyable état de ses affaires, il joua du prince, eut une grosse maison et fit une grosse dépense. Son arrivée à Malte fut une véritable ovation. Les grands-croix vinrent tous lui rendre visite à son bord, le Grand Maître lui envoya ses carrosses, et il effectua son entrée au bruit de l'artillerie. Il fut choyé, fêté comme l'infaillible sauveur de la patrie. Mais les chevaliers en furent pour leurs déplacements et cette démonstration guerrière. On avait pris alarme un peu à la légère, et l'armée de la religion, faute d'ennemis à combattre, dut s'en retourner comme elle était venue, sans coup férir [1]. Ce mécompte était cruel pour un homme qui croyait tenir son heure. Sa seule indemnité fut une belle ode de Rousseau [2] et, bientôt après, le droit de rentrer à Paris au milieu de ses amis, et sous le gouvernement d'un prince qui professait pour ses vices la plus

[1] Dangeau, *Journal*, t. XV, p. 266, 350, 396, 423, 440.

[2] J.-B. Rousseau, *Œuvres complètes* (Lefèvre, 1820), t I, p. 222 et suiv. Ode VIII. — Chaulieu, *Œuvres* (La Haye, 1777), t. II, p. 35.

étrange admiration [1]. « M. le grand prieur
revient à la cour, écrit Dangeau; on lui fait
déjà meubler son grand prieuré. Madame la
duchesse de Vendôme, sa belle-sœur, demanda ces jours passés à M. le duc d'Orléans
s'il ne pouvoit pas revenir présentement;
qu'il ne pouvoit pas demander lui-même
cette permission, car à peine pouvoit-il savoir
la mort du roi. M. le duc d'Orléans lui répondit qu'il n'avoit point besoin de permission pour revenir, mais qu'elle le pouvoit
assurer qu'il seroit très-aise de le revoir;
qu'il lui savoit très-bon gré à elle de lui en
avoir parlé, d'autant plus que son beau-frère
n'est pas trop bien avec elle [2]. »

Le grand prieur fut des mieux accueillis
par le Régent, avec lequel il fit plus d'une
partie. Nous mentionnerons, entre autres,
une fête qu'il donna au prince dans sa maison
de Clichy, et où l'on ne se conduisit point
comme de petits saints [3]. Ces amitiés, ces
caresses du duc d'Orléans n'étaient pas com-

[1] Saint-Simon, *Mémoires* (Chéruel), t. XII, p. 17.
[2] Dangeau, *Journal*, t. XVI, p. 199; vendredi 27 septembre 1715.—Louis XIV était mort le 1er septembre.
[3] *Recueil de chansons pour servir à l'histoire-anecdote*
(bibliothèque Mazarine. Manuscrits), t. IV, f. 143
(1716).

plétement désintéressées. Ce dernier. avait
un fils naturel à pourvoir, et le grand prieuré
de France eût été fort à la convenance de ce
jeune prince, d'autant plus embarrassant qu'il
était légitimé [1]. Philippe de Vendôme en avait
usé avec les biens de la religion comme avec
son propre argent, et il sentait qu'il pouvait
être d'un moment à l'autre actionné par
l'ordre. Les circonstances étaient donc favo-
rables pour un changement de main, auquel
Law ne servit pas peu. Ces arrangements
eurent lieu sans en prévenir le grand
maître, qui n'osa pas, en s'opposant à cette
simonie, rompre en visière avec le Régent.
« Le marché en fut bientôt fait et payé gros,
dit Saint-Simon, vingt-cinq mille écus de
rentes sur les loteries, assure-t-on [2]. » Mais ce
n'était que la moitié des visées du démission-
naire, qui trouvait qu'à soixante-cinq ou six
ans qu'il avait, il n'était pas trop tard pour
songer à sa race. Avant tout, il fallait qu'il
fût relevé de ses vœux. Barbier, ce bon-
homme plein de commérages et de malice, se

---

[1] Il était fils de mademoiselle de Séry, depuis
comtesse d'Argenton.

[2] Saint-Simon, *Mémoires* (Chéruel), t. XVII, p.149,
260.

fait curieusement l'organe des bruits qui couraient alors dans Paris sur ces projets du chevalier de Vendôme.

« Autre nouvelle. On dit que M. Law revient à Paris; ce qui est sûr, c'est qu'il est arrivé de Bruxelles quatre ballots à l'adresse de M. le prince de Vendôme, qui est son grand ami, et qui est chargé ici de sa procuration pour ses affaires. On dit plus, que M. le prince de Vendôme, qui étoit grand prieur de France et qui a cédé son prieuré à M. le chevalier d'Orléans, bâtard du Régent (le Régent l'a attrapé, il lui a donné pour cela des actions et du papier, et on dit qu'il n'a pas à présent de quoi vivre); eh bien! on dit qu'il épouse mademoiselle Law, à qui son père donne dix-sept millions en argent; et comme le grand prieur a fait ses derniers vœux, M. Law se charge de l'en faire relever; et pour cela, il donne trois millions à un neveu du pape, lequel n'est pas scrupuleux, en sorte que voilà le spirituel et le temporel en bonnes mains! C'est là où l'on peut dire : « Qui vivra verra [1]! »

---

[1] Barbier, *Journal* (éd. Charpentier), t. I, p. 190; février 1722.

Rien de tout cela n'était vrai. Le chevalier de Vendôme n'épousa ni mademoiselle Law ni personne. Saint-Simon n'est pas beaucoup mieux renseigné : « ...Il chercha partout à se marier, et partout personne ne voulut d'un vieux ivrogne de soixante-quatre à soixante-cinq ans... vivant de rapines et sans autre fonds de biens que le portefeuille qu'il s'étoit fait et dont tout le mérite ne consistoit que dans son extrême impudence ; lui au contraire se persuadoit qu'il n'y avoit rien de trop bon pour lui. Il chercha donc en vain et si longtemps qu'il se lassa enfin d'une recherche vaine et ridicule. Il continua sa vie accoutumée qu'il étoit incapable de quitter, qui l'obscurcit de plus en plus et qui ne dura que peu d'années depuis cette dernière scène de sa vie [1]. »

Avant de chercher une femme qui voulût de lui, il fallait logiquement obtenir une dispense du Saint-Père, auquel elle fut, en réalité, demandée, comme le démontre une lettre du cardinal de Rohan, notre ambassadeur à

[1] Saint-Simon, *Mémoires* (Chéruel), t. XVII, p. 260. —Dangeau, *Journal*, t. XIV, p. 173, 174.—Il mourut le 24 janvier 1727, à l'âge de soixante-douze ans.

Rome, au cardinal Dubois, à la date du 9 août 1721. Mais les exigences de la cour papale ne s'élevaient pas à moins de vingt mille écus romains. Le chevalier de Vendôme refusa de payer si cher « un plaisir légitime, » et se résigna sans trop de regret à être le dernier de sa race [1].

Philippe de Vendôme n'avait pas encore résigné son grand prieuré quand Voltaire lui fut présenté et vint s'asseoir à sa table. Nous l'avons dit, ce dernier s'acclimata vite et rivalisa de verve, d'esprit et de petits vers avec les mieux disants et les mieux rimants. L'abbé Courtin, Sonning, le duc de Sully, M. de Caumartin, un ami encore du grand prieur, se le disputaient, et les poésies qu'on a de lui vers cette époque sont le plus souvent datées de Sully ou de Saint-Ange. Sa lettre à l'abbé de Chaulieu est écrite à Sully [2]. Celle qu'il fait en compte à demi avec l'abbé Courtin est également de Sully [3].

---

[1] Lémontey, *Histoire de la Régence*, t. I, p. 347.

[2] Chaulieu, *Œuvres* (La Haye, 1777), t. II, p. 6 à 10.

[3] *Ibid,*, t. II, p. 11 à 14. *Lettre de M. l'abbé Courtin et de M. Arouet;* de Sully, à Son Altesse Sérénissime Monseigneur le grand prieur.

La lettre en vers qu'il adresse au grand prieur
part, en revanche, de Saint-Ange. Il y fait
intervenir dans un songe le roi François Ier
qui le prend à partie :

> Je sais que vous avez l'honneur,
> Me dit-il, d'être des orgies
> De certain aimable prieur
> Dont les chansons sont si jolies... [1].

Le grand prieur, vers ce temps, trouva sans
doute qu'il avait suffisamment soupé chez
Chaulieu ; il voulut que ce fût chez lui qu'on
s'enivrât, et ouvrit sa table dont l'abbé
nous fait l'éloge dans une réponse à la lettre
d'Arouet.

> Quant à notre père prieur
> Qui, dans sa verve, souvent pince [2]
> Jusqu'à son humble serviteur ;
> Il ne veut plus être rimeur,
> Et s'est mis à faire le prince.
> De sa table, qui n'est pas mince,
> A de joyeux compotateurs

---

[1] Chaulieu, *Œuvres* (La Haye, 1777), t. II, p. 204,
205. *Lettre de M. Arouet à M. le grand prieur.*

[2] Le chevalier de Vendôme avait beaucoup d'esprit
naturel et de plein jet. La Fontaine, dans sa description du souper du Temple que nous avons citée, dit :
« Le grand prieur eut plus d'esprit qu'aucun de
nous. » Le vrai, c'est que le prince avait la répartie

Il fait lui-même les honneurs,
Mieux qu'aucun seigneur de province [1].

Jean-Baptiste Rousseau avait dû fuir avant
l'introduction du jeune Arouet au Temple, et
ce ne fut qu'en Hollande qu'ils se rencontrè-
rent et se connurent. Palaprat tint bon longtemps, malgré les infirmités. Il est vrai que,
vers la fin, la nécessité de se soigner, et l'impossibilité sans doute d'une hygiène au sein
des tentations, le forcèrent à battre en retraite
et à se réfugier dans le faubourg Saint-Germain, où il expira en 1721, à l'âge de soixante
et onze ans. Ce régime, en effet, ne pouvait
convenir à une santé délabrée par les excès,
et, tout autant, le décousu d'une vie flottant
perpétuellement entre la disette ou la pro-
fusion, qui faisait dire au poëte à propos

vive et parfois des plus heureuses. Ainsi, il disait
d'un personnage obscur dont on ne parlait point
« que, si on le jetoit à la rivière, sa mort ne causeroit
d'autre bruit que celui qu'il feroit en tombant. » C'est
là plus qu'un bon mot, c'est, en une ligne, tout le
portrait d'un homme; c'est un trait qu'on croirait
dérobé à La Bruyère, et qui, en tout cas, dépasse de
beaucoup le niveau de la plaisanterie courante.
Gayot de Pitaval, *Bibliothèque des gens de cour* (Paris, 1723), t. III, p. 262.

[1] Chaulieu, *Œuvres* (La Haye. 1777), t. II, p. 18.

du Temple : « Dans cette maison on ne peut mourir que d'indigestion ou d'inanition [1]. »
Il fut remplacé par Launay, auteur d'un recueil de fables, de *la Vérité fabuliste* et du *Paresseux,* un garçon d'esprit joyeux (quoique l'abbé Le Blanc ne le trouve pas des plus gais [2]), plein de saillies et bon faiseur de contes, que le grand prieur utilisait pour tout autre chose que bâcler ses courriers. Un jour qu'il avait préféré son lit à la table du prince, celui-ci le fit réveiller impitoyablement : « Tu dois savoir, lui dit-il, que je t'ai

[1] *Anecdotes littéraires* (Paris, 1775), t. II, p. 345.—Il en fut toujours ainsi. Malgré ses tripotages avec Law, le grand prieur n'en était pas devenu plus riche, et Barbier n'a pas tout à fait tort en disant qu'il n'avait pas de quoi vivre (février 1722). Il n'avait pour toute existence que ses pensions, qu'on ne soldait pas des plus exactement, comme cela résulte d'une lettre de lui au ministre, à la date du 20 mars 1724, où il se plaint que les derniers six mois soient encore à acquitter. « La misère, monsieur, dans laquelle je suis, m'oblige de vous importuner, n'ayant que ma pension pour payer tous mes domestiques, qui meurent de faim depuis trois mois... » Charavay, *Catalogue d'autographes*, du 30 novembre 1863, p. 85, n° 611.

[2] *Correspondance du président Bouhier* (Bibliothèque impériale. Manuscrits), t. IV, f. 393. Lettre de l'abbé Le Blanc au président; 1er janvier 1731.

pris plutôt pour boire et animer les plaisirs de ma table que pour écrire mes lettres [1]. » A cet égard, Campistron, le secrétaire des commandements de l'aîné des Vendôme, avait parfaitement compris sa mission et se trouvait à la hauteur de cet emploi. Le duc le surprend brûlant un paquet de lettres auxquelles il avait à répondre. « Le voilà, dit-il gaiement, tout occupé à faire ses réponses. » Il faut ajouter que son écriture était tellement indéchiffrable que c'était, en réalité, tout profit pour les correspondants du prince [2].

---

[1] *Anecdotes dramatiques* (1775), t. III, p. 282.

[2] Palaprat, *Œuvres* (Paris, 1712), t. II, p. 314. *Discours sur l'Important.* — Campistron, malgré les instances du duc de Vendôme, qui eût voulu le retenir et lui garda rancune de son abandon, s'était retiré à Toulouse, sa patrie, où il mourut à l'âge de soixante-sept ans, au sortir d'un dîner à Balma, maison de plaisance de l'archevêque. Ce fut à la suite d'une violente colère contre des porteurs de chaise de la place Saint-Étienne, qui, trouvant le personnage trop gros et le trajet trop long, refusèrent de le ramener, et auxquels il distribua des coups de canne. On le transporta sur-le-champ chez un chirurgien qui le saigna, mais ne l'empêcha pas de mourir quelques heures après. Les auteurs des Mémoires sur sa vie traitent de fable cette dernière aventure du poëte toulousain. Les frères Parfaict, *Histoire du Théâtre*

Voltaire, qui ne fut jamais un buveur
intrépide, apportait en revanche tout le
pétillant, toute la gentillesse d'un jeune chat
qui fait patte de velours au soleil et essaye ses
griffes. Si l'on ne quittait d'ordinaire qu'ivre la
table de ces héros de l'orgie, l'esprit, avant le
vin, avait animé les propos et racheté les dé-
sordres des dernières heures. On parlait, on
raisonnait des choses de la littérature, on en
discutait en connaissance de cause, et, quand
on n'avait pas ses motifs d'être injuste, avec
un goût qu'on ne saurait nier et qui, de son
aveu même, fut loin d'être inutile au jeune
Arouet. « Je sens, écrivait-il à Chaulieu, qu'on
ne peut guère réussir dans les grands ouvrages sans un peu de conseils et beaucoup
de docilité. Je me souviens bien des critiques
que M. le grand prieur et vous vous me fîtes
en un certain soupé chez M. l'abbé de Bussy[1].
Ce soupé-là fit beaucoup de bien à ma tragédie ; et je crois qu'il me suffirait, pour faire
un bon ouvrage, de boire quatre à cinq fois

François, t. XIII, p. 234, 235, 236. — Campistron,
Œuvres (Paris, 1750), t. I, p. xvj, vvij.

[1] Michel-Celse Roger de Rabutin, comte de Bussy,
nommé évêque de Luçon en octobre 1723, second
fils de Bussy.

avec vous. Socrate donnait ses leçons au lit, et vous les donnez à table ; cela fait que vos leçons sont sans doute plus gaies que les siennes... [1]. »

Il s'agit ici de la tragédie d'*Œdipe*. Même après les corrections dictées par leur aréopage, Chaulieu n'estimait pas ce coup d'essai un coup de maître tel qu'il présageât un rival de Corneille et de Racine, comme l'avait dit Lamotte dans son approbation [2], et il protesta contre l'exagération de la flatterie par une épigramme que sûrement Voltaire ne pardonna pas, bien que son ressentiment ne se soit traduit qu'en rangeant l'Anacréon du Temple à la tête des poëtes négligés, sa vraie place après tout [3].

[1] Chaulieu, *Œuvres* (1777), t. II, p. 200, 201. Lettre de Voltaire à M. l'abbé de Chaulieu ; Sully, ce 20 juillet (1716). — Voltaire, *Œuvres complètes* (éd. Beuchot), t. LI, p. 34.

[2] *Ibid.*, t. II, p. 278. Lamotte avait dit dans son approbation d'*Œdipe* : « Le public, à la représentation de cette pièce, s'est promis un digne successeur de Corneille et de Racine, et je crois qu'à la lecture il ne rabattra rien de ses espérances. »

[3] « ...Le Dieu aimait fort tous ces messieurs, et surtout ceux qui ne se piquaient de rien : il avertis-

Les conseils ne lui avaient pas manqué,
conseils auxquels il s'était rendu du mieux
qu'il avait pu, avec une souplesse et une
docilité qu'il eut toujours (cette justice lui est
due) à l'égard du peu d'aristarques estimés
dignes de lui en donner, d'Argental entre
autres. Il avait été introduit près de la duchesse du Maine un an ou deux avant la
conspiration de Cellamare, « au sortir de
l'enfance, » comme il le dit, et il assista chez
Malezieu à la représentation d'*Iphigénie en
Tauride,* traduite par le seigneur de Châtenay. La princesse jouait le rôle d'Iphigénie.
Il avait dix-neuf ans quand sa tragédie parut à la Comédie-Française. Il la soumit à
l'aréopage de Sceaux, qui lui donna les
meilleurs avis, mêlant aux éloges la critique
la plus saine et la plus judicieuse. « Votre
Altesse Sérénissime se souvient que j'eus
l'honneur de lire *Œdipe* devant elle. La scène
de Sophocle ne fut assurément pas condamnée à ce tribunal ; mais vous, et M. le cardinal
de Polignac, et M. de Malezieu, et tout ce qui

sait Chaulieu de ne se croire que le premier des
poëtes négligés, et non pas le premier des bons
poëtes. » Voltaire, *Œuvres complètes* (éd. Beuchot);
t. XII, p. 349. *Le Temple du goût.*

composait votre cour, vous me blâmâtes universellement, et avec très-grande raison, d'avoir prononcé le mot d'amour dans un ouvrage où Sophocle avait si bien réussi sans ce malheureux ornement étranger; et ce qui seul avait fait recevoir ma pièce fut précisément le seul défaut que vous condamnâtes[1]. »

On a dit comment l'arrestation du duc et de la duchesse du Maine dissipa toute cette petite cour de poëtes et de musiciens, troupe bondissante, chantante, caquetante et coquetante. Mais la Bastille s'était déjà ouverte devant l'auteur d'*OEdipe,* emprisonné pour le crime d'un autre[2].

> Or ce fut donc par un matin, sans faute,
> Un beau printemps, un jour de Pentecôte,
> Qu'un bruit étrange en sursaut m'éveilla...[3].

Huit ans après[4], ses ennemis réussissaient

[1] Voltaire, *Œuvres complètes* (éd. Beuchot), t. VI, p. 152. *Épître dédicatoire d'Oreste.*

[2] Des vers satiriques intitulé : *Les j'ai vu.* Il entra à la Bastille le 16 ou le 17 mai 1717. L'arrestation de madame la duchesse du Maine eut lieu le 29 décembre de la même année.

[3] Voltaire, *Œuvres complètes* (éd. Beuchot), t. XII, p. 3. *La Bastille.*

[4] 1725.

à le faire emprisonner de nouveau et tout aussi justement. Cette fois, sa captivité durait six mois, après lesquels il se retirait en Angleterre.

Il ne tint, à un certain moment, qu'à Voltaire de s'attacher plus intimement aux maîtres de Sceaux. Madame du Deffand lui avait proposé d'acheter une charge vacante d'écuyer chez la duchesse du Maine, et ce n'était pas sans y avoir été préalablement autorisée[1]; mais il refusa, offrant comme compensation, à titre de lecteur, ce qui n'était pas « un bénéfice simple chez madame du Maine comme chez le roi, » l'abbé Linant, qu'il eût bien voulu caser quelque part. Au reste, il ne cessa point de faire une cour assidue à la princesse. Sa liaison avec madame du Châtelet n'interrompit nullement ses voyages à Sceaux et par suite à Anet; seulement, au lieu d'y aller seul, il se faisait accompagner de la marquise, tout comme si M. du Châtelet n'eût pas existé, sur le pied de mari et femme, ou peu s'en fallait.

---

[1] Voltaire, *Œuvres complètes* (éd. Beuchot), t. LI, p. 320, 321. Lettre de Voltaire à madame du Deffand, année 1732 (sans quantième).

VII

Bien que la duchesse ne fût plus jeune,
elle était tourmentée du même besoin d'agir,

24.

de se mouvoir, d'aller d'un lieu à un autre,
le côté distinctif, l'infirmité, pour ainsi parler, de cet esprit inquiet, remuant, avide d'é-
motions et d'impressions nouvelles. « Nous
voilà au cinquième ou sixième gîte depuis
que nous sommes en campagne (depuis trois
mois), écrit madame de Staal; il nous en
reste encore un à faire avant de nous rendre
à Sceaux, où nous serons le 15... Voilà bien
du mouvement pour quelqu'un qui feroit son
bonheur d'une vie entièrement stable[1]. » Ces
lignes sont datées de Steuil, près Mantes, qui
était au comte d'Eu. La Queue, un château que
madame du Maine avait bâti à quatre lieues
de Paris[2] et qu'habitait le prince de Dombes,
était une de ces cinq ou six étapes qui déso-
laient tant la pauvre Delaunay. Mais, après
Sceaux, les plus longs séjours étaient pour
Anet, échu à la maison de Condé à la mort
de madame de Vendôme, et devenu, madame
la Princesse expirée, le lot, avec Dreux et So-

[1] *Recueil de Lettres de mademoiselle Delaunay* (Paris, an IX), t. II, p. 270. Lettre de madame de Staal
à M. d'Héricourt. A Paris, ce 12 octobre 1745.

[2] Vaysse de Villiers, *Itinéraire descriptif de la
France*. Région de l'ouest, route de Paris à Rennes,
p. 202.

rel [1], de madame du Maine. Sorel [2], à une lieue d'Anet, était une construction en brique, flanquée de deux pavillons, sur une hauteur dominant toute la campagne, le village, et la rivière d'Eure qui se trouve au delà du chemin de Dreux à Anet [3]. On y allait, à ce qu'il paraît, un peu par pénitence et sans grande espérance de s'y amuser beaucoup. « Sorel est bon à faire désirer Anet, écrit madame de Staal à madame du Deffand : aussi y vais-je avec un grand plaisir. Ceci est pourtant un des jolis lieux du monde : rien n'est plus gai, plus riant que sa situation, mais rien n'est plus morne et plus triste que les habitants. La dame du château en est à désirer quelque point de tracasserie, pour réveiller la com-

---

[1] Dreux du Radier, *Récréations historiques*, t. II, p. 130 et suiv.

[2] Il serait naturel de supposer que ce château avait appartenu à Agnès Sorel; c'est là une erreur que rend évidente le simple examen du style de l'édifice, qui ne remonte pas au delà de François Ier. Comte de Caraman, *Le Château d'Anet* (Paris, 1860), p. 7, 8. — Il appartenait encore, en 1702, à un M. Diel. La duchesse du Maine le fit réparer quand elle l'eut acquis.

[3] Bibliothèque impériale (département des Estampes), *Vue du château de Sorelle*, 1702.

pagnie. Nous ferons ce soir un grand souper maigre sans poisson : cela n'est pas plus plaisant que le reste... [1]. » Aussi ne faisait-on qu'y poser, et reprenait-on tout aussitôt sa volée vers Anet. Ce délicieux berceau des amours de Henri II et de Diane de Poitiers était comme le Fontainebleau ou le Marly de madame du Maine. Elle s'y installait, y recevait, y donnait des fêtes : ses courtisans l'y suivaient, les plaisirs, les divertissements avec eux. Son appartement habituel, ainsi qu'à Sceaux, était au rez-de-chaussée et donnait près du vestibule. Quoique anciennement décoré, il était fort riche ; les croisées, les lambris, le plafond, chargés de dorures, semblaient achevés de la veille, ainsi que les peintures, faites d'après des dessins d'Audran. Mais la beauté du lieu ne le préservait pas contre les brusques infidélités de la princesse qui, on l'a dit déjà, aimait à changer de gîte [2]. Elle invitait pour Anet comme pour Sceaux, fort exigeante d'ailleurs sur la ponctualité et le concours

[1] Madame du Deffand, *Correspondance inédite* (Paris, 1809), t. I, p. 162. Lettre de madame de Staal à la marquise du Deffand; Sorel, samedi 5 août 1747.

[2] Duc de Luynes, *Mémoires*, t. XII, p. 19.

actif de ses hôtes. Voltaire y venait quelquefois grossir le nombre des courtisans de la
duchesse. Madame de Staal raconte de la
façon la plus piquante l'un de ses séjours à
Anet, dans sa correspondance avec madame
du Deffand. L'arrivée du poëte et de sa
maîtresse, les tons, les exigences, les ridicules
de cette dernière sont peints avec un esprit,
une malignité diaboliques. C'était précisément à la suite de ce pèlerinage maussade à
Sorel.

« Madame du Châtelet et Voltaire, qui
s'étoient annoncés pour aujourd'hui et qu'on
avoit perdus de vue, parurent hier sur le
minuit, comme deux spectres, avec une
odeur de corps embaumés qu'ils sembloient
avoir apportée de leurs tombeaux. On sortoit
de table. C'étoient pourtant des spectres affa-
més : il leur fallut un souper, et qui plus est
des lits qui n'étoient pas préparés. La concierge, déjà couchée, se leva à grande hâte.
Gaya [1], qui avoit offert son logement pour les
cas pressants, fut forcé de le céder dans celui-
ci, déménagea avec autant de précipitation
et de déplaisir qu'une armée surprise dans

---

[1] Le chevalier Gaya.

son camp, laissant une partie de son bagage au pouvoir de l'ennemi. Voltaire s'est bien trouvé du gîte : cela n'a point du tout consolé Gaya. Pour la dame, son lit ne s'est pas trouvé bien fait; il a fallu la déloger aujourd'hui. Notez que ce lit, elle l'avoit fait elle-même, faute de gens, et avoit trouvé un défaut de .... dans les matelas, ce qui, je crois, a plus blessé son esprit exact que son corps peu délicat; elle a, par intérim, un appartement qui a été promis, qu'elle laissera vendredi ou samedi pour celui du maréchal de Maillebois, qui s'en va un de ces jours. Il est venu ici en même temps que nous avec sa fille et sa belle-fille : l'une est jolie, l'autre laide et triste. Il a chassé avec ses chiens au chevreuil, et pris un faon de biche; voilà tout ce qui se peut tirer de là. Nos nouveaux hôtes fourniront plus abondamment : ils vont faire répéter leur comédie; c'est Voltaire qui fait le comte de Boursoufle; on ne dira pas que ce soient des armes parlantes, non plus que madame du Châtelet faisant mademoiselle de la Cochonière, qui devroit être grosse et courte. Voilà assez parlé d'eux aujourd'hui [1]. »

---

[1] *Correspondance inédite de madame du Deffand*

Voltaire se résignait difficilement à sortir de ses habitudes de travail; il en était de même de madame du Châtelet. Les *deux revenants* demeurèrent renfermés toute la journée, et ne se mêlèrent à tout le monde que vers les dix heures du soir. « Je ne pense pas qu'on les voie guère plus aujourd'hui, dit madame de Staal : l'un est à écrire de hauts faits, l'autre à commenter Newton; ils ne veulent ni jouer ni se promener : ce sont bien des non-valeurs dans une société où leurs doctes écrits ne sont d'aucun rapport... [1]. » La maligne baronne continue sur le même ton à instruire son amie des faits et gestes des nouveaux débarqués. Elle s'attache surtout à la marquise du Châtelet, qu'elle arrange de la belle manière :

« ...Madame du Châtelet est d'hier à son troisième logement : elle ne pouvoit plus supporter celui qu'elle avoit choisi; il y avoit du bruit, de la fumée sans feu (il me semble que c'est son emblème). Le bruit, ce n'est pas

(Paris, 1809), t. I, p. 166, 167, 168. Lettre de madame de Staal à madame du Deffand ; mardi 15 août 1747.

[1] *Correspondance inédite de madame du Deffand* (Paris, 1809), t. I, p. 172 et suiv.

la nuit qu'il l'incommode, à ce qu'elle m'a
dit, mais le jour, au fort de son travail : cela
dérange ses idées. Elle fait actuellement la
revue de ses principes : c'est un exercice
qu'elle réitère chaque année, sans quoi ils
pourroient s'échapper, et peut-être s'en aller
si loin qu'elle n'en retrouveroit pas un seul.
Je crois bien que sa tête est pour eux une
maison de force, et non pas le lieu de leur
naissance : c'est le cas de veiller soigneusement à leur garde. Elle préfère le bon air de
cette occupation à tout amusement, et persiste
à ne se montrer que la nuit close. Voltaire a
fait des vers galants qui réparent un peu le
mauvais effet de leur conduite inusitée[1]. »

Le choix du logement arrêté, l'ameuble-
ment ne devait pas paraître suffisant à l'exigeante marquise qui, après avoir fourragé
dans tout le château (c'est toujours madame
de Staal qui raconte), s'empara sans exception des meubles qu'elle jugea à sa convenance.

« ...On y a retrouvé six ou sept tables : il
lui en faut de toutes les grandeurs, d'im-

---

[1] *Correspondance inédite de madame du Deffand*, t. 1,
p. 172 et suiv. De la même à la même; 20 août 1747.

menses pour étaler ses papiers, de solides
pour soutenir son nécessaire, de plus légères
pour les pompons, pour les bijoux, et cette
belle ordonnance ne l'a pas garantie d'un
accident pareil à celui qui arriva à Philippe II,
quand, après avoir passé la nuit à écrire, on
répandit une bouteille d'encre sur ses dépê-
ches. La dame ne s'est pas piquée d'imiter la
modération de ce prince ; aussi n'avoit-il écrit
que sur des affaires d'État, et ce qu'on lui a
barbouillé, c'étoit de l'algèbre, bien plus difficile à remettre au net[1]. »

Le poëte, plus facile et moins encombrant,
se laissait installer où l'on voulait, pourvu
que ce ne fût pas trop loin de la docte Ura-
nie. On lui donna cette fois la chambre de
Saint-Aulaire, ce qui fut pour lui l'occasion
d'un joli madrigal :

> J'ai la chambre de Saint-Aulaire,
> Sans en avoir les agréments ;
> Peut-être à quatre-vingt-dix ans
> J'aurai le cœur de sa bergère :

[1] *Correspondance inédite de madame du Deffand*
(Paris, 1809), t. 1, p. 180 et suiv. Lettre de madame
de Staal à madame du Deffand ; mercredi 30 août
1747.

Il faut tout attendre du.temps,
Et surtout du désir de plaire [1].

Madame de Staal n'invente pas, si elle gros-
sit et ridiculise. L'abbé Le Blanc racontait les
mêmes bizarreries, les mêmes excentricités,
comme on dirait de nos jours, à propos du
précédent voyage d'Anet. « Ils ont fait à leur
ordinaire les philosophes et les fous, tout
comme vous le voudrés; ils étoient toujours
tête à tête [2]. » Mais c'était à prendre ou à
laisser, ils n'étaient pas gens à changer rien
à leur train de vie.

On nous permettra d'ouvrir une paren-
thèse en faveur de cet abbé Le Blanc, qui
s'exprime aussi irrévérencieusement à l'égard
de l'illustre couple. Avec de l'esprit, de l'a-
grément, de la fierté, avec du monde, de
l'entregent et de hautes protections, tout ce
que le pauvre homme put faire fut d'être
l'abbé Le Blanc toute sa vie. On avait songé
pour lui un instant à la place de précepteur

1 Voltaire, *Œuvres complètes* (éd. Beuchot), t. XIV,
p. 395.

2 Laverdet, *Catalogue d'autographes*, du 31 janvier
1854, p. 75, n° 606. Lettre de l'abbé Le Blanc à
M. de La Chaussée; Anet, 18 septembre 1746.

du petit prince de Condé; il ne put l'obtenir.
« M. le Duc, écrivait-il au président Bouhier,
sans illusion du reste sur la démarche de ses
amis, ne consentira jamais à mettre auprès
du jeune prince le fils d'un concierge, et
moi-même, s'il me refuse, lorsqu'il saura
ma naissance, je ne l'en blâmerai pas[1]. »
Encore Le Blanc ne dit-il pas tout : il
était fils de concierge, mais de concierge
de prison : son père était geôlier. Quoi de
pire, à moins d'être le fils du bourreau?
En définitive, si cela lui ferma toutes les
carrières, celle de censeur, entre autres, sur
laquelle l'on s'était rejeté, il n'en fut pas moins
bien accueilli. Né à Dijon, il s'était fait l'ami
de tous les honnêtes gens de la ville, du président Bouhier, du président de Brosses, du
président Ruffey, de Buffon, de l'auteur
de *Rhadamiste*. Il avait été moins heureux
avec Piron, il est vrai. Ce dernier, à
propos du loquace et très-loquace abbé
admirablement peint par Latour, a fait une

[1] *Correspondance de Bouhier* (Bibliothèque impériale. Manuscrits), t. IV, f. 512. Lettre de l'abbé Le
Blanc au président Bouhier. De Paris, ce 1er septembre 1733.

épigramme qui n'est pas sa moins bonne :

> Latour va trop loin, ce me semble,
> Quand il nous peint l'abbé Le Blanc.
> N'est-ce pas assez qu'il ressemble?
> Faut-il encor qu'il soit parlant[1] ?

L'abbé Le Blanc, qu'il ne faut pas confondre avec cet autre Le Blanc de *Manco Capac* et des *Druides*, est l'auteur d'une tragédie, *Aben-Saïd*, et de très-remarquables *Lettres d'un François concernant le gouvernement, la politique et les mœurs des Anglois* ; ce qui ne l'empêcha pas d'être, à plusieurs reprises, éconduit par l'Académie, qui fit la prude, malgré le patronage de Buffon et de madame de Pompadour. Ces dégoûts avaient aigri notre homme. Comme mademoiselle Delaunay, dont la fortune avait quelque analogie avec la sienne, il avait pris en grippe l'auteur de la *Henriade*, et sa correspondance inédite avec le président Bouhier, qui ne compte pas moins de quatre-vingt-quinze lettres, renferme à chaque page une dureté, une appréciation malveillante, des injures même qui retournent contre leur auteur. Traiter Vol-

[1] La Harpe, *Correspondance littéraire* (Paris, 1804), t. I, p. 267.

taire de crocheteur, de fort de la halle, c'est ne nuire qu'à soi [1]. Il n'a pas toujours ce ton, mais son plus tendre ne l'est guère encore. A en juger par les lettres qu'on rencontre de lui dans les collections d'autographes, il aimait à écrire. La Chaussée était un de ses correspondants. Quand ce dernier avait quitté Sceaux, il lui donnait les nouvelles de ce qui s'y passait. La Chaussée n'aimait pas plus que lui Voltaire et madame du Châtelet, et ils les déchiraient l'un et l'autre à belles dents. Le poëte, tout en accablant l'abbé de politesses, tout en lui envoyant ses œuvres, n'était pas sa dupe; il savait à merveille à quoi s'en tenir sur sa bienveillance. Il écrivait à madame du Maine, à propos de *Rome sauvée* : « L'abbé Le Blanc, qui a un peu travaillé au *Catilina* de Cré-billon, ne veut pas que Cicéron se fie à César, et le pique d'honneur; je ne le ferais pas si j'étais l'abbé Le Blanc; mais j'en userais ainsi si j'étais Cicéron [2]. » A cette date, notre abbé,

---

[1] *Correspondance de Bouhier* (Bibliothèque impériale. Manuscrits), t. IV. f. 425. Lettre de l'abbé Le Blanc au président Bouhier. De Paris, ce 16 août 1733.

[2] Voltaire, *Œuvres complètes* (éd. Beuchot), t, LV, p. 370. Lettre de Voltaire à la duchesse du Maine. Ce samedi, novembre 1749 (sans doute le 29).

qui avait d'abord appartenu à Nocé comme
chapelain, qui avait plus tard suivi lord
Kingston en Angleterre, était à Sceaux à titre
de secrétaire de madame du Maine, et c'est à
lui qu'on dut, après la mort de la princesse,
la publication des lettres galantes de Lamotte
et de Ludovise. Il fallait bien qu'il se rendît
utile, et dans les choses où l'on faisait le plus
sa cour à la divinité du lieu; il jouait la comédie et y prenait goût même. Il est vrai que ces
petites fatigues offraient parfois d'aimables
indemnités. Dans la lettre à La Chaussée citée
plus haut, il s'informe des débuts de mademoiselle La Balle. « Et cela, je puis vous
l'assurer, uniquement par l'intérêt que vous
y pouvés prendre. Vous croirez peut-être que
c'est à cause de son joli visage; mais je suis
bien aise de vous avertir que quelque joli
qu'il soit, nous en avons ici qui vallent bien
le sien. Je répète un rolle de comédie avec
une demoiselle qui ne fait que sortir de Saint-
Cyr; si vous la voyiés la tête vous en tourne-
roit, je vous en avertis... » L'abbé Le Blanc,
toutefois, ne devait pas s'éterniser à Sceaux,
c'était un oiseau de passage que son étoile,
plus que ses goûts, condamnait à aller de gîte
en gîte, tantôt au midi, tantôt au septentrion :

à peu près dans le même temps que Voltaire partait pour Berlin, il prenait son vol vers l'Italie avec le futur marquis de Marigny, M. de Vandières, le frère de madame de Pompadour.

Voltaire et son amie avaient décidé qu'ils ne passeraient que dix jours à Anet. M. de Richelieu était sur son départ pour Gênes, et ils voulaient le voir et l'embrasser. L'auteur de *la Henriade* était lié de vieille date avec l'incomparable duc, qu'il appelait « son héros, » et la marquise, qui avait été liée avec lui *autant que possible*, était restée l'amie de ce patron des amants infidèles. Mais, comme ils avaient à expier une manière d'être qu'eux seuls eussent osé se permettre, la veille même de leur retraite, ils jouaient *Boursoufle*, qui, malgré la grosse plaisanterie du dialogue, ou à cause de cela même, eut un plein succès [1]. Vanture jouait

---

[1] C'est sous le titre de *Comte de Boursoufle* que cette comédie fit son apparition pour la première fois à Cirey, en 1734. Le 26 janvier 1761, la même pièce fut représentée à la Comédie Italienne sous le titre de : *Quand est-ce qu'on me marie?* Ce titre est devenu le sous-titre, et ces trois actes portent définitivement le titre de *l'Échange*. Faite pour un

Boursoufle médiocrement; Pâris, le secrétaire de la duchesse d'Estrées, Maraudin. Le baron de la Cochonnière était joué par Motel. Destillac faisait un chevalier, Duplessis un valet. La pièce était précédée d'un prologue que Voltaire s'était chargé de réciter. Comme ces sortes d'introductions n'avaient d'autre but que de décocher des louanges et des madrigaux aux dieux et aux déesses de ces olympes terrestres, il ne cédait pas à d'autres le soin de faire valoir la finesse de la moindre allusion. Ce prologue, que l'on ne retrouve pas dans ses œuvres, était un dialogue entre lui et madame Dufour, comme le prologue de *la Prude,* si pourtant ce n'était pas le même.

Madame du Châtelet, plus touchée des intérêts de sa figure que de ceux de l'ouvrage,

---

théâtre de société et pour être jouée en famille, aussitôt qu'on la mettait au théâtre, elle devait être soumise à plus d'un changement. Ainsi, le comte de Boursoufle dut s'appeler le comte de Fatenville; le baron de la Cochonnière, le baron de la Canardière; Thérèse, Goton ; Maraudin, Brigandin; Pasquin, Merlin; madame Barbe, madame Michel, etc. On a eu la fantaisie de reprendre tout dernièrement (1862) cette farce au gros sel au théâtre de l'Odéon.

ne consentit à se montrer qu'en duchesse.
« Elle a eu sur ce point maille à partir avec
Voltaire, dit encore madame de Staal, mais
c'est la souveraine et lui l'esclave [1]. » Au
reste, la marquise s'était tirée de son rôle
extravagant avec une perfection dont la correspondante de madame du Deffand convient
volontiers. En somme, les gens d'esprit ont
toujours du bon, même ceux qu'on aime le
moins ; et madame de Staal laisse échapper
un regret en voyant partir le couple savant.
« Je suis très-fâchée de leur départ, quoique
excédée de ses diverses volontés dont elle m'a
remis l'exécution. » Toute baronne qu'elle
était devenue, pour les habitués de Sceaux
comme pour madame du Maine, la pauvre
femme était, à bien des égards, demeurée la
modeste Delaunay des premiers jours, et
voilà le secret des cruautés de langue et de
plume que se permet, comme des représailles,
le charmant auteur des *Mémoires*.

Le lendemain de leur départ, elle recevait
une longue lettre fort alarmée et fort pres-

---

[1] *Correspondance inédite de madame du Deffand*, t. I,
(Paris, 1809), p. 173. Lettre de madame de Staal à
madame du Deffand ; dimanche 27 août 1747.

sante. Dans les embarras d'un déménagement, Voltaire avait oublié de retirer les rôles de sa pièce et perdu le prologue, et il la suppliait de recueillir ces feuilles éparses, de lui renvoyer ledit prologue, « non par la poste, parce qu'on le copierait, » et de serrer la comédie « sous cent clefs; » ce qui fait dire à la caustique baronne : « J'aurois cru un loquet suffisant pour garder ce trésor [1]. »

Nous avons à raconter une petite aventure qui coûta quelque quatre-vingt mille francs à madame du Châtelet, et qui eût pu coûter plus cher à son ami. Si elle commença à Fontainebleau, elle fut l'occasion d'un séjour forcé à Sceaux dont plus d'un incident vaut bien la peine de trouver place ici. C'était au jeu de la reine, six semaines ou deux mois après ce voyage d'Anet [2]. Voltaire, soit qu'il le pen-

---

[1] *Correspondance inédite de madame du Deffand* (Paris, 1809), t. I, p. 181. Lettre de madame de Staal à madame du Deffand; Anet, mercredi, 30 août 1747.

[2] Longchamp, qui écrivait sans doute de mémoire et longtemps après les événements, se trompe manifestement en indiquant l'année 1746. Ce fut au voyage de 1747. La reine partit pour Fontainebleau le 14 ou le 15 d'octobre et en revint le 7 novembre. Duc de Luynes, *Mémoires*, t. VIII, p. 308, 321.

sât, soit que le dépit d'assister à une perte
aussi tenace l'eût mis hors de lui, n'avait pu
réprimer une exclamation des plus graves et
qui fut ramassée, bien que formulée en an-
glais : la marquise avait affaire à des fripons
qui lui escroquaient bel et bien son argent.
Toutes vérités ne sont pas bonnes à dire et à
entendre. Les fripons, en tout cas, étaient de
qualité et en état de faire repentir le poëte
d'avoir d'aussi excellents yeux. Madame du
Châtelet, malgré son émotion, comprit la
portée de cette parole échappée à son ami et
entraîna Voltaire, qui convint de son impru-
dence. Ne pas relever une pareille accusation, c'eût été avouer qu'on la méritait; il
n'était donc que trop présumable que les
inculpés chercheraient à punir celui-ci de sa
pénétration, en admettant qu'il eût bien vu.
Il fallait fuir, et maintenant plutôt que dans
une heure; c'était l'avis de la marquise, et
tout autant celui de Voltaire. Ils étaient des-
cendus chez le duc de Richelieu, le bon ami
de tous les deux; des ordres furent donnés
pour le départ, et ils délogeaient au petit
matin et si hâtivement qu'ils ne songèrent
point à emporter d'argent pour faire face aux
éventualités du voyage. Voltaire pensa avec

quelque raison que Paris n'était pas pour lui
un séjour assez sûr, qu'on devait supposer
qu'il y serait et que l'on ne manquerait pas
de l'y traquer ; aussi n'eut-il garde d'y rester.
Il alla se cacher dans un village voisin de la
capitale, et se décida à implorer la protection
de la duchesse du Maine, à laquelle il écrivit
une lettre dont il chargea un paysan. Celle-ci
n'était pas femme à laisser le poëte dans l'embarras, faute d'un asile ; elle lui répondit de
venir sans crainte, qu'un officier de confiance
l'attendrait à la grille du château et le mènerait
dans un appartement particulier où on l'in-
stallerait à sa fantaisie. La nuit tombée,
Voltaire se mit en chemin et trouva, à l'endroit désigné, M. Duplessis, qui l'introduisit,
par un escalier dérobé, dans l'appartement
écarté qui devait être le sien. L'important
c'était qu'on ne pût se douter, ni à Sceaux ni
ailleurs, où il était retiré.

Longchamp, son valet de chambre, ne
tarda pas à arriver avec les bagages et le
petit bureau portatif dans lequel le poëte
avait coutume de serrer ses manuscrits inachevés. L'appartement occupé par Voltaire
était au second étage ; les fenêtres s'ouvraient
sur les jardins et sur une cour. Pour qu'on

ne soupçonnât rien, les volets en durent rester fermés, même pendant le jour : les bougies remplaçaient le soleil. Le prisonnier dormait cinq ou six heures vers le matin, et écrivait le reste de la journée. Toutes les nuits, vers deux heures, il descendait chez madame du Maine, aussitôt qu'elle était au lit et qu'elle avait renvoyé ses gens. Un seul valet de pied, qu'on avait dù mettre dans la confidence, dressait dans la ruelle une petite table à laquelle s'installait Voltaire. Les heures s'écoulaient en causeries charmantes ; Voltaire avait toujours une histoire, une anecdote piquante à raconter. Il savait reconnaître de la plus ravissante façon l'hospitalité qui lui était accordée. Tant que dura cette douce prison, dont il finit par se lasser, il écrivit pour la princesse des contes qu'il lui lisait à mesure. *Babouc, Memnon, Scarmentado, Micromegas, Zadig* n'ont pas d'autre origine.

Voltaire ne voyait personne et n'osait échanger qu'indirectement des lettres avec madame du Châtelet et d'Argental. Malgré les sollicitations de ces jolis bosquets, de ces promenades délicieuses, la peur d'éventer son incognito le retenait obstinément dans

26

sa chambre, où il s'efforçait de tuer le temps
de son mieux. Longchamp était son maître
Jacques; il était tout à la fois son copiste,
son valet de chambre, son chargé d'affaires;
aussi était-il astreint au même régime : il
ne fallait pas qu'on le vît, et, pour cela faire,
il ne quittait l'appartement qu'à onze heures
du soir pour aller souper chez le suisse.
Quand Voltaire l'envoyait à Paris, il devait sortir et rentrer de nuit. Cette nécessité avait l'inconvénient grave de priver son maître toute
une journée de ses services. Pour obvier à
cet ennui et conserver près de lui un serviteur
qui, dans un pareil isolement, lui devenait encore plus indispensable, le prisonnier chargea
Longchamp de lui trouver un petit Savoyard
auquel on ferait faire les courses. Celui-ci
mit la main sur un garçon de dix à douze ans,
intelligent et d'une probité dont il fournit
bientôt une preuve touchante. Voltaire appelle un soir l'enfant. Il avait voulu mettre
des souliers neufs et, les trouvant trop étroits,
il lui dit d'aller les porter chez un cordonnier
pour qu'il leur donnât un coup de forme.
Ambroise s'empresse d'obéir et entre dans la
première échoppe qu'il rencontre sur sa
route. Mais le soulier refuse de recevoir la

forme; le cordonnier le secoue et en fait tomber une bourse garnie de louis. Ambroise les ramasse en pleurant : l'on a suspecté son honnêteté, et il eût été perdu pour peu que, dans le trajet, la bourse eût glissé hors de la chaussure; la terre était couverte de neige et il n'eût même pu s'apercevoir de sa chute. Tout cela pourtant n'était que l'effet du hasard. La paire de souliers se trouvait dans une armoire où Voltaire serrait également son argent. Le poëte, ou distrait, ou pressé, avait jeté cette bourse sans trop regarder où il la mettait, et elle était allée se loger dans l'une de ses chaussures. Voltaire, qu'on a accusé d'avarice et qui avait ses moments de lésine comme il avait ses heures de prodigalité, laissait assez volontiers traîner son argent, et Longchamp, pour mettre sa responsabilité à couvert, dut se constituer à Sceaux le caissier de son maître.

Deux mois s'écoulèrent ainsi. Voltaire commençait à s'ennuyer de cette vie aux flambeaux; cette concentration, cette obscurité attristante eussent, à la longue, compromis sa santé. Fort heureusement, un beau jour, l'arrivée de madame du Châtelet vint briser les barreaux de cette prison volontaire et lui rendre la sécurité avec l'air et l'espace. Elle avait réussi, en désintéressant les insultés, à les apaiser et à étouffer l'affaire. Voltaire, n'ayant plus, dès lors, de raisons de se cacher, sortit de son asile. Il consentit, pour prix de l'hospitalité accordée, à en prolonger la durée, et le séjour de la marquise et de son illustre ami fut l'occasion d'un redoublement de mouvement et de plaisirs à Sceaux.

« C'était, dit Longchamp, la comédie, l'opéra, les bals, les concerts. Entre autres comédies, on joua *la Prude*, que madame du Maine avait déjà vue représenter sur son théâtre d'Anet. Madame du Châtelet, madame de Staal et M. de Voltaire y prirent des rôles. Avant la représentation, il vint sur la scène et y prononça un nouveau prologue analogue à la circonstance[1]. Parmi les opéras, on vit quelques actes détachés de Rameau, la pastorale d'*Issé*, de M. de Lamotte, mise en musique par M. Destouches; l'acte de *Zélindor, roi des sylphes*, paroles de M. de Montcrif,

---

[1] Si l'équipée de Voltaire et cette sorte de fuite en Égypte eût eu lieu en octobre 1746, l'on n'eût pu jouer alors à Sceaux *la Prude*, qui fut représentée pour la première fois l'année suivante à Anet.

musique de MM. Rebel et Francœur. Des
seigneurs et des dames, de la cour de madame du Maine, y remplissaient les principaux rôles; madame du Châtelet, aussi bonne
musicienne que bonne actrice, s'acquitta
parfaitement du rôle d'Issé [1], et de celui de
Zerphi dans *Zélindor*. Elle joua encore mieux,
s'il est possible, le rôle de Fanchon dans *les*
Originaux, comédie de M. de Voltaire, faite
et jouée précédemment à Cirey. Ce rôle semblait avoir été fait exprès pour elle; sa vivacité, son enjouement, sa gaieté s'y montraient
d'après nature. Ses talents dans toutes ces
pièces étaient fort bien secondés par ceux de
M. le vicomte de Chabot, de MM. le marquis
d'Asfeld, le comte de Croix, le marquis de
Courtanvaux, etc. D'autres seigneurs tenaient
bien leur place dans l'orchestre avec quel-

---

[1] C'est à ce propos que Voltaire parodia les vers
suivants, qui se chantaient sur la sarabande de
l'opéra d'*Issé* :

> Charmante Issé, vous nous faites entendre,
> Dans ces beaux lieux, les sons les plus flatteurs;
> Ils vont droit à nos cœurs :
> Leibnitz n'a point de monade plus tendre;
> Newton n'a point d'XX plus enchanteurs, etc.

ques musiciens venus de Paris. Des ballets furent exécutés par les premiers sujets du théâtre de l'Opéra, et M. de Courtanvaux, excellent danseur, se faisait encore remarquer à côté d'eux. On y vit, au nombre des danseuses, mademoiselle Guimard, à peine âgée de treize ans, et qui commençait à faire parler de ses grâces et de ses talents[1]. »

Longchamp oublie de citer madame de Jaucourt, qui jouait un rôle dans *Issé*. C'était madame de Malause qui avait fait les frais de l'opéra. « Madame la duchesse du Maine a de tout temps aimé qu'on lui donnât des fêtes chez elle, » nous dit le duc de Luynes. Mais ce qui lui plut moins, en cette circon-

---

[1] Longchamp, *Mémoires* (1826), t. II, p. 150. Longchamp est-il bien sûr, ici encore, de ne pas se tromper? Marie-Madeleine Guimard, fille de Fabien Guimard, inspecteur des manufactures de toiles de Véron en Dauphiné, naquit le 17 septembre 1745, paroisse Bonne-Nouvelle. Elle avait donc deux ans et non treize ans en 1747, et ce n'est pas à deux ans que l'on fait parler de ses grâces et de ses talents. Quant à nous, nous sommes sûr de nos sources qui ne sont autres que l'acte de baptême même de la danseuse.

stance, ce fut l'affluence de monde qui encombra la salle et le château. On eut quelque peine à obtenir d'elle une seconde représentation où la foule ne fut ni moins grande, ni moins importune qu'à la première. Il fut arrêté qu'on ne jouerait plus que des comédies. Mais il n'y eut encore rien de changé, quant au chiffre des curieux, ce qui rebuta complétement la princesse. Des billets d'entrée avaient été distribués d'une teneur assez peu mesurée, eu égard à la dignité de celle chez laquelle on introduisait un public d'amis tout à fait étranger à sa société. Voici un de ces billets :

« De nouveaux acteurs représenteront, vendredi 15 décembre, sur le théâtre de Sceaux, une comédie nouvelle en vers et en cinq actes.

« Entre qui veut, sans aucune cérémonie; il faut y être à six heures précises et donner ordre que son carrosse soit dans la cour à sept heures et demie, huit heures. Passé six heures, la porte ne s'ouvre à personne. »

Cette comédie, cela va sans dire, était *la Prude*. Madame du Maine se fit montrer ces billets et les trouva peu convenables, « indé-

cents par rapport à elle[1]. » Celui que nous
avons cité eût été un modèle de convenance
et de respect, s'il faut en croire les notes
d'un homme qui ramassait tout : « Madame
du Châtelet et Voltaire ont perdu les entrées
de la cour de *Sceaux*, à cause des invitations
qu'ils faisoient à leurs pièces, il y a cinq
cents billets d'invitation où *Voltaire* offroit à
ses amis, pour plus agréable engagement,
qu'on ne verroit pas madame la duchesse du
Maine[2]. » Cela n'est ni vraisemblable, ni
possible. Comment admettre que Voltaire eût
pu être assez assuré du silence de cinq cents
invités pour se permettre une plaisanterie
de cette force? D'après cette note de d'Argenson, les deux amis eussent été mis à la porte
de Sceaux, où l'on vit reparaître celui-ci
après la mort d'Émilie. C'est tout simplement
absurde, et il ne reste plus au fond de tout
cela qu'un chiffre exagéré de gens atti-
rés par le poëte avec ce parfait sans-façon
qui lui était naturel, et, comme nous le

[1] Duc de Luynes, *Mémoires*, t. VIII, p. 352, 353;
mardi, 18 décembre 1747.

[2] Marquis d'Argenson, *Mémoires* (Jannet), t. III,
p. 190; 21 décembre 1747.

savons d'autre part, un mécontentement qu'on ne dissimula pas assez bien pour que lui et les autres ne s'en aperçussent point.

Plein de rancune contre Crébillon, Voltaire avait juré d'arracher un à un tous les fleurons de la couronne du vieux tragique; il reprenait l'une après l'autre ses tragédies, et, malgré la cabale, il rangeait de son côté cette partie du public exempte de passions, toute à qui l'émeut et la charme. Si l'on cria au scandale et à l'impiété, si quelques-uns blâmèrent le mobile haineux qui poussait le poëte, il n'en est pas moins vrai que l'art ne pouvait que gagner à cet antagonisme, et c'était bien là l'important. Voltaire, qui ne négligea jamais de s'entourer le plus possible de hautes sympathies, et qui, d'ailleurs, avait vu se dresser contre lui, à la première représentation d'*Oreste*, une violente opposition, écrivait à la duchesse du Maine pour la supplier de venir entendre sa tragédie nouvelle :

« Ma protectrice, quelle est donc votre cruauté de ne vouloir plus que les pièces grecques soient du premier genre? Auriez-vous osé proférer ces blasphèmes du temps

de M. de Malezieu [1]? Quoi! j'ai fait *Électre*
pour plaire à Votre Altesse Sérénissime; j'ai
voulu venger Sophocle et Cicéron en com-
battant sous vos étendards; j'ai purgé la
scène française d'une plate galanterie dont
elle était infectée; j'ai subjugué la cabale la
plus envenimée, et l'âme du grand Condé,
qui réside dans votre tête, reste tranquille-
ment chez elle à jouer au cavagnole et à ca-
resser son chien! Et la princesse, qui, seule,
doit soutenir les beaux-arts et ranimer le
goût de la nation, la princesse qui a daigné
jouer *Iphigénie en Tauride,* ne daigne pas honorer de sa présence cet *Oreste* que j'ai fait
pour elle, cet *Oreste* que je lui dédie! Je vous
demande en grâce, madame, de ne me pas
faire l'affront de négliger ainsi mon offrande.
Oreste et *Cicéron* sont vos enfants; protégez-
les également. Daignez venir lundi. Les comédiens viendront à votre loge et à vos
pieds. Votre Altesse leur dira un petit mot de
Rome sauvée, et ce petit mot sera beaucoup.
Je vais faire transcrire les rôles; mais il faut
que madame la duchesse du Maine soit ma
protectrice dans Athènes comme dans Rome.

[1] Malezieu mourut le 4 mars 1727.

Montrez-vous; achevez ma victoire. Je suis un des Grecs qui avaient besoin de la présence de Minerve pour écraser leurs ennemis.

« Votre admirateur, votre courtisan, votre idolâtre, votre protégé, V.

« Je vous demande en grâce de ne venir que lundi [1]. »

Après le succès d'*Oreste*, madame du Maine dit à Voltaire : « Vous ne laisserez donc rien à Crébillon? — Pardonnez-moi, madame, répondit-il, je ne suis pas injuste; il lui reste *Rhadamiste*. C'est là sa gloire et toute sa gloire.—Et *Catilina*, qui a eu les honneurs du Louvre? objecta le duc de Villars.—*Catilina* est un malheureux dont je veux faire justice, répartit l'irascible poëte [2]. » L'abbé Duvernet, qui cite ce petit dialogue, ajoute que, trois semaines après, Voltaire reparaissait à Sceaux avec la tragédie de *Rome sauvée*. A l'époque où il lui fait tenir ce propos, *Catilina* n'était plus à faire, comme on en peut juger par cette autre lettre de Voltaire à la princesse :

[1] Voltaire, *Œuvres complètes* (éd. Beuchot), t. LV, p. 387, 388. Lettre de Voltaire à madame du Maine; Paris, 7 janvier 1750.

[2] Duvernet, *Vie de Voltaire*, Genève (1786), p. 138.

« Lunéville, ce 14 août (1749).

« Madame, Votre Altesse Sérénissime est obéie, non pas assez bien, mais du moins aussi promptement qu'elle mérite de l'être. Vous m'avez ordonné *Catilina*, et il est fait [1]. La petite-fille du grand Condé, la conservatrice du bon goût et du bon sens, avait raison d'être indignée de voir la farce monstrueuse du *Catilina* de Crébillon trouver des approbateurs. Jamais Rome n'avait été plus avilie, et jamais Paris plus ridicule. Votre belle âme voulait venger l'honneur de la France ; mais j'ai bien peur qu'elle n'ait remis sa vengeance en d'indignes mains. Je ne réponds, madame, que de mon zèle ; il a été peut-être trop prompt. Je me suis tellement rempli l'esprit de la lecture de Cicéron, de Salluste et de Plutarque, et mon cœur s'est si fort échauffé par le désir de vous plaire, que j'ai fait la pièce en huit jours. Vous aurez la bonté, madame, d'y compter aussi huit

---

[1] Voltaire dit que c'est madame du Maine qui lui donna la première idée de *Rome sauvée.* — Voltaire, *Œuvres complètes* (éd. Beuchot), t. LV, p. 322. Lettre de Voltaire à d'Argental ; à Lunéville, le 28 août 1749.

nuits. Enfin l'ouvrage est achevé; je suis épouvanté de cet effort; il n'est pas croyable; mais il a été fait pour madame la duchesse du Maine [1]. »

Un malheur irréparable vint distraire le poëte de ses préoccupations littéraires. Trois semaines après cette lettre, Voltaire se voyait enlever la divine Émilie. Il ne revint à Paris que dans les premiers jours d'octobre, mais sous une impression de chagrin qui alarma un instant ses amis. Il s'installa, du mieux qu'il put, dans sa maison de la rue Traversière-Saint-Honoré [2]. Il fallut bien reprendre ses travaux, ses lectures, son train de vie. C'était beaucoup déjà pour cette infatigable activité qu'une halte momentanée; le besoin de bruit, de gloire, de succès, le sollicitait trop impé-

---

[1] Voltaire, *Œuvres complètes* (éd. Beuchot), t. LV, p. 307.— Si *Catilina* était alors debout sur ses cinq actes, la dernière main était loin d'y avoir été mise. « Vous sentez, écrit Voltaire à d'Argental, à la date de janvier 1750, que je n'ai guère pu travailler à *Catilina*... »

[2] Maintenant rue Fontaine-Molière. Cette maison existe toujours et porte le n° 35. Elle est actuellement la propriété d'un académicien, M. de Pongerville, le traducteur de *Lucrèce*.

27

rieusement pour qu'il demeurât longtemps
sourd à de pareilles voix : s'il était rivé au
passé par les regrets, il se devait à l'avenir;
sa carrière était loin d'être close, quelque
souffrant qu'il se trouvât, et il ne pouvait au
moins laisser inachevés des ouvrages qui
n'attendaient que la dernière main. Tel fut
le langage que lui tinrent ses amis. Mais, en
réalité, il parut bien plus céder qu'il ne céda
à leurs instances; il obéit au fond à cette ardeur de travail et de renommée que les années
ne glacèrent point. Il gardait en portefeuille
des tragédies qu'on le pressait de livrer au
théâtre, mais il avait à reprocher aux comédiens leur arrogance, leurs mauvais vouloirs
et leur ingratitude; car la Comédie, abandonnée, n'avait guère fait recette depuis
trente ans qu'avec les ouvrages de l'auteur
d'*OEdipe* et de *Mérope*. Il trouva un *mezzo.
termine* pour satisfaire en même temps aux
supplications de ses admirateurs et aux sollicitations non moins vives de son amour-
propre : c'était de faire jouer pour lui et chez
lui sa *Rome sauvée*, devant un public d'académiciens et de grands seigneurs, par des comé
diens de société qui en valaient bien d'autres;
et parmi lesquels figurait un jeune homme,

le fils d'un orfévre, qui fut l'une des gloires
de l'art français. On a nommé Lekain.

Quelques jours après, le 21 janvier 1750,
Rome sauvée faisait son apparition à Sceaux,
sur le théâtre de madame du Maine [1]. Cela ne
se réalisa pas sans une certaine résistance de
la part de la princesse : celle-ci, soit qu'elle
pensât que l'âge des fêtes retentissantes fût
passé pour elle, soit qu'elle n'eût point oublié
le sans-façon avec lequel le poëte en avait usé
trois ans auparavant, montra quelque répu-
gnance, comme on en peut juger par cette
lettre de Voltaire (sans date, mais qui, incon-
testablement, se rapporte à la représentation de *Rome sauvée*), adressée à la marquise
de Malause :

« A Sceaux, ce dimanche.

« Aimable Colette, dites à Son Altesse Sérénissime qu'elle souffre nos hommages et
notre empressement de lui plaire. Il n'y aura

---

[1] Le théâtre se trouvait au premier, en montant
par le grand escalier, dans une galerie pareille au
rez-de-chaussée, et au milieu de laquelle, plus tard,
on disposa l'appartement de la duchesse de Chartres,
qui avait un balcon, très-beau et fort long, du côté
des parterres.

pas, en tout, cinquante personnes au delà
de ce qui vient journellement à Sceaux. Madame la duchesse du Maine est bien bonne
de croire qu'il ne lui convienne plus de donner le ton à Paris; elle se connaît bien peu.
Elle ne sait pas qu'un mérite aussi singulier
que le sien n'a point d'âge; elle ne sait pas
combien elle est supérieure même à son
rang. Je veux bien qu'elle ne donne pas le
bal; mais pour des comédies nouvelles,
jouées par des personnes que la seule envie
de lui plaire a fait comédiens, il n'y a qu'un
janséniste convulsionnaire qui puisse y trouver à redire. Tout Paris l'admire et la regarde
comme le soutien du bon goût. Pour moi, qui
en fais une divinité, et qui regarde Sceaux
comme le temple des arts, je serais au désespoir que la moindre tracasserie pût cor-
rompre l'encens que nous lui offrons et que
nous lui devons. »

Voltaire commence par rassurer son monde
sur le chiffre de spectateurs qu'il compte inviter, et qui ne s'élèvera pas à plus de cinquante personnes. Cette précaution oratoire
vient confirmer ce qui a été dit plus haut sur
le nombre formidable des amis que l'auteur

s'était cru autorisé à convier à ces solennités dramatiques. Madame du Maine se faisait presser et ne témoignait pas toute la vivacité qu'on eût souhaitée, quoique Voltaire répétât partout que c'était elle qui voulait qu'on donnât sa pièce au public [1]. Le poëte lui écrivait avec un ton où le dépit se faisait caressant : « Ah ! madame, qu'il y a loin de Rome à Cavagnol ! Cependant il faut plaire même à celles qui sont occupées d'un *vieux plein*. Ame de *Cornélie !* nous amènerons le sénat romain aux pieds de Votre Altesse, lundi ; après quoi, il y aura grand cavagnol, car vous réunissez tout ; et je sais l'histoire d'un problème de géométrie et des bouteilles de savon... [2]. » Voltaire tenait, par l'éclat et le retentissement de cette représentation, à prouver aux comédiens avec lesquels il était en froid, qu'ils perdaient plus que lui à cette fâcherie. « Il fait jouer sa pièce chez lui et à Sceaux, écrit La Chaussée à l'abbé Le Blanc.

[1] *Correspondance inédite de Buffon* (Paris, 1860), t. I, p. 46. Lettre de Buffon à l'abbé Le Blanc ; Montbard, le 21 mars 1750.

[2] Voltaire, *Œuvres complètes* (éd. Beuchot), t. LV, p. 370. Lettre de Voltaire à madame du Maine ; ce samedi, novembre 1749.

27.

Il joue lui-même le rôle de Cicéron. Il fait comme ces pâtissiers qui, ne pouvant vendre leurs pâtés, les mangent eux-mêmes [1]. »

Cette représentation est mémorable à plus d'un titre. Lekain, qui figurait au premier rang, nous donne des détails curieux et qui trouvent ici naturellement leur place.

« Je lui ai vu faire, dit-il en parlant de Voltaire, un nouveau rôle de Cicéron dans le quatrième acte de *Rome sauvée*, lorsque nous jouâmes cette pièce, au mois d'août 1750 [2], sur le théâtre de madame la duchesse du Maine, au château de Sceaux. Je ne crois pas qu'il soit possible de rien entendre de plus vrai, de plus pathétique et de plus enthousiaste que M. de Voltaire dans ce rôle. C'était en vérité Cicéron lui-même, tonnant à la tribune aux harangues contre le destructeur de la patrie, des lois, des mœurs et de la religion.

« Je me souviendrai toujours que madame la duchesse du Maine, après lui avoir témoigné son étonnement et son admiration sur le

[1] Laverdet, *Catalogue d'autographes*, du 7 décembre 1854, p. 62, n° 469. Lettre de La Chaussée à l'abbé Le Blanc; 29 juin 1750.

[2] Lekain se trompe ici de quelques mois.

nouveau rôle qu'il venait de composer, lui demanda quel était celui qui avait joué le rôle de Lentulus Sura, et que M. de Voltaire lui répondit : « Madame, c'est le meilleur de « tous. » Ce pauvre hère qu'il traitait avec tant de bonté, c'était moi-même [1]. »

Rome sauvée n'apparut à la Comédie-Française que deux ans plus tard. Guère plus d'un mois après cette fête à Sceaux, Voltaire quittait Paris et la France pour aller chercher, à la cour du roi de Prusse, des honneurs, des satisfactions d'amour-propre qu'une rupture, la fuite, la captivité, mille tracas devaient tristement couronner.

Madame du Maine se faisait vieille, et cela depuis longtemps. Mais on eût dit que l'âge, à Sceaux, n'avait que peu d'action sur ces voluptueux qui devaient rester jeunes et aimables en dépit des années. On mourait là comme ailleurs, mais si tard ! C'était un brevet de vieillesse d'appartenir pour un peu à cette nymphe fantasque qui, elle aussi, lutta courageusement, et le plus qu'elle put. Saint-Aulaire et Fontenelle avaient cent ans moins

---

[1] *Bibliothèque de Mémoires sur le* xviiie *siècle* (Didot, 1846), t. VI, p. 112, 113. *Mémoires de Lekain.*

quelques jours, l'un et l'autre, lorsqu'ils s'é-
teignirent. La marquise de Lambert, cette
amie de tous les deux, mourut à quatre-
vingt-six ans ; madame de Brassac, dame
d'honneur de la princesse, à quatre-vingt-
cinq ; madame du Deffand, à quatre-vingt-
quatre ; Chaulieu, à quatre-vingt-un ; l'abbé
Genest, à quatre-vingts. Nous allions oublier le marquis de Lassay, qui attendit
ses quatre-vingt-six pour tendre les bras à la
mort qu'il avait si souvent invoquée, et si peu
sincèrement, durant sa longue carrière. Nous
ne savons si la présidente Dreuillet et la
baronne de Staal, qui, toutes deux, fermèrent
les yeux au château de Sceaux, ne semble-
ront point déplacées dans une pareille liste
mortuaire : la présidente n'avait que soixante-
quatorze et Delaunay soixante-dix-sept ans.
Ils précédèrent presque tous leur mignonne
protectrice, qui, par intervalles, se voyait avertie qu'elle n'était pas immortelle par la perte
d'un de ses bergers. M. du Maine n'était plus
depuis longtemps. Attaqué d'un cancer au visage, il traîna, dans d'épouvantables tortures,
toute une année, pendant laquelle, sans être
rebutée par les ravages de cette hideuse dé-
composition, sa femme fit preuve du plus inal-

térable dévouement [1]. Il mourut à Sceaux, le
14 mai 1736, à l'âge de soixante-quatre ans,
réconcilié avec la cour et réintégré dans les
titres et dignités dont l'ambition de la duchesse l'avait fait un instant déposséder.

Les affaires de celle-ci étaient plus qu'em-
barrassées. Tout en introduisant une certaine
réforme, il fallait bien vivre en princesse, et
l'abîme des dettes ne se comblait pas. Nous
avons sous les yeux une lettre d'elle, du
vivant même de son mari, au cardinal de
Fleury, dans laquelle elle sollicite avec instance une pension du roi. « ...Je vous prie

[1] Madame de Staal, *Mémoires* (Michaud et Poujoulat), t. XXXIV, p. 764.—Soulavie, *Mémoires du maréchal de Richelieu*, t. VIII, p. 39. « Il avoit trop
longtemps négligé cette humeur, dont il y avoit
déjà des commencements, il y a environ dix ans, et
qui s'étoit étendue à l'occasion d'une dent qu'il s'é-
toit fait arracher. Dans les derniers temps, il n'avoit
voulu faire d'autre remède que l'emplâtre du nommé
Cannette, officier du gobelet de la reine. Cet emplâtre, dont le sieur Cannette a seul le secret, est
reconnu pour un très-bon fondant; on prétend qu'il
avoit avancé les jours de M. le duc du Maine, et qu'il
auroit pu vivre longtemps avec ce mal en prenant
grandes précautions; mais il avoit tranquillisé son
esprit par la confiance qu'il y avoit et calmé sa douleur presque jusqu'à la fin. » — Duc de Luynes,
Mémoires, t. I, p. 75 à 79.

seulement, monsieur, de considérer que je
ne puis être mise en parallèle avec quelques
princesses qui sont encore dans la première
jeunesse, et qui par conséquent, sont plus en
estat d'attendre ces sortes de grâces et qui au-
ront plus de temps à en jouir[1]. » En 1750, elle
prenait des arrangements tout à fait nécessaires et auxquels se prêta généreusement le
prince de Dombes en achetant Anet (dont
il lui laissait la jouissance durant sa vie)
cinq cent mille francs comptant, à la charge
d'acquitter trente mille livres de rente de
dettes, selon l'évaluation la plus modeste ;
car quelques gens prétendaient qu'elles al-

[1] Laverdet, *Catalogue d'autographes*, du 7 décembre
1859, p. 74, n° 554. Lettre de la duchesse du Maine
au cardinal de Fleury ; Sceaux, 23 février 1732. —
A part cela, les princes du sang et même les grands
trouvaient, de temps à autre, moyen de se faire des
ressources accidentelles et de battre monnaie avec
leur crédit pour des chiffres énormes. Pas une
place, dans les finances, qui ne s'obtint sans un fort
pot-de-vin pour celui qui l'avait fait avoir. Au décès
de Salins, le duc du Maine patronna Delay de La-
garde, et le fit nommer fermier général ; ce dernier
s'en tira avec cent vingt mille livres que toucha madame du Maine.—*Vie privée de Louis XV* (Londres,
1785), t. I, p. 307, 308.

laient à un million [1]. Madame du Maine,
bien qu'elle restreignît sa dépense et ses plaisirs et consacrât à des pratiques de dévotion un temps jadis pris par tous les loisirs
mondains, garda toujours un grand faible
pour le théâtre, ce péché mignon de sa jeunesse. « Mettez-moi, écrivait Voltaire de
Berlin au marquis de Thibouville, aux pieds
de madame la duchesse du Maine. C'est une
âme prédestinée, elle aimera la comédie
jusqu'au dernier moment, et, quand elle sera
malade, je vous conseille de lui administrer
quelque belle pièce au lieu de l'extrême-
onction [2]. »

C'est à peine s'il a été question du prince
de Dombes et du comte d'Eu; nous avions
peu de choses à dire de ces deux fils du duc
du Maine, qui, en 1729, sans le dévouement
d'un meunier [3], disparaissaient dans la Marne,

[1] Duc de Luynes, *Mémoires*, t. X, p. 261. 16 mai 1850.

[2] Voltaire, *Œuvres complètes* (éd. Beuchot), t. LVI,
p. 258. Lettre de Voltaire au marquis de Thibouville;
Berlin, 18 décembre 1752.

[3] On a consacré ce dévouement dans les vers suivants :

Un meunier, à ce que l'on publie,
A deux princes chéris vient de sauver la vie.

qu'ils avaient voulu franchir en courant le cerf. Une publication sous le manteau, très-malveillante à l'égard de madame du Maine[1],

> Tous les deux alloient se noyer
> En passant la Marne à la nage;
> Le bonhomme qui, du rivage,
> Les vit dans un pressant danger,
> Dans le fleuve, soudain, court se précipiter
> Et les tire de l'eau contre toute espérance.
> C'est aimer son prochain, on ne peut le nier;
> Et si la charité, qu'on ne peut trop priser,
> S'apprend dans le moulin, je pense
> Qu'il est plus d'un évêque en France
> Qui devroit se faire meunier.

Recueil de chansons historiques (Bibliothèque impériale. Manuscrits), t. XVII, f. 7.

[1] Elle y figure sous le nom de *Bibi Noyon*. Elle n'est pas plus épargnée dans *l'Écumoire*, ou *Tanzaï et Niadarné*, qui valut huit ou dix jours de retraite à Vincennes à son auteur Crébillon fils. « Pour vous entretenir un peu des nouveautés littéraires, vous avés su l'étrange réussite de *Tanzaï*, mauvais ouvrage à mon avis, mais qui prouve bien à quel degré nos mœurs sont dépravées puisqu'il ne doit sa réussite qu'aux femmes ; elles ont prôné partout un livre qu'elles n'auroient pas osé lire il y a trente ans. Et ce qu'il y a de plus singulier, c'est qu'indépendamment de *l'Écumoire*, où l'on a reconnu la Constitution, on a voulu y trouver les portraits de toute la cour. Les uns trouvent que la fée *Concombre* ressemble à madame du Maine... » *Correspondance du président Bouhier* (Bibliothèque impériale. Ma-

nous a laissé d'eux un portrait assez ressem-
blant :

« *Mir-Gelal*[1], fils aîné du prince *Soliman*[2],
étoit plutôt petit que grand, mais bien pris
dans sa taille. Il avoit les yeux d'une vivacité
extraordinaire, la physionomie revenante, le
port noble, la démarche aisée, le teint ba-
sané, la parole haute et fière ; beaucoup d'esprit, le caractère violent, le cœur bon, plein
de grands sentimens, capable d'attachement,
mais aisé à blesser. Il étoit d'une probité
scrupuleuse et d'une valeur éprouvée. On le
croyoit marié en secret avec *Fatmé*[3].

« *Mir-Hayez*, son frère[4], était grand, élancé,

nuscrits), t. IV, p. 452. Lettre de l'abbé Le Blanc
au président. De Paris, ce 3 janvier 1735.

[1] Le prince de Dombes.

[2] Le duc du Maine.

[3] Mademoiselle de Charolois, sœur de M. le duc
de Bourbon, sa cousine germaine. Boisjourdain, *Mélanges historiques*, t. II, p. — 15. La duchesse d'Orléans, la veuve du Régent, avait songé un instant à
marier son neveu « aux longues lèvres » à ses filles,
mademoiselle de Valois et l'abbesse de Chelles.
Mais elles ne s'y prêtèrent ni l'une ni l'autre. Duchesse d'Orléans, *Correspondance complète* (Charpentier, 1855), t. II, p. 23.

[4] Le comte d'Eu.

laid, portoit la tête haute et si droite, que sa
démarche en paroissoit un peu embarrassée.
Il étoit aussi honnête homme et aussi brave
que *Mir-Gelal*, mais d'un commerce plus
doux; il aimoit à rendre service, étoit adoré
dans son domestique, et universellement
aimé. Ces deux frères étoient fort unis, et,
après la mort du prince leur père, ils se firent
un devoir d'acquitter ses dettes, ce qui leur
fit d'autant plus d'honneur qu'on savoit qu'il
leur falloit prendre beaucoup sur leurs reve-
nus, qui n'étoient pas considérables [1]. »

Ces deux princes ne ressemblaient guère
plus à leur père que celui-ci ne ressemblait à
Louis XIV. Le prince de Dombes était la
bravoure même. Lors de la guerre de Hon-

[1] *Mémoires secrets pour servir à l'histoire de Perse*
(Amsterdam, 1746), p. 35. — Le comte d'Eu, avec une
simplicité qui allait jusqu'à la sauvagerie, avait
l'âme grande et généreuse. Il était gouverneur du
Languedoc, et, comme tel, le roi l'envoya tenir les
États de la province, lui annonçant qu'il serait payé
de ses dépenses sur ses mémoires. Le comte d'Eu
ne voulut point y consentir : « Sire, dit-il au roi, ce
que je tiens de l'État suffit pour les dépenses
extraordinaires que son service peut exiger de moi. »
— Voltaire, *Œuvres complètes* (éd. Beuchot), t. XII,
p. 140.

grie, il obtint de M. du Maine la permission de se mêler à l'armée du prince Eugène, et fit des prodiges, ainsi que le comte de Charolois, à la bataille que ce grand capitaine livra aux Turcs près de Belgrade[1]. Le comte d'Eu ne se distingua pas moins à Dettingen, où il fut blessé, et à Fontenoi, où le duc de Penthièvre, son cousin, combattit également en soldat[2]. Le prince de Dombes était franc, loyal, généreux, ressentant vivement une injure, et, le cas échéant, mettant l'épée à la main comme le dernier gentilhomme. Un soir[3], chez la reine, le marquis de Coigny, qui perdait contre lui une assez grosse somme, s'oublia jusqu'à dire : « Il faut être bâtard pour avoir un tel bonheur. » Ce mot était d'autant plus inexpli-

[1] Saint-Simon, *Mémoires* (Chéruel), t. XIV, p. 211 ; t. XV, p. 63.—Dangeau, *Journal*, t. XVII, p. 41, 42, 45, 61, 73, 100, 163.—*Mémoires* de La Colonie, maréchal de camp des armées de l'électeur de Bavière (Bruxelles, 1737), t. II, p. 313.

[2] Voltaire *Œuvres complètes* (éd. Beuchot), t. XXI, p. 100, 145; t. XII, p.143.—Voltaire a immortalisé la bravoure des deux princes dans son poëme de Fontenoi, dédié à la duchesse du Maine :

D'Eu par qui des Français le tonnerre est guidé.

[3] Sur la route de Versailles, en face le pont de Grenelle.

cable que M. de Coigny, qui en savait la
portée, était fort poli, d'un commerce très-
doux, et qu'il avait trouvé .le secret, à ce
que le duc de Luynes nous apprend, de se
faire aimer de tout le monde[1]. Le prince,
sans cesser de jouer, lui dit à l'oreille .
« Vous pensez bien que nous allons nous
voir tout à l'heure. — Où et quand? — Sur
la route, au point du jour. » Les deux
adversaires partent. L'aube commençait à
poindre; on s'arrête à dix pas de la chaussée
qui mène à Auteuil[2], on dégainé, on croise
le fer : M. de Coigny, blessé à mort, tombe
pour ne plus se relever. Le lendemain, le
bruit courut que le marquis avait été versé
par son cocher qu'aveuglait la neige, et qu'on
l'avait relevé sans vie, la gorge coupée par
la glace de sa voiture[3]. Toute la cour fut
dans la consternation; mais personne ne
parut plus touché que Louis XV, si médiocrement sensible d'ordinaire, comme en

---

[1] Dans la nuit du dimanche 3 au lundi 4 mars
1748.

[2] Duc de Luynes, *Mémoires*, t. VIII, p. 464.

[3] Barbier, *Journal* (Charpentier, 1857), t. IV,
p. 285 à 289. — Auguste Descauriet, *Histoire des agran-
dissements de la ville de Paris* (1860). p. 158, 159.

fait foi ce billet de madame de Pompadour :
« Le malheur du pauvre Coigny nous a mis
en désespoir. Le roi en a été à me faire peur.
Il a donné des marques de son bon cœur
dont j'ai craint les suites pour sa santé. Heureusement la raison a pris le dessus[1]. » Tout
s'oublie, et d'autres préoccupations ne tardèrent pas à effacer le souvenir de ce déplorable événement. Mais ce duel est demeuré
célèbre dans la contrée qui lui doit même
son nom de *Point-du-Jour*. Le prince de
Dombes mourut à Fontainebleau, dans la
nuit du 30 septembre au 1er octobre 1755, d'une
attaque d'apoplexie. « Depuis un an, nous
dit d'Argenson, il étoit déjà mourant d'une
défaillance totale de nature, si bien qu'il est
devenu furieux et imbécile à l'âge de cin-
quante-cinq ans qu'il avoit. Il avoit usé ses

---

[1] *Mélanges publiés par la Société des bibliophiles
français*, t. VI. Lettres de madame de Pompadour à
madame la comtesse de Lutzelbourg, p. 5. — D'Argenson dit, de son côté, en parlant de Louis XV :
« Il a perdu ce qu'il avoit de plus cher et y a été
fort sensible : trois maîtresses, toutes trois sœurs
(mesdemoiselles de Nesle) ; son favori, le marquis
de *Coigny*, tué d'une façon funeste... » t. IV, p. 81.
21 février 1752.

forces à la chasse, à table et avec des courti-
sanes [1]. » Il fut porté à Eu, le caveau de sa
famille.

Madame du Maine, dès 1750, avait fait une
maladie sérieuse ; on croyait la poitrine
attaquée, et le prince de Dombes avait demandé la permission à la reine de mener son
premier médecin, Delavigne, à sa mère. Le
danger disparut, mais elle ne s'était jamais
bien remise, et ce fut le même mal, « un
rhume qu'elle ne put cracher, » qui l'emporta. Elle poussa sa carrière jusqu'à l'âge
de soixante-seize ans et deux mois, qu'elle
expira à Paris, dans sa maison de la rue de

[1] Marquis D'Argenson, *Mémoires* (Jannet), t. IV,
p. 237. 3 octobre 1755. On a fait tout un roman sur la
mort de ce fils aîné du duc du Maine. Le marquis de
Coigny laissait un fils âgé de douze ans, qui, comme
Annibal, eût juré de grandir pour la vengeance. Ses
dix-huit ans étaient à peine écoulés, qu'il allait pro-
voquer le meurtrier de son père. Ce second duel eût
eu lieu dans la forêt de Fontainebleau, et le prince
eût été tué à son tour. Pour donner le change sur
cette déplorable affaire, on eût répandu le bruit qu'il
était mort d'un coup de sang. Cette tragique aventure a beaucoup d'analogie avec l'histoire non moins
sombre de M. de Béthune.—J. A. Le Roi, *Histoire
anecdotique des rues de Versailles* (deuxième édition,
1861), p. 141.

Varennes[1], le 23 février 1753[2], deux ans, conséquemment, avant le prince de Dombes.

Mademoiselle du Maine, sa fille, n'était plus depuis dix ans ; elle était morte à Anet, presque subitement, en descendant de cheval, et sans alliance, à l'âge de trente-six ans. Elle en avait trente-deux lorsqu'on parla pour elle du fils de M. de Guise, qui était grand, bien fait et avait dix-huit ans. Avant toutes choses, madame du Maine demanda qu'on témoignât pour le futur d'un revenu de cinquante mille livres ; probablement n'était-on pas en situation de répondre à cette exigence ; ce qu'il y a de sûr, c'est que la négociation ne fut pas poussée plus loin. Nous n'aurions rien à dire de cette princesse sans un petit incident qui, tout puéril qu'il soit, se mêle à l'histoire des mœurs et du cos-

[1] C'était la maison de M. de Moras, qu'elle avait achetée à vie. On l'appelait l'hôtel du Maine, bien que le véritable fût, comme on l'a dit, rue de Bourbon.

[2] Elle fut conduite à sa sépulture, à Sceaux, par la duchesse de Penthièvre, alors grosse de mademoiselle de Penthièvre, la mère du roi Louis-Philippe.

[3] Duc de Luynes, *Mémoires*, t. II, p. 433 ; 26 mai 1739.

tume. Aux concerts de la reine, dans le grand
appartement, mademoiselle du Maine, qui
avait des paniers énormes, s'étant mise trop
près de Sa Majesté, l'incommoda au point
qu'elle ne put le taire. Pour obvier désormais
à une pareille gêne, il fut décidé que les princesses n'auraient plus leur pliant si près
d'elle, ni de niveau avec son fauteuil. Mais
c'était ce qu'il fallait faire accepter aux in-
téressées, et à la coupable, objet de cette
mesure nouvelle. M. de la Trémouille,
auquel cela revenait, fit le compliment le
moins mal qu'il put, mais assez mal encore;
du moins la duchesse du Maine le jugea-t-elle
ainsi, et s'en plaignit-elle au cardinal, qui,
selon son habitude de louvoyer, dit à la
princesse que M. de la Trémouille était allé
au delà de ce qui lui était prescrit, et au
prince de Talmond, oncle de la Trémouille,
qu'avait inquiété cette réponse, qu'on n'avait
rien à reprocher à son neveu, et qu'il avait
exécuté très-exactement les ordres du roi.
« Cette aventure fit scène, » dit le duc de
Luynes. Heureux temps où les grandes émo-
tions, les grands débats avaient lieu pour des
paniers trop développés et pour des siéges plus
ou moins voisins du fauteuil royal ! Et c'est là

tout ce que l'histoire contemporaine aura à consigner sur cette très-obscure petite-fille de Louis XIV [1].

Avec madame du Maine, s'enfuirent les jeux et les ris, et la bande alourdie de ses derniers bergers. Cette demeure, hier encore un centre si animé, devint un désert. Le comte d'Eu, qui aimait peu le monde où, d'ailleurs, il n'eût pas figuré avec avantage, n'avait rien de ce qu'il fallait pour maintenir de pareilles traditions; il ne sortit guère de son château, dont l'entretien l'occupait avant tout, demandant à la chasse et à la pêche ses uniques délassements [2]. Comme son frère, il

---

[1] Duc de Luynes, *Mémoires*, t. V, p. 163, 164. — Maurepas, *Mémoires* (Paris, 1793), t. III, p. 308, 312, 313.—Barbier, *Journal*, t. II, p. 37, 41. — *Anecdotes dramatiques* (Paris, 1775), t. II, p. 35.

[2] « Ce magnifique château ne semble plus qu'une vaste solitude où végète ce prince. Le seul plaisir qu'il goûte encore est celui de la chasse ; mais comme il ne peut, à cause de ses infirmités, prendre cet exercice à pied ni à cheval, il chasse en voiture dans son parc, et pour lui faciliter cet amusement, on lui en a construit une d'une structure particulière. Je l'ai visitée et admirée. Elle tourne sur un pivot, au moyen d'un ressort que fait jouer le comte, de façon qu'elle prend tous les aspects qu'il veut lui donner, et le met à même

était susceptible, et il eut, avec M. de Beauvau, une affaire de jeu qui, sans tourner au
tragique, le préoccupa probablement plus
qu'elle ne le méritait. Il en obséda le roi : il
était déshonoré à la cour et dans la province,
s'il n'obtenait satisfaction. Louis XV, qui, médiocrement préoccupé de ses propres affaires,
ne devait pas s'intéresser beaucoup plus à
celles des autres, mandait à M. de Saint-Flo-
rentin : « Je lui ay dit que j'allois vous en
écrire ; faites donc finir cela à sa satisfaction
et que je n'en entende plus parler[1]. » Nous ne
savons ni l'objet positif de la querelle, ni quelle
fut sa conclusion. Au moins M. de Beauvau n'y
laissa pas la vie, comme M. de Coigny, vingt
ans auparavant, dans un conflit où il avait
mérité, il est vrai, d'être le vaincu.

Le comte d'Eu mourut assez obscuré-

de faire rapidement toutes les voltes qu'il feroit sur
pied. Sa Majesté, qui commence à vieillir, et est
déjà obligée d'avoir un marchepied pour se faire
asseoir à cheval, goûte beaucoup l'invention et se
propose de se servir d'une voiture semblable. »
L'Espion anglois (Londres, 1779), t. I, p. 159. Paris, ce
19 novembre 1773.

[1] Laverdet, *Catalogue d'autographes*, du 31 janvier
1854, p. 84, n° 669. Lettre de Louis XV à M. de Saint-
Florentin : 17 février 1768.

ment en 1775, entouré de ses seuls domestiques, pour lesquels il était un maître plus
que débonnaire. Il avait été question pour
lui aussi d'un mariage en faveur duquel le roi
eût assuré le rang de légitimés à sa postérité.
C'était mademoiselle de Nesle qu'il s'agissait
d'établir : le projet, si projet il y eut, n'abou-
tit point, et le comte d'Eu fit comme son
frère et sa sœur, il ne se maria point[1]. Le duc
du Maine avait eu sept enfants, quatre gar-
çons et trois filles; pouvait-on mieux faire
pour assurer sa descendance? Cela ne devait
empêcher pourtant ni sa race de s'éteindre,
ni ses grands biens de passer à des collaté-
raux[2]. Cette succession apportait au duc de
Penthièvre, le fils de son frère le comte de
Toulouse, les comtés de Brie et de Dreux,
la principauté d'Anet, le duché d'Aumale,
le comté-pairie d'Eu, les seigneuries de
Gisors, de Vernon, des Andelys, Lyons, Pacy-
sur-Eure, et notamment la terre de Sceaux,
qui vinrent augmenter la fortune des pau-
vres autant que celle du vertueux prince.

[1] Duc de Luynes, *Mémoires*, t. II, p. 469; 22 juillet
1739.

[2] Le père Anselme, *Histoire généalogique de la
maison de France* (Paris. 1726), t. I, p. 194, 195.

Mais, loin de gagner à ce changement de maître, Sceaux allait descendre à l'état de simple domaine et de domaine disgracié ; car le bon duc, on ne sait pourquoi, avait peu de goût pour Sceaux, auquel il préféra toujours Eu et Vernon.

Nous pourrions continuer, toutefois, l'histoire de cette belle résidence, qui offrirait encore plus d'un épisode souriant, entre autres un pèlerinage à Sceaux de l'empereur Joseph II, et une fête brillante donnée dans les mêmes lieux par M. de Penthièvre au comte et à la comtesse du Nord [1]. Mais notre

---

[1] Fortaire, *Mémoires pour servir à l'histoire du duc de Penthièvre* (Paris, 1808), p. 104, 121, 122. M. de Penthièvre, au commencement de la Révolution, avait cédé Sceaux à sa fille, la duchesse d'Orléans. Il mourut, le lundi 4 mars 1793, après son roi, dans son lit, honoré, vénéré, regretté par toute une population qui implora la bénédiction de ce juste. Mais, la même année, Sceaux était déclaré bien national, et, cinq ans plus tard, il était mis en vente et acheté par un spéculateur, M. Lecomte, qui le fit abattre. La Ménagerie allait avoir le même sort que le château et le parc, quand une société de propriétaires fit généreusement l'acquisition de ce joli bosquet, dont les ombrages eurent, sous la Restauration, un si grand renom. La fille de M. Lecomte a apporté à son mari, le duc de Trévise, cette

tâche s'arrête à la mort de Ludovise, de cette princesse aimable, irrésistible quand elle le voulait, qui semble avoir tiré la porte sur cette société splendide dont elle fut le dernier spécimen. En dépit de la Régence et de Louis XV, elle continua le xviie siècle par delà la première moitié du xviiie, et l'on peut dire qu'elle emporta les derniers vestiges de ce beau monde avec elle. Désormais, ce sera un autre esprit, une autre galanterie, un autre courant d'idées. On avait patronné Descartes et ses tourbillons, on avait philosophé avec le berger Fontenelle; que demander de plus à ces grandes dames du grand règne, qui, sur le retour, se faisaient dévotes ? L'heure de l'*Encyclopédie* [1] a sonné, le commencement de la fin : tout va prendre, tout a déjà pris une teinte rembrunie, presque sombre. L'on renchérit en extravagances et en folies, mais cette gaieté est plus de la surexcitation que l'ivresse d'une volupté sans

belle terre de Sceaux qui fut cinquante-deux ans le séjour privilégié de la petite-fille du grand Condé. *Sic transit gloria mundi.*

[1] Rulhière, *Œuvres* (Paris, 1819,, t. VI, p. 15 et suiv. Discours de réception de Rulhière à l'Académie française, le lundi 4 juin 1787.

29

mélange. Il y a quelque chose dans l'air que pressentent les moins clairvoyants; l'on s'é-tourdit plus qu'on ne s'amuse. Les salons ne sont plus des salons, ce sont des cé-nacles où l'on pérore ; la causerie a fait place aux discussions, aux disputes. Dieu nous garde de médire de cette période mémorable, l'aurore du jour éclatant qui allait naître et qui contenait le germe de notre société moderne! Mais il ne faut mêler ni ces deux époques, ni ces deux histoires.

FIN.

TABLE

FIN DE LA TABLE.

PARIS. —IMPRIMÉ CHEZ BONAVENTURE ET DUCESSOIS,
55, QUAI DES AUGUSTINS.

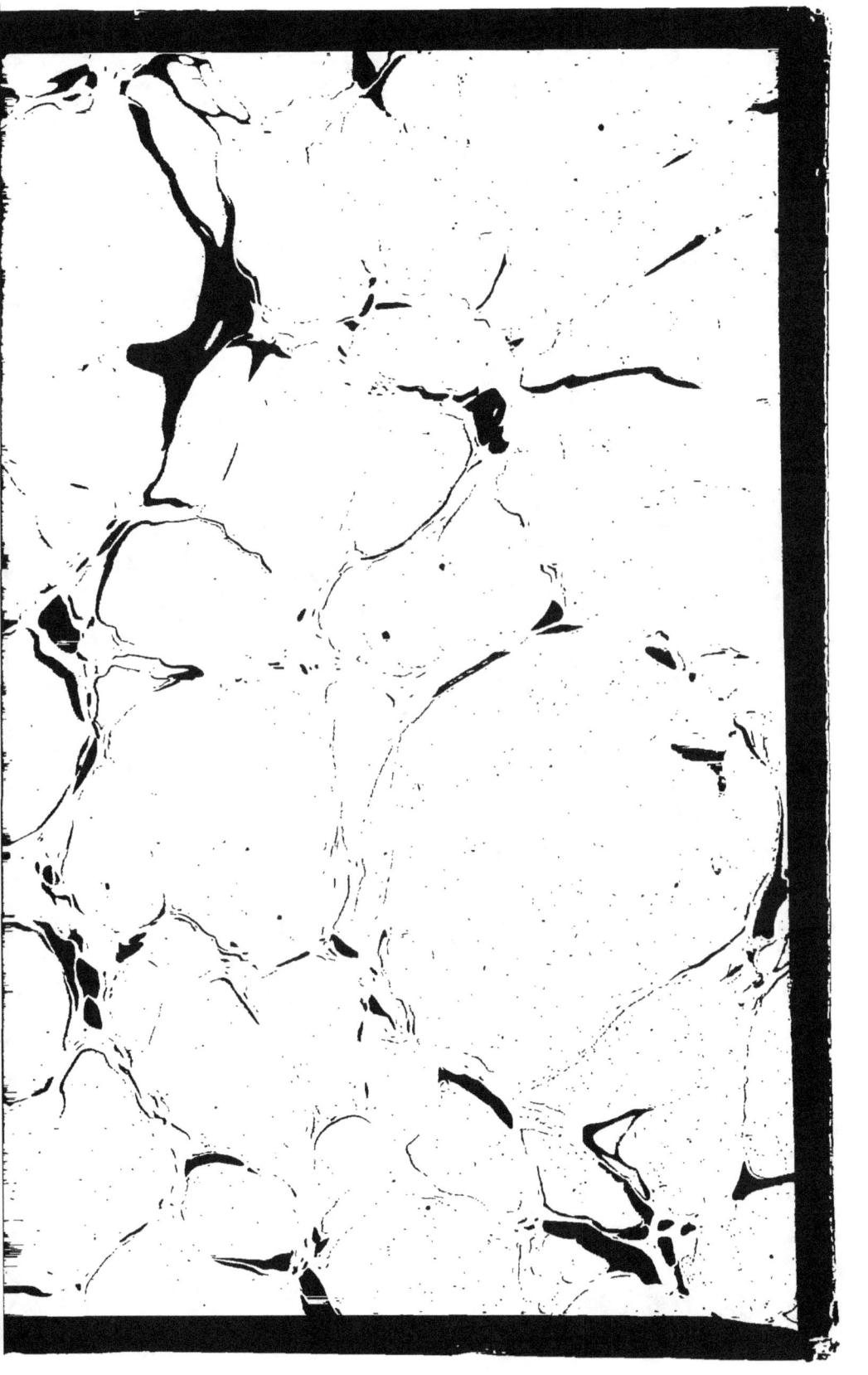

www.ingramcontent.com/pod-product-compliance
Lightning Source LLC
Chambersburg PA
CBHW070321030726
47505CB00004B/1045